कारगिल

AF730355

कारगिल की प्रशंसा में

“मुझे उम्मीद है कि कारगिल योद्धाओं पर सही समय पर आई इस पुस्तक के जरिए उनकी कहानियाँ फिर से दोहराई जाएँगी, उनकी विजयों पर दोबारा आनंद उत्सव मनाया जाएगा। यह पुस्तक हमारे साहसी जवानों की यादों को भावी पीढ़ियों के लिए जीवंत रखेगी।”

—**राजनाथ सिंह**, रक्षा मंत्री

“कारगिल युद्ध के शूरवीरों की सम्मोहक और अद्‍भुत कहानियाँ, जो भारतीय जवानों के आधारभूत गुणों, प्रकृति और प्रेरणा को दरशाती हैं। हर भारतीय को यह पुस्तक जरूर पढ़नी चाहिए।”

—**मेजर जनरल इयान कारडोजो,**
ए.वी.एस.एम., एस.एम. (सेवानिवृत्त)

“कारगिल की कहानियाँ महान् व्यक्तियों की कथाओं की विषय-वस्तु बन गई हैं, जो बार-बार सुनाए और साझा किए जाने लायक हैं। रचना बिष्ट रावत बहुत गहराई से हिमालय की ऊँची चोटियों पर लड़े इस युद्ध के मानवीय चेहरे से हमें अवगत कराती हैं और भारतीय सिपाहियों की मानसिकता व मर्मस्पर्शी साहस को हमारे सामने प्रस्तुत करती हैं। रचना का वर्णन सुनकर निस्संदेह किसी भी भारतीय का सीना गर्व से चौड़ा हो जाएगा।”

—**रेहान फजल,** बी.बी.सी.

“कारगिल किसी ऐसे युद्ध का लेखा-जोखा मात्र नहीं है, जिसे भारतीयों ने अपनी बैठकों में टेलीविजन के जरिए देखा। यह हमें उस बलिदान, प्रेम और यादों की कहानियों से भी परे ले जाता है, जिन्हें शहीदों के परिवारवालों, दोस्तों और रेजीमेंट्स ने पिछले बीस वर्षों से जीवित रखा हुआ है। यह पुस्तक इस बात पर भी रोशनी डालती है कि क्यों इन युवाओं ने योद्धा बनने की एक कठिन आदर्शवादी राह चुनी, जबकि वे कुछ और भी कर सकते थे। यह बात कुछ ऐसी है, जो आखिरी गोली चलने और आखिरी पृष्ठ खत्म होने के बाद भी लंबे समय तक आपके दिमाग में चलती रहती है।”

—**दीपा एलेक्जेंडर,** डिप्टी एडिटर, ‘द हिंदू’

लेखिका की अन्य पुस्तकें

कारगिल

रचना बिष्ट रावत

प्रभात प्रकाशन

प्रकाशक

प्रभात प्रकाशन प्रा. लि.

4/19 आसफ अली रोड, नई दिल्ली-110002

फोन : 011-23289777 • हेल्पलाइन नं. : 7827007777

इ-मेल : prabhatbooks@gmail.com ❖ वेब ठिकाना : www.prabhatbooks.com

संस्करण

2025

अनुवाद

रंजना सहाय

आवरण फोटो कॉपीराइट

इंडियन एक्सप्रेस

कवर आवरण परिकल्पना

सुश्री गीतांजलि

पेपरबैक मूल्य

चार सौ रुपए

मुद्रक

नरुला प्रिंटर्स, दिल्ली

———— ★ ————

KARGIL

by Smt. Rachna Bisht Rawat

(Hindi translation of 'KARGIL UNTOLD STORIES FROM THE WAR')

Published by **PRABHAT PRAKASHAN PVT. LTD.**

4/19 Asaf Ali Road, New Delhi-110002

ISBN 978-93-90315-18-5

₹400.00 (PB)

यह पुस्तक
कारगिल से वापस नहीं लौटनेवाले
जवानों के अतिरिक्त उनके परिवारवालों
को भी समर्पित है,
जिनका ऋण यह देश कभी
नहीं चुका सकता।

ठीक बीस वर्ष पहले 1999 की शुरुआत में जेहादियों का छद्म वेश धारण किए पाकिस्तान की स्थायी सेना के जवानों ने कारगिल की बर्फीली ऊँचाइयों को पार कर भारतीय क्षेत्र में अपनी पोस्ट बना दीं। उनकी इस निर्लज्जतापूर्ण घुसपैठ के कारण भारत और पाकिस्तान के बीच एक सीमित, लेकिन भयंकर युद्ध हुआ। यह एक बेहद कठिन युद्ध था, जिसे अपूर्व धैर्य और साहस के साथ लड़ा गया। इस युद्ध में अपना शौर्य दिखानेवाले ज्यादातर युवा अफसर बीस से तीस वर्ष के बीच की उम्र के थे। इन युवा अफसरों ने अपने ही जैसे कई बहादुर जवानों का नेतृत्व किया और अपने पूरे दल-बल के साथ दुर्गम पहाड़ियों की चोटियों पर पहुँचे। अपने इस अदम्य साहस के बूते भारतीय सैनिकों ने कुछ ही हफ्तों में दुश्मन को वहाँ से पीछे खदेड़ दिया। 26 जुलाई, 1999 को आधिकारिक तौर पर कारगिल युद्ध समाप्त हो गया और भारतीय सेना ने पाकिस्तानी घुसपैठियों को अपने क्षेत्र से पूरी तरह से हटाने की घोषणा की। बेशक, हमें इस युद्ध में विजय हासिल हुई, लेकिन खून और आँसुओं के रूप में हमें इस जीत की अच्छी-खासी कीमत भी चुकानी पड़ी। हमने इस युद्ध में अपने 527 बहादुर योद्धा खो दिए और 1,363 जवान जख्मी हालत में युद्धभूमि से वापस लौटे।

रक्षा मंत्री का संदेश

मुझे यह जानकर बहुत खुशी हुई कि जब पूरा देश कारगिल विजय की वर्षगाँठ मना रहा है, ऐसे में श्रीमती रचना बिष्ट रावत इस युद्ध से जुड़ी कुछ अनकही कहानियाँ कहती पुस्तक लेकर आई हैं।

हम भारत के युद्धवीरों और युद्ध में शहीद हुए जवानों के बलिदान की कहानियाँ सुनकर उन्हें याद करते हैं। हम युद्ध में मिली विजयों का आनंद लेते हैं और इस प्रक्रिया में तिरंगे के सम्मान की रक्षा के अपने संकल्प को दोहराते हैं।

मुझे उम्मीद है कि कारगिल योद्धाओं पर एकदम उचित समय पर आई यह पुस्तक उनकी कहानियाँ दोबारा दोहराएगी। इसके जरिए इन शूरवीरों की विजयों का आनंद मनाया जाएगा और आनेवाली पीढ़ियों के लिए इन बहादुर जवानों की यादों को जीवित रखा जाएगा।

मैं लेखिका को अपनी शुभकामनाएँ देता हूँ और इसके सफल प्रकाशन की उम्मीद करता हूँ।

—राजनाथ सिंह

रक्षा मंत्री, भारत सरकार

प्रस्तावना

मैं कारगिल युद्ध में शहीद हुए 'वीर चक्र' से सम्मानित लेफ्टिनेंट (स्वर्गीय विजयंत थापर (रॉबिन) का पिता हूँ। रॉबिन ने महज बाईस साल की उम्र में देश के लिए अपना जीवन न्योछावर कर दिया था। कारगिल युद्ध में अपने जवान बेटे रॉबिन को खोना मेरे और मेरी पत्नी के लिए अत्यंत दुःखदायी था। उसके सामने उसका बेहतरीन जीवन बाँहें फैलाए खड़ा था। बेशक, यह हमारे जीवन की दुःखद घटना है, लेकिन यही हमारी जिंदगी की सबसे गौरवशाली घटना भी है। रॉबिन का पिता होने के अलावा मैं एक सैन्य अधिकारी भी हूँ और इस बात पर यकीन करता हूँ कि देश के लिए शहीद होना एक सैनिक के लिए सबसे बड़े सौभाग्य की बात है। सेना की वरदी पहननेवाले हम सभी जवानों का यही सपना होता है, लेकिन बहुत कम जवानों को ही यह अवसर मिल पाता है। वाकई हमारा बेटा बेहद खुशकिस्मत था।

मौत को एक-न-एक दिन तो आना ही है। इसलिए यह कब आती है, इससे फर्क नहीं पड़ता। फर्क इस बात से पड़ता है कि यह कैसे और कहाँ आती है। जीवन को कभी भी उसकी लंबाई से नहीं, बल्कि जिस जीवटता से वह जिया गया है, उससे आँका जाता है। रॉबिन और कारगिल युद्ध में शहीद हुए उसके दूसरे साथियों ने अपने बीसवें वर्ष में जो कुछ हासिल किया, वह दूसरी कई नीरस लंबी जिंदगियों से कई मायनों में ज्यादा महत्त्वपूर्ण है। हम सभी को कारगिल या इससे पूर्व के युद्धों में शहीद हुए अपने बच्चों पर गर्व है। यकीनन अपने पति या पिता की शहादत पर युवा पत्नियाँ और उनके बच्चे भी बहुत गर्व महसूस करते होंगे। हमारा परिवार बेशक शोक और पीड़ा में जी रहा हो, लेकिन हमारा सिर गर्व से

ऊँचा है। हमें पूरा यकीन है कि देश के लिए अपना जीवन बलिदान करनेवाले ये शहीद, जिन्हें हम बेहद प्यार करते थे, तब तक जीवित रहेंगे, जब तक यह देश उनकी शहादत को याद रखेगा। शहीदों को जीवित रखने का दायित्व हम लोगों का ही है। राष्ट्र के ऊपर इन शहीदों को सम्मानपूर्वक याद रखने की जिम्मेदारी है, क्योंकि इसी विश्वास के साथ वे रणबाँकुरे युद्धभूमि में शहीद हुए थे। हमें यह सुनिश्चित करना होगा कि इन शहीदों की वीरगाथाएँ एक पीढ़ी से दूसरी पीढ़ी तक पहुँचें। 'कारगिल' पुस्तक इस दिशा में एक महानतम प्रयास है।

हर पुस्तक किसी घटना, व्यक्ति या फिर विचार को सँजोती एक इमारत होती है। यह पुस्तक भारतीय सेना के उन अफसरों और जवानों के साहस को अमर बनाती है, जिन्होंने कारगिल युद्ध के दौरान अपने कर्तव्य के प्रति असीम प्रतिबद्धता, अदम्य साहस, बहादुरी और दृढ़ता का परिचय दिया। यह उन युवाओं के साहस और दृढ़ता का प्रमाण भी है, जिनके सिर पर मौत खड़ी थी। फिर भी वे अपने लक्ष्य को प्राप्त करके ही रहे। इस पुस्तक की कहानियाँ उन तमाम तथ्यों को प्रस्तुत करती हैं, जो भारतीय सेना को महान् बनाते हैं। इस पुस्तक में अपने बेटों और पतियों को खोनेवाली माँओं एवं पत्नियों द्वारा अपनी क्षति और पीड़ा को गर्व के साथ शिष्टतापूर्वक स्वीकारा है।

कारगिल की कहानी फौलादी इरादों और अदम्य साहसवाले इन युवाओं को याद किए बगैर अधूरी रहेगी। वे युवा इस बात को अच्छी तरह जानते हुए अपनी मातृभूमि के लिए युद्ध लड़ने गए कि कदाचित् वे अब कभी लौटकर वापस नहीं आएँगे। बेशक, वे युवा जाँबाज अकादमी से अभी-अभी पास होकर निकले थे, लेकिन उन्होंने अपने समर्पण भाव से विपरीत परिस्थितियों को धता बताकर पराक्रम का एक नया मानदंड स्थापित कर दिखाया। कदाचित् इस तरह का जोश और साहस अब दोबारा दोहराया जाना संभव न होगा।

इंडियन मिलिट्री अकादमी (भारतीय सैन्य अकादमी) आई.एम.ए. और ऑफिसर्स ट्रेनिंग अकादमी (अधिकारी प्रशिक्षण अकादमी) ओ.टी.ए. से उत्तीर्ण होकर निकले हर नए बैच का युवा अफसर शपथ के बाद अंतिम पग लेता है—'मैं भारतीय संघ के राष्ट्रपति और अपने से ऊँचे पद पर आसीन हर अफसर के प्रत्येक आदेश को ध्यानपूर्वक सुनकर उसका पूर्णतः पालन करूँगा, फिर चाहे मुझे आदेश

की पूर्ति के लिए अपने जीवन को जोखिम में क्यों न डालना पड़े।' इन युवाओं ने बार-बार इस शपथ को सत्य कर दिखाया। इन युवाओं को अपनी रेजीमेंट के सम्मान को भी बनाए रखना होता है।

युद्ध में विजय लड़ाइयाँ जीतकर ही प्राप्त होती है और लड़ाइयों में विजय तभी मिलती है, जब सैनिक स्वयं को पीछे रखकर अपने कर्तव्य को महत्त्व देते हैं। यह पुस्तक भारतीय सशस्त्र बलों की 'करो या मरो' की भावना को श्रद्धा-सुमन अर्पित करती है। यह उन सैनिकों को श्रद्धांजलि है, जो युद्ध और युद्ध जैसी परिस्थितियों में अपने प्राण दाँव पर लगा देते हैं और बदले में कोई अपेक्षा नहीं रखते। एक राष्ट्र इन शहीदों के प्रति अपना ऋण उनके बलिदान को पहचानकर और उनके प्रति कृतज्ञता दिखाकर ही चुका सकता है। इन शहीदों की वीरगाथा लिखना इसी प्रक्रिया का एक हिस्सा है। इन शहीदों की कहानियों को न केवल सैन्य इतिहास, बल्कि स्कूली पाठ्यक्रम का हिस्सा भी बनना चाहिए, ताकि हमारे देश की आनेवाली हर पीढ़ी को न केवल इन शहीदों के बलिदान की याद दिलाई जा सके, बल्कि युवाओं को उनका अनुकरण करने के लिए प्रोत्साहित भी किया जा सके।

मुझे पूरा विश्वास है कि सुश्री रचना बिष्ट रावत, जिनकी लेखनी सीधे उनके दिल से निकलती है, की लिखी ये कहानियाँ निरंतर सैनिकों की आनेवाली पीढ़ियों को प्रेरित करती रहेंगी और उन्हें इस बात के लिए प्रोत्साहित भी करेंगी कि वे भी उन साहसी युवाओं के नक्शे-कदम पर चलें, जिन्होंने हमारे लिए कारगिल का युद्ध जीता था।

मैं इस अवसर पर देश के लिए लड़नेवाले भारतीय सेना के हर एक सिपाही के योगदान को स्वीकारता हूँ और आगे भी स्वीकारता रहूँगा। मैं कर्तव्य के प्रति उनके त्याग और निःस्वार्थ समर्पण को नमन करता हूँ। मुझे ऐसे अनुकरणीय लोगों की सेना का हिस्सा बनने पर गर्व है। निश्चित तौर पर, मेरे लिए यह गौरव की बात है कि मैं, मेरा बेटा, मेरे पिता और उनसे पहले उनके पिता ने ऐसे उत्कृष्ट संगठन के लिए काम किया और बदले में बगैर कुछ माँगे अपना सर्वस्व न्योछावर कर दिया।

जय हिंद!

—**कर्नल वी.एन. थापर** (सेवानिवृत्त)

भूमिका

वे युवा पाठक, जो अभी बीस वर्ष के नहीं हुए हैं, उनको अपवाद मानते हुए अगर छोड़ दिया जाए तो बाकी बचे हम सभी लोग कारगिल युद्ध से भलीभाँति परिचित हैं। हम में से कुछ ने टी.वी. स्क्रीन के माध्यम से इसके हर एक घटनाक्रम को देखा, जबकि कुछ ने इसे और ज्यादा नजदीक से देखा। कारगिल युद्ध के दौरान मैं अहमदाबाद में 'इंडियन एक्सप्रेस' अखबार में एक रिपोर्टर के तौर पर कार्यरत थी। उसी दौरान कैप्टन मनोज रावत से मेरा विवाह हुआ था, जो 3 इंजीनियर रेजीमेंट में तैनात थे। मेरे पति की यूनिट सेना की उन यूनिटों में एक थी, जिसे संभावित खतरे को देखते हुए राजस्थान की सीमा पर तुरंत तैनात कर दिया गया था।

इधर युद्ध के कारण मेरा दिल बैठा जा रहा था और उधर कुछ ही दिनों में सारी छावनी जवानों एवं मशीनों से पूरी तरह खाली हो गई। जिन मेस से हमेशा शोरगुल की आवाजें आया करती थीं, वहाँ से वे आवाजें आनी बंद हो गईं। क्रिस्टल के गिलासों में गिरते बर्फ के टुकड़ों की खनखनाहट भी अब नहीं सुनाई देती थी, न अब परेड के मैदान से डी.एम.एस. बूटों की आवाजें सुनाई देती थीं और न ही खेल के मैदानों में बल्लेबाजी कर रहे छोटे-छोटे बच्चों को गेंद फेंकते पिताओं की हँसी की गूँज। मैं अकसर अपने बरामदे में खड़ी सेना के ट्रकों में सेना की टुकड़ियों को सीमाओं पर जाते हुए देखा करती। इन जवानों की पीठों पर राइफलें टँगी होतीं और चेहरे उदासीन होते। सीमा पर जाने से पहले मेरे पति ने बस, जल्दी-जल्दी हाथ मिलाते हुए मुझे 'अलविदा' कहा था। इसकी वजह भी थी। दरअसल, एक अफसर अपने सैन्य

दस्ते के आगे पत्नी को गले लगाते हुए नहीं दिखना चाहेगा। हाँ, ड्राइवरवाली सीट पर बैठकर उन्होंने मेरी तरफ मुसकराते हुए देखा और फिर एक कड़क सलामी के साथ मुझे अपना खयाल रखने को कहा। मेरे पति ने कहा कि वह जल्दी ही वापस लौटेंगे। इसके बाद वह गाड़ी में निकल गए और देखते-ही-देखते उनकी जीप धूल के गुबार के कारण नजर आनी बंद हो गई। मुझे इस बात की संतुष्टि है कि वह वापस लौटे; लेकिन कई पत्नियों के पति युद्ध से कभी भी वापस नहीं लौटे।

यह युद्ध अंतत: कारगिल तक ही सीमित रहा। उस समय सेना में बतौर कैप्टन मेरे पच्चीस वर्षीय भाई समीर सिंह बिष्ट ने यह युद्ध अपनी 5 पैरा यूनिट के साथ लड़ा। निश्चित तौर पर, वे दिन बहुत भयावह थे। युद्ध के दौरान मैं हर एक अखबार को ध्यान से पढ़ती, कोई न्यूज चैनल देखना नहीं भूलती, अपने बिस्तर पर अपनी बिल्ली 'सूफी' के साथ देर रात तक जागती और सुबह होने का इंतजार करती। सुबह मैं जब काम पर जाती तो अपने संपादक डैरिक डीसा से युद्ध से जुड़ा किसी भी तरह का काम लगभग हथिया लिया करती थी, फिर चाहे इसके लिए मुझे उनसे जोर-जबरदस्ती करनी पड़ती या फिर किसी दूसरे के सुपुर्द किए गए ऐसे किसी भी काम को अपने नाम करवाना पड़ता। एक फोटोग्राफर को साथ लिये मैं उन गाँवों के चक्कर लगाती, जहाँ शहीद जवानों के शव उनके घर लाए जा रहे हों। मैं शहीद जवानों के अंतिम संस्कारों को कवर करती, जुलूसों में हिस्सा लेती और ऐसे शोकाकुल परिवारों एवं छोटे-छोटे बच्चों को देखती, जिनका जीवन अब पहले जैसा नहीं हो सकता था। ऐसे समय जब कभी मैं युद्ध के लिए गए अपने पति और भाई के बारे में सोचती तो मारे घबराहट के मेरा दिल बैठ जाता। दफ्तर से देर शाम को वापस घर लौटते हुए मैं अपना चमकीले नीले रंग का स्कूटर एक एस.टी.डी. बूथ पर खड़ा करती और सीधे गढ़वाल (उत्तराखंड) के एक छोटे से शहर कोटद्वार में रह रहे अपने माँ-पापा को फोन लगाती। सेना मेडल (एस.एम.) और विशिष्ट सेवा मेडल (वी.एस.एस.) से सम्मानित मेरे सेवानिवृत्त पैराट्रूपर पिता ब्रिगेडियर बी.एस. बिष्ट यहीं आम के पेड़ों से घिरे एक बँगले में अपनी जिंदगी सुकून से गुजार रहे थे। मेरा फोन हमेशा मेरी माँ ही उठाया करती थीं।

उन्होंने मुझे बताया कि जब से युद्ध छिड़ा है, तब से पापा पूरा दिन टी.वी. में युद्ध से जुड़े समाचार देखते रहते हैं और यह जानने की कोशिश करते हैं कि उनके बेटे और मेरे भाई की तैनाती कहाँ हुई होगी। पापा ने भोजन करना करीब-करीब छोड़ ही दिया था। वह देर रात तक घर के बरामदे में चुपचाप बैठे रहते और ऊपर की ओर ताकते रहते। उनकी उँगलियों के बीच सिगरेट होती और एक तरफ व्हिस्की का गिलास। बैठक के कमरे से पुराने कैसेट प्लेयर पर चल रही फरीदा खानम की गजलों की आवाजें खुली खिड़की से उन तक पहुँचतीं। जब उनका विभूषणों से अलंकृत अफसर बेटा युद्ध से वापस लौटा, तब कहीं जाकर उनकी चिंता खत्म हुई। वह सौभाग्यशाली थे, लेकिन ऐसे भी कई माता-पिता थे, जिनके बेटे युद्धभूमि से कभी वापस नहीं लौटे।

कारगिल पर यह पुस्तक लिखते हुए मैं ऐसे ही कई पिताओं से मिली। मैं कारगिल शहीदों के उन बच्चों से भी मिली, जो अपने पिता की शहादत के समय इतने छोटे थे कि उनके दिमाग में अपने पिता से जुड़ी बहुत ज्यादा यादें शेष नहीं हैं। इन बच्चों के लिए अपने पिता गहरे हरे रंग के कपड़े पहने एक अजनबी से ज्यादा नहीं थे, जो एक दिन घर छोड़कर चले गए और फिर कभी वापस नहीं लौटे। जब मैंने कारगिल युद्ध में शहीद हुए लांस नायक बचन सिंह के पुत्र लेफ्टिनेंट हितेश से उनके पिता की कुछ यादें साझा करने को कहा तो उन्होंने कहा कि उन्हें अपने पिता की बहुत ज्यादा बातें याद नहीं हैं। "जब पिताजी शहीद हुए थे, तब मैं और मेरा जुड़वाँ भाई केवल चार साल के थे। हाँ, मुझे उनकी अंत्येष्टि अब भी याद है।" उन्होंने कहा। हितेश की माँ श्रीमती कामेश बाला ने मुझे बताया कि यूँ तो उनके विवाह को सात साल हो चुके थे, लेकिन उन्होंने अपने पति के साथ मुश्किल से पाँच महीने ही बिताए। श्रीमती बाला ने बताया कि उनके पति को उम्मीद थी कि उनकी अगली पोस्टिंग किसी शांतिप्रिय जगह पर होगी, इसलिए उन्होंने उनसे वादा किया था कि ऐसा होने पर वह उनको और दोनों बच्चों को अपने साथ ले जाएँगे, लेकिन वह दिन कभी नहीं आया। बचन सिंह 29 वर्ष की उम्र में तोलोलिंग के युद्ध में शहीद हो गए थे।

22 वर्षीय कैप्टन सौरभ कालिया ने कमीशन प्राप्त करने के ठीक बाद

जीवन में पहली बार चेक पर हस्ताक्षर किए थे और गर्व के साथ उसे अपनी माँ को देते हुए कहा था, "अब पैसों की चिंता मत करो। अब मैं कमाने लगा हूँ।" श्रीमती कालिया ने नम आँखों से शहीद कालिया का वह खारिज हुआ चेक मुझे दिखाया। वह चेक कभी भी भुनाया ही नहीं जा सका, क्योंकि सौरभ कालिया पहला वेतन बैंक खाते में आने से पहले ही शहीद हो गए थे।

श्रीमती मीना नैयर ने मुझे बताया कि लाड़-प्यार से पला-बढ़ा उनका बेटा अनुज उनके और उनके पति के पीछे लगा हुआ था कि घर लौटने से पहले वह उसे नई कार खरीदकर दें। "जब कभी फोन की घंटी बजती तो मैं खीझ जाती। हमें नहीं पता था कि अब वह कभी भी लौटकर वापस नहीं आएगा।" उन्होंने कहा; अनुज सितंबर 1999 में स्कूल में साथी रही अपनी प्रेमिका से विवाह भी करने वाले थे, लेकिन उसी साल जुलाई में वह शहीद हो गए।

मैं कैप्टन हनीफुद्दीन की माँ श्रीमती हेमा अजीज से भी मिली। तुरतुक में हनीफुद्दीन का शव 43 दिनों तक यूँ ही बर्फ पर पड़ा रहा था। जब तत्कालीन सेना प्रमुख जनरल वेद प्रकाश मलिक ने श्रीमती अजीज के घर जाकर उन्हें बताया कि दुश्मन की तरफ से लगातार हो रही गोलीबारी के कारण वह उनके बेटे का शव तुरतुक से वापस नहीं ला पा रहे हैं तो श्रीमती अजीज ने जनरल मलिक को कहा कि वह अपने बेटे के शव के लिए किसी और जवान की जान को जोखिम में नहीं डालना चाहतीं। हनीफ की शहादत पर मिलनेवाले पेट्रोल पंप को लेने से भी उन्होंने इनकार कर दिया था।

मुझे विश्वास है कि इस तरह की मार्मिक कहानियाँ सीमा के उस पार भी होंगी। मुझे यह सोचकर आश्चर्य होता है कि कैसे कोई व्यक्ति, जो किसी का पिता, पुत्र, भाई, पति या फिर प्रेमी होता है, एक सैनिक होने के नाते अपने एकमात्र उत्तरदायित्व का निर्वाह करने के लिए युद्ध के लिए निकल पड़ता है! युद्ध से जुड़ी कहानियाँ रोमांच से भरी हुई लगती हैं; लेकिन वास्तविकता यह है कि युद्ध भयावह होता है। इससे कई जीवन बरबाद हो जाते हैं, परिवार टूट जाते हैं और यह अपने पीछे दुःख व घृणा की विरासत छोड़ जाता है। मैं निष्ठापूर्वक कामना करती हूँ कि कारगिल के शहीद वे अंतिम शहीद होंगे, जिन पर हमने शोक मनाया। यह पुस्तक इन शहीदों के साहस के अलावा

इनके परिवारवालों के साहस को एक श्रद्धांजलि है, जिन्होंने अपने इस अपार नुकसान को भी मर्यादापूर्वक बरदाश्त किया। हम उनके ऋणी हैं—वह ऋण, जिसे कभी भी नहीं चुकाया जा सकता।

अपने पिता को लिखे अपने अंतिम पत्र में लेफ्टिनेंट विजयंत थापर ने उम्मीद जताई थी कि उनके साथी जवानों का त्याग कभी भी भुलाया नहीं जाएगा। यह पुस्तक इसी दिशा में एक कदम है। मैं उम्मीद करती हूँ कि 'कारगिल' जनता के बीच इन वीर जवानों की यादों को जीवित रखेगी। देश के लिए स्वेच्छा से प्राण अर्पण करनेवाले इन जवानों के लिए हम कम-से-कम इतना तो कर ही सकते हैं। सैनिक युद्धभूमि में नहीं मरते। वे तब मरते हैं, जब एक अकृतज्ञ देश उनके त्याग को भूल जाता है। उम्मीद है कि कारगिल युद्ध के 527 शहीद हमारे दिलों में हमेशा जीवित रहेंगे।

आभार

मैं शहीदों के परिवारवालों के प्रति आभार व्यक्त करती हूँ, जिन्होंने अपने खोए हुए प्रियजनों से जुड़ी यादें मेरे साथ बाँटीं। मैं उम्मीद करती हूँ कि मेरी कहानियाँ इन अनमोल यादों के साथ न्याय करेंगी।

मैं उन बहादुर सिपाहियों और सैन्य अधिकारियों के प्रति आभार व्यक्त करती हूँ, जिन्होंने कारगिल का युद्ध लड़ा और अपने अनुभवों को मेरे साथ साझा करने का वक्त निकाला। उनके बगैर मेरे लिए यह पुस्तक लिख पाना संभव नहीं था। मैं अतिरिक्त महानिदेशक, सार्वजनिक सूचना (एडिशनल डायरेक्टरेट ऑफ पब्लिक इन्फॉर्मेशन, ए.डी.जी.पी.आई.) कर्नल ए.आर. सिंह, निदेशक, ए.डी. जी. पी.आई. को भी हमेशा मदद देने के लिए धन्यवाद देना चाहती हूँ। कर्नल साजी अब्राहम को मैं अपना मार्गदर्शक व समन्वयक होने और मेजर दिव्या सतपथी को इस पुस्तक के लिए कड़ी मेहनत से युद्ध की तसवीरें चुनने में मदद देने के लिए धन्यवाद देना चाहती हूँ।

और आखिर में, मैं अपने पति कर्नल मनोज रावत को भी धन्यवाद देना चाहूँगी, जिन्होंने शुरुआती प्रारूप को पढ़ा। पुस्तक लिखने के सिलसिले में जब कभी मुझे इधर-उधर जाना पड़ा तो उन्होंने मुझे एयरपोर्ट और रेलवे स्टेशन पर छोड़ा व पहुँचाया। जब मैं पुस्तक लिखने के सिलसिले में घर से दूर थी या फिर तन्मयता से इस पुस्तक पर काम कर रही थी, तब उन्होंने हमारे दोनों बेटों हुकुम (सुनहरे रंग का कुत्ता) और सारांश (समझदार टीनएजर) को अकेले सँभाला।

मेरे छोटे भाई कर्नल समीर सिंह बिष्ट, एस.एम., वी.एस.एम. को भी मेरा धन्यवाद व आभार है, जिन्होंने मेरे साथ अपने कारगिल युद्ध के अनुभव साझा

किए। मेरे लिए युद्ध से जुड़ी कहानियाँ ढूँढ़ी, फोन नंबर ढूँढ़े और हमेशा मेरे विचारों को सुना। चूँकि पापा यह काम करने के लिए मेरे पास अब नहीं थे, लिहाजा मेरे भाई मेरे पहले पाठक थे, जिन्होंने मेरी पूरी पांडुलिपि (हाथ से लिखी हुई) पढ़ी। "यह बहुत अच्छी बन गई है। तुमने बहुत अच्छा काम किया है।" जब मैं बेचैनी से उनके फैसले का इंतजार कर रही थी, तब यह कहकर उन्होंने मेरा हौसला बढ़ाया। मुझे यह सोचकर हैरानी होती है कि कभी-कभी मुझे अपने भाई में अपने पिता दिखते हैं।

वे लोग, जिन्हें हम प्यार करते हैं और खो देते हैं, शायद कभी भी वापस नहीं आते; लेकिन जो उनके पीछे जीवित रहते हैं, वे हमेशा उनके साथ रहते हैं। कारगिल के लिए शोध के दौरान मैंने यही सीखा। लेखन कार्य ने भी मुझे यही सिखाया। मैं इसके लिए हृदय से आभारी हूँ।

अनुक्रम

अध्याय-1

दृढ़ निश्चयी

दुश्मन की हिरासत में मिली अमानवीय यातनाओं के कारण एक युवा अफसर की मृत्यु हो जाती है, जिसके बाद उसके पिता दोषियों को उचित सजा दिलाने का संकल्प लेते हैं।

14 मई, 1999
दोपहर 2.30 बजे
बजरंग पोस्ट, काकसार, कारगिल के नजदीक कोई जगह

बर्फीली हवाओं में चलते हुए चार घंटे से ज्यादा बीत चुके हैं। 22 वर्षीय कैप्टन सौरभ कालिया के शरीर की हड्डियाँ ठंड के मारे काँप रही हैं। कैप्टन सौरभ कालिया को बजरंग पोस्ट के निरीक्षण का आदेश 99 टॉप में मिला, जहाँ से ऊपर की ज्यादातर चढ़ाई के लिए एक जमी हुई नदी के बगल से होकर गुजरना पड़ता है। वह जानते हैं कि यह नदी भ्रम पैदा करती है। दरअसल, यह नदी बर्फ की चादर से ढँकी है, लेकिन इसके नीचे शरीर जमा देनेवाला बर्फीला पानी बहता रहता है। एक गलत कदम पड़ा नहीं कि आप बर्फ की चादर को चीरते हुए सीधा नदी में गिरकर कुछ मिनटों में अपने प्राणों से हाथ धो बैठ सकते हैं।

शरीर को चीरती बर्फीली हवाएँ बार-बार सौरभ की आँखें नम कर दे रही थीं। वह अपना हाथ उलटा करके उन्हें पोंछते रहते हैं। हवा में इतनी ज्यादा ठंडक है, मानो उनकी पलकें तक जम जाएँ। वह अपनी जीभ से अपने सूखे फटे होंठों को गीला करते हैं। हालाँकि सौरभ हिमाचल प्रदेश से हैं और कड़ाके की

ठंड के अभ्यस्त हैं, लेकिन इतनी ज्यादा ठंड तो उनके भी बरदाश्त से बाहर है।

सौरभ कुछ देर के लिए ठहर जाते हैं और अचानक उन्हें पालमपुर का चमकता नीला आकाश, हरे-भरे चाय के बागान और अपना खूबसूरत-सा घर याद आने लगता है। वह अपने माता-पिता और कॉलेज में पढ़ रहे अपने हँसमुख छोटे भाई वैभव को याद करते हैं। अपने घरवालों और पालमपुर को याद कर उनका हृदय स्नेह से भर जाता है। इन खयालों से खुद को बाहर निकालकर सौरभ जब अपने बाकी के पाँच साथियों की खोज-खबर लेने के लिए पीछे मुड़कर देखते हैं तो उन्हें वे पूरी हिम्मत के साथ आगे बढ़ने का प्रयास करते नजर आते हैं।

कानों से अपनी ऊनी टोपी हटाते हुए सौरभ अपनी उँगलियाँ जोर-जोर से हिलाते हैं, ताकि उनमें खून न जमे। इसके बाद वह दोबारा अपने आगे का सफर तय करना शुरू कर देते हैं। उनकी कारबाइन (हलकी ऑटोमेटिड राइफल) उनकी पीठ पर लटक रही है। आखिरकार उन्हें बजरंग पोस्ट दिखाई देने लगती है। काकसार के दक्षिण-पश्चिम किनारे पर यह 17,450 फीट की ऊँचाई पर स्थित है। इसके ऊपर चढ़कर देखने पर दूर तक फैला बर्फ से ढँका (ग्लेशियर वाला) खुला क्षेत्र दिखाई देता है। सर्दियों में होनेवाली भारी बर्फबारी के दौरान जब यह पोस्ट बर्फ से ढँक जाती है, तब भारतीय सेना इसे खाली कर देती है। दरअसल, भारत और पाकिस्तान के बीच हुए एक दीर्घकालीन समझौते में दोनों ही पक्ष अपनी-अपनी पोस्ट सर्दियों में खाली कर देने के लिए सहमत हुए थे। जैसे ही गरमियाँ आती हैं, दोनों पक्ष अपनी-अपनी सेनाओं को इस इलाके में दोबारा तैनात कर देते हैं। सौरभ की अगुवाई में गई टीम को यह जानने के लिए बजरंग पोस्ट भेजा गया था कि वहाँ बर्फ कम हुई है या नहीं, ताकि सैनिकों की वहाँ दोबारा तैनाती से जुड़ा कोई फैसला लिया जा सके। इस जिम्मेदारी को पूरा किए बगैर वापस लौटने का सौरभ का कोई इरादा भी नहीं था।

बर्फीले मौसम में दाँत भींचते हुए सौरभ अपनी टीम के साथ लगातार आगे बढ़ रहे हैं। वह इस बात से बेखबर हैं कि दुश्मन की नजर लगातार उन पर बनी हुई है। बेशक, भारत और पाकिस्तान के बीच सर्दियों में अपनी-अपनी पोस्ट खाली करने पर समझौता हुआ था, लेकिन पाकिस्तान ने इस समझौते का

उल्लंघन किया और भारत के भरोसे का फायदा उठाते हुए पिछले कुछ महीनों से धीरे-धीरे बजरंग पोस्ट पर अपने सैनिक भेजने शुरू कर दिए। बजरंग पोस्ट का हाल जानने के लिए जा रहे इन 4 जाट रेजीमेंट के सिपाहियों को इस बात का जरा भी आभास नहीं है और वे लगातार अपनी खाली जान पड़ रही पोस्ट की तरफ बढ़ रहे हैं। दुश्मन की नजर लगातार उन पर बनी हुई है और वह भारतीय सैनिकों के अपनी फायरिंग रेंज तक आने का इंतजार कर रहा है। दोपहर लगभग 2.30 बजे सौरभ का 99 टॉप की चार्ली कंपनी के अपने अन्य साथियों के साथ रेडियो संपर्क टूट गया।

21 दिसंबर, 2018
गग्गल एयरपोर्ट
काँगड़ा, हिमाचल प्रदेश

दिसंबर का महीना और तापमान 5 डिग्री सेल्सियस। एक छोटा एयरक्राफ्ट ए.टी.आर.-72 रनवे पर उतरा। एयरक्राफ्ट में बैठे यात्रियों ने गले के चारों तरफ मफलर बाँधा, अपनी मोटी-मोटी जैकेट्स पहनीं और केबिन बैग्स से अपना-अपना सामान उतारने लगे। एयरक्राफ्ट से नीचे उतरने के लिए सब लाइन में खड़े हो गए। यात्री अपने आसपास के आश्चर्यचकित कर देनेवाले नजारे को देखकर मंत्रमुग्ध थे। कई यात्री दो इंजन वाले इस छोटे से एयरक्राफ्ट के साथ सेल्फी लेने और कई बैकग्राउंड (पृष्ठभूमि) में नजर आती बर्फ से ढँकी धौलाधर श्रृंखला की तसवीरें लेने के लिए थोड़ी देर वहीं रुक गए। मैंने जो कुछ बहुत छोटे हवाई अड्डे देखे हैं, उनमें से यह एक था। मैं इस हवाई अड्डे की पक्की सड़क को पार करते हुए अपने सहयात्रियों की तरह अति उत्साहित तो नहीं हुई, लेकिन इसमें कोई दो राय नहीं कि आसपास के खूबसूरत नजारे और खुशबूदार गुलाबों की महक ने मेरा मन मोह लिया था। इसके बाद मैंने शहीद कैप्टन सौरभ कालिया के सत्तर वर्षीय पिता डॉ. नरिंदर के. कालिया से मुलाकात के लिए पालमपुर तक की टैक्सी ली।

वर्ष 1999 में कैप्टन सौरभ कालिया को उनके पाँच साथियों समेत

पाकिस्तान ने बंधक बनाकर रखा था। सभी को तीन हफ्तों से ज्यादा समय तक अमानवीय यातनाएँ दी गईं और बाद में उनके सिरों में गोलियाँ मारकर उनके शव भारत को लौटा दिए गए। मैंने इन जवानों की पोस्टमॉर्टम रिपोर्ट पढ़ी थीं, जिसके बाद मुझे कई रातों तक नींद ही नहीं आई। सौरभ और उनके साथियों के साथ जो कुछ हुआ, उसकी कल्पना मात्र से किसी का भी मन सिहर उठेगा। सौरभ के माता-पिता पर क्या कुछ बीता होगा, इस बात को मैं अच्छी तरह समझ सकती हूँ; क्योंकि मैं भी एक बेटे की माँ हूँ। इस बात को गहराई से सोचती हूँ तो मन काँप जाता है।

कैप्टन सौरभ कालिया और उनके साथियों के साथ जो कुछ हुआ, वह पाकिस्तान द्वारा किया गया मानवाधिकार उल्लंघन का मामला है, जिसके खिलाफ डॉ. कालिया ने लगभग हर महत्त्वपूर्ण विभाग को पत्र लिखा। वह इसे 'जेनेवा समझौते' का उल्लंघन मानते हैं। इस मामले को अंतरराष्ट्रीय कोर्ट तक ले जाने के लिए उन्होंने लगभग हर दरवाजा खटखटाया, फिर चाहे वह देश के प्रधानमंत्रियों का हो, दूतावासों का हो या फिर कॉन्सुलेट का, लेकिन अब तक इस दिशा में उन्हें ज्यादा कुछ हासिल नहीं हो पाया है।

डॉ. कालिया से मुलाकात का व्यक्तिगत प्रयास मैंने इसलिए किया, ताकि न्याय के लिए लड़ी जानेवाली उनकी इस लड़ाई में कुछ कदम उनके साथ चल सकूँ। इसके अलावा, यह एक ऐसे देश का नागरिक होने की शर्मिंदगी से खुद को कुछ हद तक मुक्त करने का प्रयास भी है, जो अपने सैनिक के हक के लिए खड़ा नहीं हो सका; लेकिन फिलहाल मेरे दिमाग में कुछ और ही चल रहा है, जैसे आप उस पिता से बातचीत की शुरुआत कैसे करेंगे, जिसके जवान बेटे को ऐसा भयावह अंत देखना पड़ा? क्या ऐसा कुछ कहा जा सकता है, जिससे उनकी इस अंतहीन पीड़ा को कुछ हद तक कम किया जा सके? एक बात और, छोटे से हिल स्टेशन में रहनेवाला एक सीधा-सादा मध्यवर्गीय व्यक्ति, जो वैज्ञानिक और औद्योगिक शोध केंद्र (काउंसिल ऑफ साइंटिफिक ऐंड इंडस्ट्रियल रिसर्च) से बतौर वरिष्ठ वैज्ञानिक सेवानिवृत्त हुआ हो, जिसकी बोलते हुए जुबान लड़खड़ा जाती है और जिसे सही शब्दों के चयन में ढेरों परेशानियाँ आती हों, उसके भीतर अपने ही देश की सरकार से जवाब तलब

करने का इतना साहस भला कहाँ से आया? कैसे कोई व्यक्ति, जिसे अपनी इस लड़ाई में बमुश्किल कुछ एक जीत हासिल हुई हों, पिछले 19 सालों से लगातार लड़ सकता है? मुझे अपने इन सवालों के कोई जवाब नहीं सूझ रहे थे, लिहाजा मैंने अपने दिमाग के दरवाजे बंद किए और टैक्सी की खिड़की से बाहर झाँकना शुरू कर दिया। मेरे चारों तरफ किसी का भी मन मोह लेनेवाले बर्फ से ढँके पहाड़ थे, जो हवाओं को ठंडा कर रहे थे और ये ताजा-तरीन हवाएँ सीधे मेरे फेफड़ों तक पहुँच रही थीं। मेरे बगल में नीला-हरा न्यूगल खड बल खाते हुए पालमपुर से होते हुए गुजर रहा था।

यही वह जगह है, जहाँ सौरभ कालिया बड़े हुए और उन्होंने अपनी स्कूली पढ़ाई की। सौरभ के माता-पिता के मुताबिक, वह बचपन में काफी नटखट थे। सौरभ ने अपनी शुरुआती शिक्षा डी.ए.वी. स्कूल से हासिल की, जिसके बाद उन्होंने कैंटोनमेंट के केंद्रीय विद्यालय में दाखिला ले लिया। कैंटोनमेंट एरिया में अपनी बड़ी-बड़ी पलकों वाली आँखों से सौरभ ने सैनिक वरदी में जीवन के वैभव को देखा। यही वह जगह थी, जहाँ यह छोटा सा लड़का अनुशासन, स्मार्ट वरदी और देश की खातिर जान को जोखिम में डाल देनेवाली रोमांच भरी बातों का कायल हो गया। इसी जगह सौरभ ने फैसला किया कि वह भी एक आर्मी अफसर बनेंगे।

पालमपुर जैसे छोटे से हिल स्टेशन में आपको शहीदों के घरों तक पहुँचने के लिए किसी पते की आवश्यकता नहीं होती। 'परम वीर चक्र' (पी.वी.सी.) विजेता शहीद कैप्टन विक्रम बत्रा भी यहीं से थे और पाँच साल पहले जब मैं अपनी पुस्तक 'द ब्रेव' के लिए शोध कर रही थी तो उनके घर को ढूँढ़ते वक्त भी मुझे ऐसा ही अनुभव हुआ था। अब की बार मैंने ज्यादा समझदारी से काम लिया और डॉ. कालिया पर इस बात के लिए दबाव नहीं डाला कि वह मुझे अपना पूरा पता भेजें, जैसा कि मैंने शहीद विक्रम बत्रा के पिता श्री गिरधारी लाल बत्रा के साथ किया था। उस वक्त उन्होंने कहा था, "बेटा, पालमपुर में किसी से भी पूछ लेना, हमारे घर का रास्ता बता देगा।"

इस बार मैंने कार की खिड़की से अपना सिर बाहर निकाला और राहगीरों से पूछा, "क्या आपको कैप्टन सौरभ कालिया का घर मालूम है?"

मेरे इस सवाल पर लोग हँसते हुए 'हाँ' में सिर हिलाते। वहाँ चारों तरफ नजर दौड़ाने पर मुझे सिर के चारों तरफ शॉल लपेटे महिलाएँ, सिलाई मशीन में तेल डालता चश्माधारी दर्जी और लुक-छुपकर बीड़ी पीता एक बुजुर्ग दिखाई दिया। सलवार-कमीज और चोटी पर रिबन लगाए गुलाबी गालोंवाली उत्साही स्कूली लड़कियों ने एक तरफ सिर झुकाते हुए अपने हाथों से इशारा कर मुझे सौरभ कालिया के घर का रास्ता दिखाया।

गले के हार में पन्ने जैसे लगने वाले सड़क के साथ बिखरे चाय के बागानों से होकर गुजरते हुए हम हरे रंग की छत और चटख लाल घरों को पीछे छोड़ते हुए आगे बढ़ रहे थे। मेरे टैक्सी ड्राइवर विपिनजी और मैंने सड़क पर बने मार्गदर्शक चिह्नों या फिर गूगल मैप की परवाह नहीं की और लोगों के बताए रास्ते पर बढ़ते गए, जो हमें आखिरकार उस घर तक ले गया, जिसके मुख्य द्वार पर एक चिह्न था, जो हमें बताता था कि हम अथाह व्यक्तिगत नुकसान झेलनेवाले परिवार तक पहुँच गए हैं। घर के मुख्य द्वार पर अंतरराष्ट्रीय स्तर पर मान्यता प्राप्त नीचे की तरफ प्वॉइंट करती एक राइफल और उसके ऊपर युद्ध के दौरान पहने जानेवाले हेलमेट की प्रतिमा थी, जो शहीद जवानों को एक श्रद्धांजलि समझी जाती है। कैप्टन सौरभ कालिया के नाम के नीचे काले संगमरमर पर खुदा हुआ है—29 जून, 1976 से 9 जून, 1999। यह तारीख इस बात की याद दिलाती है कि कैसे कैप्टन कालिया अपने जीवन के बेहतरीन पलों को देखने और उन्हें पाने की चाहत में बाँहें फैलाने से पहले ही शहीद हो गए। उन्होंने अपने फौजी बनने के सपने को जरूर पूरा किया, लेकिन वह केवल छह महीनों तक ही अपने इस सपने को जी पाए। द्वार पर लगी उनकी अकेली नेमप्लेट को देखकर लगता है कि वह अब भी वहीं रहते हैं; हालाँकि वह अब केवल अपने माता-पिता और भाई के दिल में ही रहते हैं। कालिया परिवार ने कभी भी इस नेमप्लेट में अपना नाम जोड़ने की बात नहीं सोची।

डॉ. कालिया ने मुसकराते हुए मेरा स्वागत किया। जब मैंने सौरभ की माँ श्रीमती विजया कालिया को हाथ जोड़कर नमस्ते किया तो उन्होंने मुझे इस तरह से गले लगाया कि मेरी सारी व्यावसायिक आशंकाएँ और व्यक्तिगत दुःख पिघल गए। उन्होंने कितना कुछ खोया है और फिर भी वह कितना कुछ दे पाने

में सक्षम हैं, यह सोचकर मेरी आँखें भर आईं।

हम सौरभ-स्मृति कक्ष के आगे से गुजरे।

"हम आपको यहाँ बाद में लेकर जाएँगे। सबसे पहले नाश्ता कर लीजिए।" डॉ. कालिया मुझे छत की तरफ ले जाते हुए कहते हैं। छत पर शीशे (ग्लास) से बनी एक झोंपड़ी है, जो ठंडी हवाओं से बचाकर सूरज की गरमाहट हमारे शरीर तक पहुँचाती है। इससे बाहर देखने पर बर्फ से ढँके पहाड़ों का खूबसूरत स्वप्निल दृश्य दिखाई देता है।

मैंने अपना पूरा दिन कालिया परिवार के साथ बिताया। डॉ. कालिया और श्रीमती कालिया के अलावा उनके छोटे बेटे और सौरभ के भाई वैभव कालिया भी हमारे साथ ही थे। कालिया परिवार के प्रेम-भाव ने मेरे अपराध-बोध को खत्म कर दिया। कालिया परिवार ने सौरभ के बारे में काफी बातें बताईं, जैसे बचपन में नॉटी यानी सौरभ बहुत कम बोलनेवाले और शांत स्वभाव के थे। सौरभ को परिवारवालों और दोस्तों के लिए खाना बनाने में बहुत मजा आता था। उन्होंने सौरभ के देर से उठने की आदत पर हँसते हुए बताया कि सौरभ को सुबह जल्दी उठना एकदम पसंद नहीं आता था। परिवारवालों ने याद किया कि कैसे किसी ने श्रीमती कालिया को बताया था कि आई.एम.ए. में जो कैडेट्स देर से उठते हैं, उन पर समय से उठनेवाले कैडेट्स को बूट पहनकर दौड़ने को कहा जाता है। यह बात सुनकर श्रीमती कालिया बुरी तरह से डर गईं और फटाफट सौरभ के लिए एक अलार्म घड़ी लाकर उनसे बोलीं, "तू तो सुबह उठता ही नहीं है, बेटा। तेरे ऊपर तो वे रोज बूटवाले लड़के दौड़ाएँगे।"

वैभव ने इस हँसी-मजाक को आगे बढ़ाते हुए बताया कि जब सौरभ अकादमी से पहले टर्म के ब्रेक के बाद वापस आए तो उनका वजन इतना कम हो गया था कि उनके दोस्त उनका मजाक उड़ाते हुए बोले, "फौजियों ने तो आलू छील दिया।" वैभव ने मुझे यह भी बताया कि शुरुआत में सौरभ एक डॉक्टर बनना चाहते थे, लेकिन जब वह आर्मी कैंटोनमेंट के स्कूल में जाने लगे तो वहाँ के आकर्षण से मंत्रमुग्ध हो गए। सौरभ अपने भाई से कहा करते, "उनमें जबरदस्त अनुशासन होता है, हम लोगों से एकदम अलग। मैं भी सोचता हूँ कि आर्मी में चला जाऊँ!"

सौरभ ने मेडिकल कॉलेज में एडमिशन के लिए प्रवेश परीक्षा भी दी थी, लेकिन उन्हें किसी अच्छे कॉलेज में दाखिला नहीं मिल पाया। वह जानते थे कि उनके माता-पिता के लिए उनकी फीस चुका पाना मुश्किल होगा। श्रीमती कालिया कहती हैं कि उन्होंने सौरभ से कहा कि अगर वह वाकई डॉक्टर बनना चाहते हैं तो हम लोग किसी-न-किसी तरीके से पैसों का इंतजाम कर लेंगे, लेकिन सौरभ ने अपनी माँ की आँखों में देखा और उपेक्षापूर्ण हँसी के साथ कमरे से बाहर निकलते हुए कहा, "मुझे ठप्पेवाला डॉक्टर नहीं बनना।"

चौधरी सरवन कुमार हिमाचल प्रदेश कृषि विश्वविद्यालय, पालमपुर से ग्रेजुएशन करने के बाद सौरभ ने संयुक्त रक्षा सेवा (कंबाइंड डिफेंस सर्विसेज—सी.डी.एस.) की परीक्षा पास की और सन् 1997 में आई.एम.ए. में गए। सौरभ के माता-पिता दोनों ही 12 दिसंबर, 1998 को उनकी पासिंग आउट परेड देखने गए थे। इसके बाद सौरभ कुछ दिनों की छुट्टी पर वापस घर लौटे थे। वह इस बात से बहुत खुश थे कि अब उनको वेतन मिलना शुरू हो जाएगा। सौरभ ने अपनी माँ को दस्तखत किया एक खाली चेक पकड़ाया और उदारता दिखाते हुए कहा, "मैंने कमाना शुरू कर दिया है। अब आपको पैसों की चिंता करने की कोई जरूरत नहीं है। जब जरूरत हो, निकाल लेना।" विडंबना यह है कि न तो सौरभ और न ही उनकी माँ कभी उनके बैंक से एक भी पैसा निकाल पाए। पहला वेतन बैंक में आ पाता, इससे पहले ही सौरभ शहीद हो गए।

अपने परिवार के साथ लगभग पंद्रह दिन बिताने के बाद सौरभ ने बरेली के लिए ट्रेन पकड़ ली, जहाँ उन्हें कश्मीर में 4 जाट रेजीमेंट में शामिल होने से पहले 29 दिसंबर को जाट रेजीमेंटल सेंटर में रिपोर्ट करना था। उन्हें इस बात पर काफी गर्व था कि वह भारतीय सेना की सबसे लंबी-सेवारत और सबसे ज्यादा अलंकृत रेजीमेंट में शामिल हो रहे हैं। ट्रेन के रवाना होने पर सौरभ ने हाथ हिलाकर अपने माता-पिता को अलविदा कहा, फिर एक हाथ कुछ इस तरह झुकाया, मानो अपनी माँ के पैर छू रहे हों। "माँ, तुम देखना, एक दिन ऐसा काम कर जाऊँगा कि सारी दुनिया में मेरा नाम होगा!" सौरभ ने अपनी माँ से कहा था। इस बात पर हँसते हुए उन्होंने कहा था, "बड़ा आया नाम कमानेवाला, तू ठीक से बरेली पहुँच जा! बस, इतना ही काफी है।"

इसके बाद सौरभ ने अपने परिवारवालों को कुछ चिट्ठियाँ भी लिखीं। उनमें एक चिट्ठी में उन्होंने अफसरों की मेस में खाने के दौरान दिए अपने पहले भाषण का जिक्र किया था। सौरभ ने लिखा था कि कैसे इस दौरान उन्होंने शरमाते हुए अपनी यूनिट से कहा था, "आज मुझे 4 जाट में होने पर गर्व है। एक दिन 4 जाट को मुझपर गर्व होगा।" सौरभ ने 30 अप्रैल, 1999 को अपने छोटे भाई वैभव के 20वें जन्मदिन पर उन्हें बधाई देने के लिए फोन किया था। सौरभ ने उस दौरान कहा था कि वह फॉरवर्ड पोस्ट के लिए रवाना हो रहे हैं और हो सकता है कि कुछ दिनों तक परिवारवाले उनसे संपर्क नहीं कर पाएँ। "अगर मैं चिठ्ठी नहीं लिखता या फिर फोन नहीं कर पाता तो परेशान मत होना, मैं 29 जून को अपना जन्मदिन मनाने घर आऊँगा।" सौरभ ने कहा था। इसके बाद एक लंबी खामोशी छा गई। सौरभ कालिया द्वारा अपने घरवालों को की गई वह आखिरी फोन कॉल थी।

जून का पहला हफ्ता था, सौरभ के छोटे भाई वैभव ने 'इंडियन एक्सप्रेस' की एक खबर पढ़ी कि रेडियो पाकिस्तान की एक खबर के मुताबिक स्कर्दू में उन्होंने एक भारतीय अफसर को बंधक बना लिया है। वैभव को यह खबर पढ़कर झटका लगा और वह अपनी माँ से बगैर कुछ बोले सीधे अपने पिता डॉ. कालिया के दफ्तर पहुँच गए। वैभव ने डॉ. कालिया को इस खबर के बारे में बताया और दोनों सीधे होल्टा कैंटोनमेंट की तरफ रवाना हो गए। कैंटोनमेंट पहुँचने पर उन्हें बताया गया कि सौरभ मई की शुरुआत से ही गायब हैं। दोनों को यह सुनकर गहरा धक्का लगा। 9 जून को रात 7.30 बजे पाकिस्तान ने भारत को छह क्षत-विक्षत और विकृत शव लौटाए। उन शवों की पहचान 4 जाट के कैप्टन सौरभ कालिया, राइफलमैन अर्जुन राम बासवाना, मूला राम बिदियासर, नरेश सिंह सिनसिनवार, भँवर लाल बगेरिया और भीका राम मूध के तौर पर हुई। मृत्यु के समय सौरभ की उम्र महज 22 साल और अर्जुन राम की 18 साल थी।

इस बात का खुलासा बाद में जाकर हुआ कि पाकिस्तानी फौज ने कैप्टन सौरभ कालिया और उनके पाँच साथियों को 15 मई, 1999 से 7 जून, 1999, यानी 22 से ज्यादा दिनों तक बंधक बनाकर रखा था। जवानों के शवों को देखकर ही पता चल रहा था कि उन्हें कितने अमानवीय तरीके से प्रताड़ित किया

गया था। उन जवानों की पोस्ट-मॉर्टम रिपोर्ट से खुलासा हुआ कि उन्हें जलती सिगरेटों से ज़लाया गया, गरम सलाखों से उनके कान के परदे छेदे गए, आँखें निकालने से पहले उनमें छेद कर दिए गए। उन सभी के ज्यादातर दाँत और हड्डियाँ तोड़ी गई थीं। जवानों के सिरों तक की हड्डियाँ तोड़ दी गई थीं। इतना ही नहीं, उनके होंठ, नाक और गुप्तांग काटकर उन्हें भयावह यातनाएँ दी गई थीं, जैसा कि कनपटी में मिले घावों से पता चलता है कि आखिरकार सभी को गोली मार दी गई। पोस्ट-मॉर्टम रिपोर्ट से यह बात भी साफ हुई कि ये सभी यातनाएँ उन्हें मरने से पहले दी गईं।

तत्कालीन सेना प्रमुख जनरल वी.पी. मलिक ने अपनी पुस्तक 'कारगिल : फ्रॉम सरप्राइज टू विक्ट्री' में लिखा कि सेना ने भारत के रेडक्रॉस और रेडक्रॉस की अंतरराष्ट्रीय समिति से इन जवानों के शवों के पोस्ट-मॉर्टम करने की विनती की थी; लेकिन दोनों ही एजेंसियों ने ऐसा करने से इनकार कर दिया। आखिरकार, वे पोस्ट-मॉर्टम दिल्ली कैंटोनमेंट के सैन्य अस्पताल में किए गए और यातनावाली बात की पुष्टि हुई। इस घटना से स्तब्ध और बेहद परेशान तत्कालीन विदेश मंत्री और खुद सेना में रह चुके जसवंत सिंह ने रिपोर्ट देखने के बाद व्यक्तिगत रूप से मीडिया को संबोधित किया और इसे 'शिष्ट समाज के खिलाफ अपराध' की संज्ञा दी, जो मध्ययुगीन बर्बरता के समान था।

वैभव ने बताया कि जब सौरभ का शव पालमपुर लाया गया तो वह उनकी पहचान की पुष्टि करने के लिए कैंटोनमेंट गए। "उन्होंने सौरभ को पहचानने के लिए मुझे उनका चेहरा दिखाया, जो इतनी खराब हालत में था कि पूछिए मत। सौरभ के चेहरे पर उनकी भौंहों के अलावा कुछ भी नहीं बचा था। मैंने पापा-मम्मी को भी सौरभ का चेहरा नहीं देखने दिया।"

सौरभ का दाह-संस्कार खिले गुलाबों, चमकते पानी और बर्फ से ढँके धौलाधार पहाड़ों वाले पालमपुर में हुआ। सौरभ यहीं पले-बढ़े और अपने जीवन के सबसे खुशनुमा पलों को उन्होंने यहीं जिया। सौरभ की माँ श्रीमती विजया कालिया ने जैसे ही सौरभ के गायब होने की खबर सुनी, उसी दिन उन्हें दिल का दौरा पड़ गया था। सौरभ की मृत्यु के बाद श्रीमती कालिया ने अपनी सरकारी नौकरी छोड़ दी, लेकिन अपने बेटे के लिए आँसुओं की एक बूँद तक

नहीं बहाई। "यह उसके बलिदान के महत्त्व को कम कर देता। मुझे अपने बेटे पर बहुत गर्व है। उसने अपने देश के लिए अपनी जान न्योछावर कर दी।" वह कहती हैं।

इस घटना से बुरी तरह टूट चुके डॉ. कालिया ने कसम खाई कि वह तीन हफ्ते से ज्यादा समय तक अमानवीय यातनाएँ झेलनेवाले अपने बेटे और उनके पाँचों साथियों के मानवाधिकारों के लिए तब तक लड़ते रहेंगे, जब तक कि गुनाहगारों को उनके किए की सजा नहीं मिल जाती। "उन सभी ने कैद में कारगिल युद्ध लड़ा, अकेले और निःशस्त्र!" डॉ. कालिया कहते हैं।

डॉ. कालिया की यह यात्रा बेहद लंबी और पीड़ादायक रही, जिसके हर चरण में ढेरों बाधाएँ आईं। "सौरभ एक सिपाही था। वह अपनी ड्यूटी कर रहा था। माता-पिता के लिए यह बेहद गर्व की बात है कि उनके बेटे ने अपने देश के लिए जान कुरबान कर दी, लेकिन यह जानना कि दुश्मन की गिरफ्त में उसे अमानवीय यातनाएँ दी गईं, इसे कोई भी माता-पिता, कोई भी सेना और किसी भी देश को बरदाश्त नहीं करना चाहिए।" वह कहते हैं, "इससे कोई फर्क नहीं पड़ता कि मुझे अपने इस मिशन में सफलता मिलती है या नहीं। मैं अपनी अंतिम साँस तक इन जवानों के लिए यह लड़ाई लड़ता रहूँगा।" डॉ. कालिया ने कहा। उनके शांत चित्त चेहरे पर जो गरिमा नजर आ रही थी, वह कई दिनों तक मेरे दिमाग में बसी रही।

इस घटना के बाद कई वर्षों तक कालिया परिवार के घर पालमपुर में आने-जानेवालों का ताँता लगा रहा। लोग आते और उनके बेटे सौरभ के साथ जो कुछ हुआ, उस पर संवेदना व्यक्त करते। पालमपुर पोस्ट ऑफिस से बोरियों में भर-भर कर उनके घर चिट्ठियाँ पहुँचाई जातीं, जिनमें डॉ. कालिया की लड़ाई में उनका साथ देने की बात लिखी होती। डॉ. कालिया के मेलबॉक्स में अब भी उनके साथ खड़ा होने की बात करते लोगों के मेल आते रहते हैं। डॉ. कालिया द्वारा दाखिल की गई सार्वजनिक न्याय याचिका (पी.ओ.एल.) पर दो लाख से ज्यादा लोगों ने हस्ताक्षर किए। एक युवा कलाकार सौरभ की एक सुंदर तसवीर के साथ डॉ. कालिया के घर भी आया था, जिसमें सौरभ का चेहरा लहराते हुए तिरंगे से बाहर झाँकता दिखाया गया है। इतना ही नहीं, हमीरपुर में भाषण देने

आई यूरोपीय परमाणु शोध संगठन (सी.ई.आर.एन.) में काम कर रही एक वैज्ञानिक ने तो पालमपुर जाकर कालिया परिवार से मुलाकात की और उन्हें अपने साथ स्विट्जरलैंड रहने की प्रार्थना भी की। उसने कालिया परिवार को वहाँ के टिकट खरीदने का प्रस्ताव भी दिया, लेकिन दिल को छू लेनेवाला एक श्रद्धांजलि देता पत्र आया अमेरिका में बसे एक पाकिस्तानी की तरफ से। उस पाकिस्तानी ने डॉ. कालिया को 'कुरान' की एक प्रति और फूल के पौधों के कुछ बीज भेजे थे। कैप्टन सौरभ कालिया की मृत्यु पर भारी अफसोस जताते हुए उसने लिखा—"सौरभ के साथ जो कुछ हुआ, उसका मुझे बेहद अफसोस है। हमारा देश अब मुल्लाओं के नियंत्रण में है।"

डॉ. कालिया के घर से रवाना होने से पहले मैंने अपने जूते उतारे और सौरभ स्मृति कक्ष का दौरा किया। यहाँ सौरभ के माता-पिता ने उनसे जुड़ी हर चीज को बहुत प्यार से सँजोकर रखा है। उस कमरे में सौरभ की वरदी में कुछ तसवीरें हैं। इसके अलावा, उनका काला टिन का बक्सा, वरदी, वोटर आई.डी. कार्ड, छह जोड़ी जूते, चेलपार्क स्याही की एक बोतल, उनके नाम वाली एक अलार्म घड़ी, पार्क एवेन्यू का आफ्टरशेव लोशन, उनके मृत शरीर से मिला उनका बटुआ, ऐश्वर्या राय का एक पोस्टर—जिसे उन्होंने आई.एम.ए. में ट्रेनिंग के दौरान अपने कमरे में लगाया हुआ था और 4 जाट के स्वर्गीय अमित भारद्वाज की एक तसवीर लगी हुई है। शहीद अमित भारद्वाज वही जवान थे, जिन्हें सौरभ के लापता होने के एक दिन बाद उनकी खोज-खबर लेने के लिए एक पेट्रोलिंग टीम की अगुवाई में पोस्ट पर भेजा गया था। इस टीम पर दुश्मनों ने अंधाधुंध फायरिंग की, जिसमें कैप्टन भारद्वाज दो अन्य जवानों के साथ उसी पोस्ट के पास शहीद हो गए थे। 57 दिनों तक उनके मृत शरीर को अपने कब्जे में नहीं लिया जा सका था। दिल्ली के लिए वापसी की फ्लाइट लेते समय मेरा मन बहुत भारी था।

एक हफ्ते बाद मैंने ब्लोअर से गरम हुए अपने पढ़नेवाले कमरे में इस कहानी को लिखना शुरू किया। उसी दौरान अपने सेलफोन पर मैं फोटो गैलरी में पड़ी तसवीरों को देखने लगी, जो मैंने पालमपुर में ली थीं। इनमें एक फोटो वह भी थी, जिसमें डॉ. कालिया सौरभ की फोटो के आगे खड़े हैं। सौरभ की

तसवीर पर माला डली हुई है। मैं कई मिनटों तक उस तसवीर को देखती रही। गौर करने पर मैंने पाया कि पिता और पुत्र के चेहरों में एक विलक्षण समानता है। दोनों के चेहरों की हड्डियों का ढाँचा एकदम मिलता-जुलता है। उनके होंठ और नाक भी एक जैसे ही दिखते हैं। उनकी आँखों में वही शांति नजर आती है और दोनों की मूँछें भी एक जैसी हैं। मैंने एक अन्य तसवीर देखी, जो मैंने उनकी फैमिली फोटो एलबम से ली थी। ये फोटो तब की है, जब डॉ. कालिया की उम्र बहुत ज्यादा नहीं थी। इस फोटो में वह सौरभ के कंधे पर बाँहें फैलाए हुए हँस रहे हैं। सौरभ उस समय कॉलेज में रहे होंगे। यह फोटो देखकर मेरे दिमाग में बस, एक ही खयाल आया कि क्या डॉ. कालिया कभी भी दोबारा ऐसे हँस पाएँगे ? एक अन्य फोटो में सौरभ एक मोटा स्वेटर पहने हुए हैं और शरमाते हुए अपनी माँ को गले लगा रहे हैं। दोनों कैमरे की तरफ देखकर हँस रहे हैं।

बेशक, सौरभ तसवीरों, यादों और बातों में अभी भी बाईस वर्ष के ही हैं, लेकिन कालिया परिवार के सदस्यों की उम्र अब काफी हो चुकी है। श्रीमती कालिया को दिल की बीमारी है और आर्थराइटिस के कारण वह धीरे-धीरे ही चल पाती हैं। डॉ. कालिया के बाल करीब-करीब सफेद हो चुके हैं। दोनों हँसते जरूर हैं, लेकिन टूटे हुए दिल का दर्द हमेशा उनके चेहरे पर नजर आता है। मैं पूरे दिल से उम्मीद करती हूँ कि एक दिन सौरभ को न्याय जरूर मिलेगा और कालिया परिवार का दर्द कुछ हद तक कम होगा।

लेखक का नोट

तमाम साक्ष्यों और तत्कालीन विदेश मंत्री ज़सवंत सिंह के शुरुआती गुस्से के बावजूद भारत सरकार ने अपने छह जवानों के मानवाधिकार विरोधी उत्पीड़न के खिलाफ यह दलील देते हुए अंतरराष्ट्रीय न्यायालय (आई.सी.जे.) का दरवाजा नहीं खटखटाया कि भारत-पाकिस्तान के बीच का यह मुद्दा अंतरराष्ट्रीय कोर्ट के अधिकार-क्षेत्र में नहीं आता और 'शिमला समझौते' के मुताबिक आपस में बातचीत से ही सुलझाया जा सकता है।

डॉ. कालिया अब भी सुप्रीम कोर्ट में अपना केस लड़ रहे हैं, ताकि केंद्र सरकार पर इस मामले की जाँच के लिए अंतरराष्ट्रीय कोर्ट का दरवाजा खटखटाने

के लिए दबाव बनाया जा सके। राजनयिक संबंधों के जानकार कहते हैं कि जब भारतीय वायु सेना ने एक पाकिस्तानी नौसेना के अटलांटिक एयरक्राफ्ट को गुजरात में मार गिराया था तो कारगिल युद्ध के तुरंत बाद पाकिस्तान ने आई.सी.जे. का दरवाजा खटखटाया था, लेकिन तब भारत ने सन् 1974 के घोषणा-पत्र का हवाला देते हुए कहा था कि ऐसे मामले आई.सी.जे. के अधिकार-क्षेत्र में नहीं आते, जिसमें वर्तमान या फिर पूर्व राष्ट्रमंडल देश शामिल हों। अगर भारत कालिया मामले में आई.सी.जे. जाता है, तब पाकिस्तान भी भारत के खिलाफ यही दलील दे सकता है। इसके बावजूद अगर भारत इस मामले में आई.सी.जे. में अपील करता है तो यह सुरक्षा कवच अमान्य हो जाएगा और भारत में जम्मू व कश्मीर जैसे मुद्दों पर अंतरराष्ट्रीय मध्यस्थता के लिए मार्ग खोल देगा। तब पाकिस्तान के पास भारत के खिलाफ कोई दूसरा मुद्दा, जैसे कश्मीर में तथाकथित मानवाधिकार उल्लंघन के मामले में आई.सी.जे. का दरवाजा खटखटाने का विकल्प मौजूद होगा, अगर वह भविष्य में इस तरह का मुद्दा उठाना चाहेगा।

हालाँकि भारत ने कुलभूषण जाधव के मामले में आई.सी.जे. का दरवाजा खटखटाया है। दरअसल, जाधव को पाकिस्तान की एक सैनिक अदालत ने अप्रैल 2017 में जासूसी और आतंकवाद के अभियोग में मृत्युदंड की सजा सुनाई थी। 18 मई, 2017 को आई.सी.जे. की दस सदस्यीय बेंच ने पाकिस्तान को जाधव की फाँसी पर अमल करने से रोक दिया। आई.सी.जे. ने कहा कि जब तक इस मामले पर उसकी तरफ से कोई फैसला नहीं सुना दिया जाता, तब तक जाधव को फाँसी नहीं दी जा सकती। इस मुद्दे ने कालिया परिवार के मन के भीतर एक नई उम्मीद जगाई है।

यह अध्याय कालिया परिवार और पोस्ट-मॉर्टम रिपोर्ट की कॉपी रखनेवाले सुप्रीम कोर्ट में उनके वकील अरविंद शर्मा से बातचीत पर आधारित है। सौरभ के आखिरी पेट्रोल का विवरण नायब सूबेदार पिंकू कुमार के एक इंटरव्यू से लिया गया है। नायब सूबेदार पिंकू कुमार सौरभ और उनकी टीम की तलाश के लिए निकली स्वर्गीय कैप्टन अमित भारद्वाज की पेट्रोलिंग टीम के जीवित बचे लोगों में एक थे।

□

अध्याय-2

बगैर साथियों के नहीं

एक लद्दाखी बौद्ध अफसर अपने साथियों तक जल्द-से-जल्द पहुँचने के लिए एक ग्लेशियर पर चढ़ता है। दुश्मन उसके साथियों पर हावी है और उसके साथियों का गोला-बारूद भी तेजी से खत्म होता जा रहा है।

30 मई, 1999
सुबह 10.30 बजे
बी.एस.एफ. बेस कैंप
हनडंगब्रोक, बटालिक

ए.एन./पी.आर.सी.-25 (आर्मी, नौसेना/पोर्टेबल रेडियो संचार) आज सुबह से रेडियो सेट तीसरी बार बज चुका है। मग में गरमागरम लांगर चाय पीते सोनम अपना मग एक तरफ रखकर रिसीवर उठाते हैं—"साहब, दुश्मन का फायर और तेज हो गया है। आप नहीं आए तो हम जिंदा नहीं बचेंगे।"

रेडियो सेट से आ रही आवाज को साफ-साफ सुन पाना काफी मुश्किल हो रहा था। इस कारण सोनम को यह पता नहीं लग पाता कि यह उनके किस साथी की आवाज है, लेकिन वह इस आवाज में छुपी घबराहट को अच्छी तरह से समझ पा रहे हैं। उन्हें ऐसा लग रहा है, मानो यह आवाज कई साहसिक मिशन में उनके साथी रहे हवलदार सोनम रिगजिन की है! उनके जैसा बहादुर जवान उन्होंने आज तक नहीं देखा।

"चिंता मत करो, मैं आ रहा हूँ।" सोनम अपनी फौलादी आवाज में कहते हैं। दूसरी लाइन से वह दाह के सब-सेक्टर कमांडर से बात करने की कोशिश करते हैं।

"सर, मेरे साथियों के सिर पर खतरा मँडरा रहा है। मुझे वहाँ जाना ही होगा।" वह कहते हैं।

"मुझे खेद है सोनम, ब्रिगेड कमांडर ब्रीफिंग में व्यस्त हैं। तुम्हें उनके आदेश का इंतजार करना होगा।" दूसरी लाइन पर मौजूद अफसर अपनी लाचारी जताते हुए कहते हैं।

चौड़े कंधों, धूप के कारण भूरी पड़ चुकी त्वचा, तगड़ी मांसपेशियों और सुगठित डील-डौलवाले सोनम ने ऐसा व्यक्तित्व किसी जिम में कसरत करते हुए नहीं, बल्कि अपने कर्तव्य को पूरा करने के लिए पहाड़ों पर चढ़ाई करते हुए पाया है। सोनम अपनी सीट से उठते हैं और अपने कमाडिंग अफसर (सी.ओ.) को ढूँढ़ने निकल पड़ते हैं। हालाँकि कर्नल ए.एस. चंडोक कारगिल युद्ध शुरू होने के बाद से कमांड की श्रृंखला में नहीं हैं और सोनम की कंपनी एक मिशन पर है। उनकी कंपनी सीधे 70 इन्फैंट्री ब्रिगेड के मातहत है। कर्नल चंडोक यह पता लगाने गए हैं कि उनके लोग कितनी दूर तक पहुँचे।

"सर, मेरे साथियों को मदद माँगे डेढ़ घंटा हो गया है।" सोनम कहते हैं, "अगर उनका गोला-बारूद खत्म हो गया तो या तो वे मारे जाएँगे या फिर दुश्मन के हाथ लग जाएँगे। अगर उन्हें कुछ हुआ तो मैं खुद को कभी माफ नहीं कर पाऊँगा। मेहरबानी करके मुझे जाने दीजिए।"

"ठीक है, सोनम।" कर्नल चंडोक जवाब देते हैं। उनकी भौंहें तन जाती हैं, "जाओ, मैं तुम्हारे लिए जिम्मेदारी ले लूँगा।"

अक्तूबर 2018
बेवरली पार्क अपार्टमेंट,
द्वारका, दिल्ली

मेरे घर के दरवाजे की घंटी बजती है। हालाँकि दरवाजा खोलने में मुझे थोड़ा वक्त लगता है, लेकिन घंटी दोबारा नहीं बजती। दरवाजा खुलते ही सामने खड़े दिखते हैं धैर्यवान्, शांतचित्त, 'महावीर चक्र' विजेता कर्नल सोनम वांगचुक। वह नम्रतापूर्ण ढंग से मुसकराते हैं। उनसे प्रवाहित होती संन्यासी की-सी शांति

सीधा हम तक पहुँच रही है।

मैंने इस प्रसिद्ध बौद्ध योद्धा के बारे में काफी कुछ सुना व पढ़ा है। ऐसे में उन्हें अपने घर पर देखना किसी सपने से कम नहीं लगता। कर्नल वांगचुक का बेटा दिल्ली में पढ़ रहा है। वह उसी से मिलने दिल्ली आए हुए हैं और खेल गाँव में रुके हुए हैं।

कारगिल युद्ध को उन्नीस साल बीत चुके हैं। कर्नल वांगचुक इस साल की शुरुआत में ही सेना से सेवानिवृत्त हुए हैं और अब लेह के विपश्यना केंद्र के प्रशासनिक कामकाज में मदद करते हैं, जहाँ के वह ट्रस्टी भी हैं। वह मेरे प्रसन्नचित्त पति से हाथ मिलाते हैं, उनके डील-डौल की तारीफ करते हैं और मेरे बेटे सारांश की पीठ थपथपाते हैं। सारांश अभी-अभी स्कूल से वापस लौटा है और अपने स्कूल बैग को एक किनारे फेंकते हुए यह देखने बैठक की तरफ दौड़ता है कि कारगिल का यह हीरो वास्तविक जीवन में कैसा दिखता है! कुछ ही मिनटों में हमारा सुनहरे रंग का कुत्ता कर्नल वांगचुक के पैरों में आकर लेट जाता है। हम तीनों उन्हें चारों तरफ से घेरे हुए हैं और उनकी मौजूदगी से मंत्रमुग्ध हैं। हमारे पुराने लाल रंग के सोफे पर पीछे की तरफ पीठ टिकाते हुए, हाथ में कॉफी मग लिये कर्नल वांगचुक हमें अपनी प्रतिबद्धता और साहस की कहानियाँ सुनाते हैं।

हैरानी की बात यह है कि युद्ध की यह कहानी दलाई लामा से शुरू होती है।

25 मई, 1999
परम पावन दलाई लामा का घर,
जीवेछल, चोकलमसर

लद्दाख की गरमियों की एक खूबसूरत सुबह। गहरा नीला आसमान किसी पेंटिंग का-सा आभास कराता है। हवा एकदम साफ है। ऐसा लगता है मानो सूर्य हवा से लहलहा रहे प्रार्थनावाले झंडों को देख मुसकरा रहा है। इस शांत और खूबसूरत दृश्य को देखने के बाद यह कल्पना कर पाना जरा मुश्किल लगता है

कि नजदीक ही युद्ध के काले बादल मँडरा रहे हैं।

मैरून रंग के कपड़ों में और चेहरे पर सौम्य मुसकान लिये दलाई लामा बरामदे में खड़े हैं। वह अपनी बाँहें फैलाकर सबको आशीर्वाद देते हैं। उनके आगे लद्दाखी सैनिकों की वरदीधारी सैन्य टुकड़ी खड़ी है। खाली सिर और निहत्थे वे एक-एक करके उनके पास आते हैं और अपने सिर श्रद्धा से झुका देते हैं। परम पावन दलाई लामा उनके नजदीक जाकर उनके चेहरों को अपने हाथों में लेते हैं। वह हर सैनिक के गले में पवित्र धागा 'स्त्रुंगा' पहनाते हैं। उनके साथ खड़े लामा सभी को चिंगलैप, यानी प्रसाद की छोटी बॉल देते हैं। पवित्र धागा, प्रसाद और दलाई लामा का आशीर्वाद पाकर सैनिक आश्वस्त हो जाते हैं कि युद्धभूमि में अब उन्हें अपना सुरक्षा कवच मिल गया है।

इन जवानों की उम्र पच्चीस से पैंतीस साल के बीच है। इनके साथ हैं इनके कंपनी कमांडर मेजर सोनम वांगचुक। ये सभी 25 किलोमीटर दूर खरु से आए हैं और जल्द ही बटालिक का रुख कर पाकिस्तान के साथ युद्ध लड़ रहे अपने बाकी साथियों के साथ जुड़ेंगे। यूँ तो सभी जवान बौद्ध हैं, लेकिन उनके लिए यह समय लद्दाख स्काउट्स के एक सैनिक के तौर पर अपनी जिम्मेदारी निभाने का है। लद्दाख स्काउट्स सीमा की निगरानी करनेवाला एक सशस्त्र बल है, जो सीधे-सीधे रक्षा विभाग के मातहत काम करता है। मेजर सोनम वांगचुक उनके साथ 4 असम राइफल्स से जुड़े हैं। उनकी नियुक्ति भारतीय सेना द्वारा की गई है।

परम पावन दलाई लामा से मुलाकात के बाद सभी जवान दौड़ लगाते हुए पार्किंग में पहुँचते हैं। उनके ट्रक उन्हें वापस खरु की तरफ ले जाते हैं। सोनम आगे ड्राइवर के साथ बैठे हैं और सीट पर पीठ टिकाकर आराम कर रहे हैं। उन्हें पीछे ट्रक में बैठे जवानों की बातें सुनाई दे रही हैं, जिनकी बातों से उनके बढ़े हौसले का पता चलता है। वह इस बात को लेकर निश्चिंत हो जाते हैं कि उनके जवान अब मानसिक तौर पर युद्ध के लिए तैयार हैं। वह चुपचाप प्रार्थना करते हैं—'की की सो सो, इहार ग्यालो', यानी देवताओं को समर्पित जीत।

कर्नल वांगचुक हमें बताते हैं कि दलाई लामा के साथ सुबह हुई वह मुलाकात बहुत महत्त्वपूर्ण थी। "जब हमें युद्ध करने का आदेश मिला था, तब तक यह भी स्पष्ट नहीं था कि घुसपैठिए हैं कौन? हमने सुना था कि वे

पाकिस्तानी सेना के लोग नहीं, बल्कि मुजाहिदीन थे। सुगबुगाहट थी कि ये लोग बहुत क्रूर और अमानवीय हैं। सीधे आँखों के बीच में गोली मार देते हैं। ऐसी बातें सुनकर हमारे युवा सिपाहियों का हौसला घट रहा था। उनके मन में ऐसे दुश्मन के खिलाफ लड़ने को लेकर शंका थी, जिसके बारे में वे कुछ भी नहीं जानते थे।"

कर्नल वांगचुक कहते हैं कि ये बातें उन तक जूनियर कमीशंड अफसर (जे.सी.ओ.) वीर चक्र प्राप्त (वी.आर.सी.) सूबेदार छेरिंग स्तोपदन ने पहुँचाईं। "ये लोग तो पहले से ही हार मानकर बैठे हुए हैं। कुछ करना पड़ेगा, साहेब।" उन्होंने कहा, "दलाई लामा आए हुए हैं। अगर उनके दर्शन करवा सकते हैं तो करवा दीजिए।"

जब कर्नल वांगचुक ने परम पावन दलाई लामा से युद्ध पर जा रहे सैनिकों को आशीर्वाद देने की प्रार्थना की तो वह तुरंत इसके लिए तैयार हो गए।

"हम दलाई लामा को अवलोकितेश्वर (चन-डा-जिग), यानी 'करुणा का देवता' कहते हैं। उनके आशीर्वाद, प्रसाद और पवित्र धागे से हमें ऐसा लगा, मानो वह हमारे साथ हैं। मुझे नहीं लगता कि किसी ने भी वह प्रसाद खाया होगा। हम सभी ने प्रसाद को अपनी-अपनी जेबों में रख लिया था। यह एक आश्वासन था कि वह युद्धभूमि में हमारी रक्षा करेंगे।" कर्नल वांगचुक बताते हैं।

26 मई, 1999
सुबह के 6 बजे
खरु
युद्धभूमि तक

थलसेना का चीता हेलीकॉप्टर सोनम को खरु से दाह तक ले गया। सड़क से इन दोनों जगहों के बीच की दूरी करीब 165 किलोमीटर है। उनकी सैन्य टुकड़ी शक्तिमान ट्रकों पर चढ़ी और ठीक उसी समय चलना भी शुरू कर दिया। सोनम को दाह पहुँचने में करीब आधा घंटा लगा। सिपाहियों को 150 किलोमीटर की दूरी तय करने में सात घंटे लग गए और वे अचिनाथंग तक पहुँच गए। दाह

से 15 किलोमीटर की दूरी पर स्थित इसी जगह पर उन्होंने अपना कैंप लगाया। दाह में दो दिनों तक रुकने के बाद सोनम को हनडंगब्रोक के ऑपरेशनल बेस कैंप में रिपोर्ट करने को कहा गया। यह बटालिक के छोरबतला सब-सेक्टर में एल.ओ.सी. से पहले की आखिरी पोस्ट है।

28 मई को सोनम ने अचिनाथंग से सैनिकों को अपने साथ लिया। उनके रॉकेट लॉञ्चर, मध्यम आकारवाली मशीनगन (एम.एम.जी.) के हिस्से दूसरे ऑपरेशनों के लिए ले लिये गए थे। इसके अलावा, उनके कुछ साथियों को इस तराई से अनभिज्ञ नई यूनिटों के दिशा-निर्देशन के काम में लगा दिया गया था।

सोनम ने चालीस जवानों और जे.सी.ओ. के साथ हनडंगब्रोक के बेस कैंप से 14,000 फीट की ऊँचाई चढ़नी शुरू कर दी है। मेजर बी.एस. कटोच, सेकंड इन कमांड (2 आई.सी.), इंडस विंग, लद्दाख स्काउट्स बेशक उनके साथ नहीं हैं, लेकिन वह फोन लाइन से उन्हें संक्षिप्त विवरण देते रहते हैं। वह सोनम को बताते हैं कि कुछ रिपोर्ट्र्स के मुताबिक पाकिस्तानी भारी संख्या (करीब 2,000 की टोली) में एल.ओ.सी. के नजदीक इकट्ठा हो रहे हैं। शक है कि वे छोरबतला के रास्ते भारत में घुसने की कोशिश करेंगे। सोनम से कहा गया कि वह एल.ओ.सी. के एरिया रॉक फॉल के एक जे.सी.ओ. और दस दूसरी रैंक के जवानों के साथ निरीक्षण व पेट्रोलिंग करें और इन रिपोर्टों की पुष्टि करें। पेट्रोललिंग का काम है वहीं रुककर हालात पर नजर रखना और हर रोज अपनी रिपोर्ट भेजना। सोनम को अपनी पेट्रोलिंग टीम वहाँ स्थापित कर वापस हनडंगब्रोक लौटने को कहा गया।

29 मई

सुबह 5 बजे

ग्लेशियर पर

सोनम वांगचुक और उनके नायब सूबेदार तोनडुप दोरजी और पंद्रह दूसरे जवानों की टीम ट्रैक करके सड़क तक पहुँच चुकी है। उनके साथ तीन खच्चर भी हैं, जिनके ऊपर टेंट, गोला-बारूद और राशन लदा हुआ है। जवानों ने घाटी

पार कर ग्लेशियर पर चढ़ाई शुरू कर दी है। उन्होंने ऐसे विशेष सफेद कपड़े नहीं पहने हुए, जो सफेद बर्फवाली तराई में घुल-मिल जाएँ। इसकी बजाय उन सभी ने मोटी भूरी भालू वाली जैकेट, गरम खाकी पैंट और बर्फ से बचानेवाले रबड़ के बूट पहने हुए हैं। जवानों ने बर्फीली हवाओं से बचने के लिए सिर को अच्छी तरह ढँकती मोटी-मोटी टोपियाँ और थर्मल पहने हुए हैं। ये हवाएँ उनकी आँखों में चुभतीं और उनकी नाक से पानी बहने लगता। सिर नीचे करके और धीरे-धीरे चलकर उन्होंने करीब पाँच घंटे, यानी सुबह के 10 बजे तक 8 किलोमीटर की दूरी तय कर ली है। वह सब एरिया रॉक फॉल पहुँचे, जो 18,000 फीट की ऊँचाई पर है। यहाँ हवा पतली है और तापमान कम हो चुका है। सभी जवान ठंड के मारे अपनी हड्डियाँ कँपकँपाते हुए महसूस कर सकते हैं। इन कठिन परिस्थितियों में भी ये जवान मुस्तैदी से वहाँ अपना कैंप लगाते हैं और जल्दी ही स्टोव निकालकर गरमागरम चाय बनाते हैं, ताकि शरीर में कुछ स्फूर्ति लाई जा सके।

सोनम अपने साथ दो जवानों को लेकर आगे की चोटी पर चढ़ते हैं, ताकि यह पता लगा सकें कि क्या दूसरी तरफ दुश्मन के सिपाही मौजूद हैं?

"सबकुछ शांतिपूर्ण था। लिहाजा मुझे लगा कि एल.ओ.सी. पर दुश्मन के इकट्ठा होने की खबर सही नहीं है।" सोनम कहते हैं।

दुश्मन को न देखकर उन्हें काफी राहत मिली और वह दोपहर उन्होंने अपने साथियों के साथ वहीं काटी। दोपहर बाद करीब 4.30 बजे वह पाँच दूसरे जवानों के साथ वापस कैंप में लौट आए। जाते-जाते उन्होंने दोरजी साहब को निर्देश दिए कि हर दिन सुबह की पहली किरण होते-होते उस पहाड़ी पर चढ़ें। पूरे दिन पाकिस्तानी साइड पर नजर रखें। दोपहर वहीं बिताएँ और शाम होते-होते वापस पहाड़ी से नीचे लौट आएँ। उन्हें इस बात की भनक दूर-दूर तक नहीं थी कि दुश्मन व्यापक पर्वत श्रेणी के आसपास है और स्थिति रातोरात बदल जाएगी।

इसके ठीक अगली सुबह सोनम को उनकी ग्यारह सदस्यीय टीम की तरफ से फोन आया कि दुश्मन गोलीबारी कर रहा है, जिसमें वे फँस गए हैं और उनका गोला-बारूद भी तेजी से खत्म होता जा रहा है।

30 मई, 1999

दोपहर 12 बजे

ऑपरेशन रॉक फॉल

अपने कमांडिंग ऑफिसर से अनुमति मिलने के करीब एक घंटे बाद सोनम कैंप से बाहर निकले। उनके साथ अस्त्र-शस्त्र से सुसज्जित तीन जे.सी.ओ. और पच्चीस दूसरे रैंक के जवान थे। उनके पास एक दूसरी यूनिट की एक एम.एम. जी. टुकड़ी भी थी। जवानों ने सड़क से लेकर ग्लेशियर तक की दूरी तय की। उनकी पीठ पर टँगे झोले (सिपाहियों का रसद रखनेवाला मजबूत किरमिच का थैला) 30 किलो गोला-बारूद के वजन से लदे हुए थे। इसके अलावा, उस झोले में ठंड से बचानेवाली जैकेट्स, सोनेवाले बैग, जुराबें, स्वेटर और खाने-पीने की चीजें भी थीं।

करीब उन्नीस साल बाद उस वाकए को याद करते हुए कर्नल वांगचुक ने बताया कि हम इतनी जल्दबाजी में थे कि घुटने छूती बर्फ में दौड़ रहे थे। "मेरे दिमाग में बस, एक ही खयाल था, अगर मेरे लोगों को कुछ हुआ तो लोग क्या कहेंगे? कंपनी कमांडर आराम से बैठा रहा, उसके सिपाही मारे गए! मैं इस शर्म के साथ नहीं जी सकता था।" उन्होंने कहा।

लद्दाखी जवान तो कर्नल वांगचुक के साथ कदम से कदम मिलाकर चल रहे थे, लेकिन गैर-लद्दाखी जवान—जिनसे एम.एम.जी. टुकड़ी का गठन हुआ था—इस ग्लेशियर वाली तराई से अपरिचित थे, लिहाजा उनकी गति धीमी थी और इससे मुख्य यूनिट को देरी हो रही थी। "दो घंटे में हम एक यू-आकारवाली चोटी के मुखवाले हिस्से में पहुँच गए। मेरी बाईं तरफ एल.ओ.सी. था, जहाँ पाकिस्तानी बैठे हुए थे। जब मैं अपने साथी जवानों की गिनती के लिए रुका तो मुझे केवल चार लोग ही नजर आए। बाकी जवान हमसे करीब 800 मीटर पीछे थे।" कर्नल वांगचुक याद करते हैं।

सोनम ने इस उम्मीद के साथ आगे बढ़ने का फैसला किया कि बाकी जवान भी जल्द उन तक पहुँच जाएँगे। जब सोनम की टीम दुश्मनों से घिरी अपनी पुरानी टीम से करीब 700 मीटर की दूरी पर थी, तब उन्होंने दुश्मन की फायरिंग की आवाज सुनी। जल्द ही सोनम और उनके साथियों के आसपास

की बर्फ हवा में उड़ने लगी, जिसका मतलब था कि गोलियों का निशाना उनके इतने आसपास लग रहा है, जिससे उनकी जान भी जा सकती है। सोनम ने अपने साथियों को जमीन पर लेटने और कवर लेने का आदेश दिया। इतने में एक चीख सुनाई दी।

हवलदार छेवांग रिगजिन के सीने में गोली लगी थी। बाकी जवान उन्हें खौफ से देख रहे थे। गिरते हुए सिपाही के शरीर का गहरे लाल रंग का खून बर्फ में चारों तरफ फैल गया। जवान बर्फ में घिसटते हुए उन तक पहुँचे और उनके नीचे एक कपड़ा फैला दिया; लेकिन रिगजिन के शरीर से बहुत तेजी से खून बह रहा था।

वह लगातार कह रहे थे, "साहब बहुत ठंड लग रही है।"

"हम उन्हें कंबल में लपेटने के अलावा कुछ भी नहीं कर सकते थे।" यह बात याद करते हुए कर्नल वांगचुक की आवाज बहुत भारी और पीड़ादायक हो गई। उन्होंने बताया कि पाकिस्तानी सिपाही इतनी भीषण गोलीबारी कर रहे थे कि उन्होंने अपने साथी जवानों को आदेश दिया कि गोलीबारी का जवाब देने की बजाय कवर लेने पर ध्यान दो। दुश्मन ऊँचाई पर था और हमारी आई.एन. एस.ए.एस. राइफलों की पहुँच से बाहर था। ऐसे में गोला-बारूद बरबाद करने का कोई मतलब नहीं था।

हवलदार रिगजिन करीब आधा घंटे तक जीवित रहे। उनके असहाय साथी नम आँखों के साथ उन्हें मरता हुआ देखने के लिए विवश थे। दुःख की इस घड़ी में भी उन्हें अपने सिर नीचे झुकाकर रखने थे, ताकि वे खुद दुश्मन की गोली का शिकार न बन जाएँ।

दुश्मन की तरफ से यह गोलीबारी जैसे एकाएक शुरू हुई थी, वैसे एकाएक रुक भी गई। तब तक रिगजिन शहीद हो चुके थे। सिपाहियों ने अपनी आँखें बंद कीं और उन्हें एक कंबल में लपेट दिया। जब दोबारा गोलीबारी नहीं हुई तो सोनम और उनके साथी हवलदार नवांग रिगडोल (वह 'हवलदार नंबर 11' के नाम से जाने जाते थे। अगर किसी सिपाही का नाम याद रखने में दिक्कत हो तो स्काउट्स परंपरा के मुताबिक उसके आर्मी नंबर के आखिरी दो नंबरों का उच्चारण कर उसे पहचाना जाता है।) ने आगे जाने का फैसला किया। उन्होंने एक जवान को शहीद रिगजिन के साथ छोड़ दिया, जबकि दूसरे को वापस यह

पता लगाने के लिए भेज दिया गया कि उनके साथ आनेवाले बाकी जवान अभी कहाँ तक पहुँचे हैं। उन्हें दुश्मनों के पीछेवाले एक दूसरे मार्ग से आने के निर्देश दिए गए, ताकि दुश्मन को घेर लिया जाए।

सोनम और हवलदार नंबर ग्यारह यह पता लगाने के लिए आगे बढ़ते रहे कि आखिरकार दुश्मन ने गोलीबारी क्यों रोक दी है ?

उन्हें बाद में जाकर पता चला कि पाकिस्तानी सैनिकों का गोला-बारूद भी खत्म हो गया था और वे उसे लेने नीचे चले गए थे। इससे सोनम को अपनी असहाय पेट्रोलिंग टीम के पास जाने का समय मिल गया। "और जैसा कि मुझे डर था, उनके पास गोला-बारूद खत्म हो चुका था और वे दुश्मन से अपनी जान बचाने के लिए छुपे हुए थे।" कर्नल वांगचुक याद करते हैं।

सोनम को देख दोरजी साहब को काफी राहत मिली और उन्होंने सोनम से कहा कि सुबह-सुबह जब वह और हवलदार रिगजिन लाइट मशीनगन (एल. एम.जी.) लिये दो अन्य जवानों के साथ एल.ओ.सी. की दूसरी तरफ नजर रखने के लिए पहाड़ चढ़कर ऊपर पहुँचे तो उन्हें काफी तगड़ा झटका लगा। नीचे झाँककर उन्होंने गहरी ढलान में देखा कि सूरज की धुँधली रोशनी में चार पाकिस्तानी सिपाही ऊपर की तरफ आ रहे हैं। उन्होंने बर्फ में पैर मजबूती के साथ रखने के लिए कीलों वाले बर्फ के बूट्स (कोफलाच बूट्स) पहने हुए थे। सभी ने दो-दो कुदालें पकड़ी हुई थीं, जिनकी मदद से वे खुद को बर्फ की कठोर दीवारों से ऊपर की तरफ धकेल रहे थे।

दोरजी ने दुश्मन के पहले दो सिपाहियों को मार गिराया और बाकी उनके पीछे आते दो नीचे फिसले और भाग गए। कुछ देर तक दुश्मनों की तरफ से शांति बनी रही, लेकिन कुछ समय बाद पाकिस्तानियों ने अपने दो मृत जवानों के शव लेने की कोशिश की। दोरजी ने एक और पाकिस्तानी सिपाही को मार गिराया। इस बीच दुश्मन ने पहाड़ी पर स्थित अपने पोस्ट से पहाड़ी के नीचे मौजूद भारतीय पेट्रोलिंग टीम को देख लिया और उन पर तब तक लगातार फायरिंग करता रहा, ज़ब तक कि उसका गोला-बारूद खत्म नहीं हो गया। अगर सोनम समय रहते वहाँ नहीं पहुँचते तो या तो उनके लोग दुश्मनों की गोली का शिकार हो जाते या फिर बंधक बना लिये जाते।

रात के 10.30 बजे

आसमान पर चाँद अपनी चाँदनी बिखेर रहा है और बर्फ से ढँके पहाड़ों को अलौकिक ढंग से रोशन कर रहा है। सोनम दो बार पहाड़ पर चढ़ने का प्रयास करते हैं, लेकिन दुश्मन की भारी गोलीबारी से उनके वे प्रयास विफल रहते हैं। सोनम को यह बात अच्छी तरह समझ आ गई थी कि उन पर और उनके साथियों पर दुश्मन लगातार नजर बनाए हुए है। वह यह भी बखूबी जानते हैं कि जो कोई पहाड़ पर पहले चढ़ जाएगा, वह दूसरे पर ज्यादा हावी हो पाएगा। वह इस बात से भी वाकिफ हैं कि कदाचित् दुश्मन भी पहाड़ पर चढ़ने के प्रयास में है।

आधी रात हो चुकी है और चाँद काले-काले बादलों के पीछे जा छिपा है। चूँकि दुश्मन उन्हें अँधेरे में नहीं देख सकता, सोनम अपने लोगों से तेजी से आगे बढ़ने को कहते हैं। उनके साथियों में ग्यारह ऊपर चढ़ना शुरू कर देते हैं। वह अपने हाथों का इस्तेमाल कर खुद को तेजी से ऊपर चढ़ाने की कोशिशें करते हैं। उनकी पीठ पर राइफलें टँगी हुई हैं। जब चंद्रमा काले बादलों के पीछे से निकलता है, तब तक सोनम और उनके लद्दाखी साथी पहाड़ की चोटी पर पहुँचकर दम ले रहे होते हैं।

पाकिस्तानी अभी भी अपने बेस कैंप से हर पंद्रह मिनट में भारी गोलीबारी कर रहे हैं। लद्दाख स्काउट्स के लिए यह एक अच्छी खबर है, क्योंकि इसका मतलब यह हुआ कि दुश्मन यह नहीं जानता कि भारतीय सैनिक पहाड़ पर चढ़ चुके हैं। सोनम की टीम चुपचाप पहाड़ के साथ-साथ चलती है और दुश्मन के एक कैंप का पता लगाती है, जो उनकी वर्तमान पोजीशन से 40 मीटर नीचे की तरफ है। वे नीचे एक टेंट देख सकते हैं, जिसके बाहर तीन संतरी हैं। उन संतरियों ने सफेद रंग का छलावरण (कैमोफ्लैग) पहना हुआ है। उनकी राइफलें भी सफेद रंग के कपड़े से ढँकी हुई हैं, जिसके कारण उनको ढूँढ़ पाना मुश्किल हो जाता है।

तब तक सोनम की पार्टी एम.एम.जी. टुकड़ी, जो पीछे छूट गई थी, दूसरी तरफ से पहुँच गई और पाकिस्तानी दोनों लद्दाखी टीमों के बीच फँस गए।

लद्दाखी जवानों ने अपनी मशीनगनों से नीचे बने दुश्मन के कैंप पर

जोरदार फायरिंग की। यह गोलीबारी पूरी रात और 31 मई की दोपहर तक लगातार चलती रही। अंततः दुश्मनों के हौसले पस्त हो गए।

पहाड़ पर खड़े सोनम नीचे करीब 60 पाकिस्तानी सिपाहियों को देखते हैं, जो अपने टेंट समेटकर वापस लौटने की तैयारी कर रहे हैं।

"हमें नीचे करीब दो प्लाटून नजर आईं; लेकिन वह भागने में कामयाब रहे। हमने उन पर गोलियाँ बरसाईं, लेकिन वे हमारी रेंज से बाहर थे। चूँकि मेरा अपने बेस से कोई रेडियो संपर्क नहीं था, लिहाजा हम उन पर तोपें भी नहीं बरसा सकते थे।" वह याद करते हैं।

जल्द ही लद्दाख स्काउट्स के पास भी गोला-बारूद समाप्त हो गया। उन्होंने ढलान से दुश्मनों के टेंट पर बड़े-बड़े पत्थर फेंकने शुरू कर दिए। दुश्मन के संतरी, जिन्होंने टेंट के अंदर शरण ले रखी थी, पत्थरों के नीचे पिचक गए। दोनों तरफ से हुई गोलीबारी में मारे गए पाँच अन्य पाकिस्तानी सिपाहियों के शव वहीं पहाड़ी चोटी पर पड़े हुए थे, लेकिन वह ढलान इतनी गहरी थी कि सोनम के साथी उनको मीडिया को एल.ओ.सी. के अंदर पाकिस्तानी मौजूदगी के सुबूत के तौर पर दिखाने के लिए अपने कब्जे में नहीं ले पाए।

लद्दाखी स्काउट्स ने चोटी पर पाकिस्तान की चार पोस्ट पर कब्जा कर लिया, लेकिन गोला-बारूद के अलावा उनके पास खाने-पीने की चीजें भी नहीं बची थीं। चूँकि उनके रेडियो सेट भी टूट चुके थे, सोनम ने अतिरिक्त सैन्य साजो-सामान के लिए वापस नीचे उतरकर हनडंगब्रोक जाने का फैसला किया।

सोनम और राइफलमैन कादिर ने शाम 5 बजे चोटी से अपनी यात्रा शुरू की। वापसी के लिए उन्होंने एक पेचीदा वैकल्पिक रास्ता लिया, जो चट्टानी और बर्फीला था। दरअसल, वह यह बात नहीं जानते थे कि कहीं वहाँ दुश्मन की कोई और पोस्ट तो नहीं हैं, जिनसे वह उन पर नजर रख रहा हो! उन्होंने धीरे-धीरे बर्फीले रास्ते को पार किया और बड़ी मेहनत से नीचे उतरकर अपने कैंप हनडंगब्रोक पहुँच गए।

मिशन पूरा
31 मई, 1999
रात 11 बजे
हनडंगब्रोक

जब मैले-कुचैले, थके और भूख से बिलबिलाए दो सैनिक चाँद की पीली किरणों में नहाए अपने कैंप के लिए सड़क के रास्ते घाटी से लौटे, तब तक रात हो चुकी थी। मेजर कटोच को उन्हें सुरक्षित वापस लौटता देख काफी राहत मिली।

जब सोनम ने उन्हें बताया कि रिज लाइन से दुश्मनों को हटाया जा चुका है तो उनके तनावग्रस्त चेहरे पर एक अविश्वसनीय मुसकान छा गई। उन्होंने सोनम व कादिर को गले लगाया और उन्हें बधाई दी। सोनम ने उन्हें बताया कि वह गोला-बारूद और राशन लेने वापस आए हैं। सोनम ने कहा कि उससे भी पहले वह कुछ खाना चाहेंगे, क्योंकि वह भूख से तड़प रहे हैं।

तुरंत उन्हें गरमागरम चाउमीन परोसी गई और दोनों योद्धाओं ने चॉप स्टिक से उन्हें जी भरकर खाया। उन्होंने भरे हुए मग में तेज चीनी वाली गरमागरम चाय पी, जिससे उन्हें भरपूर ऊर्जा मिल गई। इससे पहले कि उन्हें नींद आती, दोनों ने वापस एरिया रॉक फॉल में ट्रैक करने का फैसला किया। सोनम को इस बात का डर था कि अगर वह देरी करते हैं तो दुश्मन दोबारा इकट्ठा होकर जवाबी हमला कर सकता है।

तीन मजबूत खच्चरों पर गोला-बारूद, राशन और दवाएँ लाद दी गईं। सात अतिरिक्त जवान, जो तरोताजा और जोश से भरे हुए थे, उनके साथ हो लिये। बीच रात को टीम ने वापस ग्लेशियर की तरफ बढ़ना शुरू किया। उनका मार्ग चाँद की रोशनी में ऐसे जगमगा रहा था, मानो भूतिया बर्फीले पहाड़ हों। सिपाही तराई की इस अलौकिक सुंदरता का आनंद लेने के चक्कर में नहीं थे। वह पाँव घसीट-घसीटकर आगे बढ़ रहे थे। अब यह रास्ता पहले के मुकाबले ज्यादा परिचित जान पड़ता था। उन्होंने पहाड़ी अर्धवृत्त का अग्रभाग पार किया, जहाँ पहले दुश्मन ने उन पर घात लगाकर हमला किया था। अब यहाँ शांति थी; लेकिन उन्हें यहीं बर्फ पर चादर में लिपटी रिगजिन के खून से रिसे हुए शरीर

की याद आ रही थी। उनका दिल अपने उस वीर सिपाही के नुकसान पर डूबा जा रहा था।

सुबह के 5 बजते-बजते वह अपनी बाकी टीम के पास पहुँच गए, जिन्होंने खाना और गोला-बारूद देखकर राहत की साँस ली।

"हमने अगले चौदह दिन उस इलाके की पेट्रोलिंग करते हुए बिताए। दूसरी तरफ, हमें पाकिस्तान की सेना भी पेट्रोल करती नजर आती थी; लेकिन उन्होंने दोबारा घुसपैठ की कोशिश नहीं की।" कर्नल वांगचुक याद करते हैं।

टेंट में दबकर मारे गए दुश्मनों के तीन सिपाहियों के मृत शरीर उनके आई कार्ड और घर से आई चिट्ठियों के साथ भारतीय सेना ने अपने कब्जे में ले लिये थे, जिससे बगैर किसी शंका के यह बात साबित होती थी कि वे पाकिस्तानी सेना के आम सिपाही ही थे। 14 सिख बटालियन को दिल्ली से बुलवा लिया गया और इसके जवानों को सुरक्षित इलाकों में तैनात कर दिया गया। उन्हें यह समझने में थोड़ा वक्त लगा कि ठंडे तापमान में जाम हुई गन को चलाने से पहले स्टोव के ऊपर रखकर पिघलाया जाता है, लेकिन उन्होंने बहुत बेहतरीन काम किया।

आखिरकार, 14 जून को सोनम हनडंगब्रोक लौट आए। उनका काम पूरा हो चुका था और उन्हें सात दिनों की आकस्मिक छुट्टी (कैजुअल लीव) दी गई थी। वह अब लेह की तरफ रुख कर रहे थे। दाह में अफसरों के मेस में उन्हें 'इंडिया टुडे' की एक प्रति दिखाई गई, जिसमें 'ऑपरेशन रॉक फॉल' पर विस्तार से एक लेख प्रकाशित किया गया था। इस लेख में यह भी बताया गया था कि सोनम के नाम की सिफारिश 'महावीर चक्र' के लिए की गई है, जबकि उनके तीन साथी जवानों को 'वीर चक्र' दिए जाने की सिफारिश की गई थी।

सोनम ने गरम पानी मिली रम पीते हुए वह लेख पढ़ा और अगली सुबह लेह के लिए रवाना हो गए। सोनम की पत्नी ने जब उन्हें घर आता देखा तो राहत के मारे उनकी आँखों से टप-टप आँसू बह निकले। वह पिछले कई दिनों से उनके संपर्क में नहीं थीं। सोनम के बूढ़े माता-पिता और उनकी बहनें, जो इन दिनों लगातार उनके लिए प्रार्थनाएँ कर रहे थे, उन्हें गले लगाने दौड़ पड़े। उनके एक वर्षीय बेटे रिगयाल ने उन्हें अपनी बड़ी-बड़ी मासूम आँखों से देखा और खूब खुश हुआ। 11 जून को रिगयाल के पहले जन्मदिन पर सोनम घर पर मौजूद

नहीं थे। सोनम ने बेटे को गोद में लिया और अपने सीने से चिपका लिया। उन्हें यह सोचकर राहत मिली कि वह उन लोगों के लिए सही-सलामत वापस लौट आए हैं, जिन्हें वह दुनिया में सबसे ज्यादा प्यार करते हैं।

आर्मी बैंड मार्च करता हुआ आया

“मैंने वह पूरा हफ्ता शारीरिक व मानसिक थकान मिटाने के लिए आराम करते हुए बिताया। मैं घर आनेवाले मेहमानों से मिलता और फिर वापस अपने कमरे में अपने बेड पर जाकर आराम करने लगता। मेरे चारों तरफ मेरे परिवारवाले थे और यह मेरे लिए किसी आशीर्वाद से कम नहीं था।” वांगचुक कहते हैं।

छुट्टियाँ खत्म होने के बाद सोनम वापस खरु और फिर फुकचे आ गए, जहाँ उनकी कंपनी मौजूद थी। “हमने कारगिल युद्ध और उसकी एक के बाद एक मिली जीत को टी.वी. पर बेहद संतुष्टि के साथ देखा।” वह कहते हैं। 26 जुलाई को युद्ध समाप्ति की घोषणा के बाद सोनम लंबी छुट्टियों पर अपने घर गए।

एक सुबह जब वह उठे तो आर्मी बैंड द्वारा बजाई जानेवाली जश्न की धुन को सुनकर आश्चर्यचकित हो गए। उन्होंने अपनी पत्नी के साथ जब खिड़की से बाहर झाँककर वह नजारा देखा तो पाया कि बैंड झाड़ियों से रास्ता बनाते हुए उन्हीं के घर की तरफ बढ़ रहा है। बैंड के आगे उनके सी.ओ. थे, जो मुसकरा रहे थे।

“मुझे ‘महावीर चक्र’ दिए जाने की घोषणा की जा चुकी थी और वे सब मुझे बधाइयाँ देने आए थे।” कर्नल वांगचुक याद करते हैं। यह भारत का दूसरा सबसे बड़ा वीरता पुरस्कार है, जिसे फरवरी 2000 में राष्ट्रपति भवन में हुए एक सम्मान समारोह में राष्ट्रपति द्वारा उनकी वरदी पर लगाया गया। इससे पहले सोनम ने वर्ष 2000 में 26 जनवरी को हुई गणतंत्र दिवस की परेड में गर्व से अपने देशवासियों के आगे राष्ट्रपति को सलामी देते हुए लद्दाख स्काउट्स की अगुवाई की थी। लद्दाख स्काउट्स ने कर्तव्य के प्रति अपनी प्रतिबद्धता साबित करते हुए कारगिल युद्ध में भारत को पहली विजय दिलाई।

लेखक का नोट

दुश्मनों की गोलियों के आगे अद्वितीय साहस और वीरता का प्रदर्शन करने के लिए (उस समय) मेजर सोनम वांगचुक को 'महावीर चक्र' से सम्मानित किया गया। हवलदार छेवांग रिगजिन को हनुथांग गाँव में दफना दिया गया, जहाँ उनकी याद में एक शहीद स्मारक बना हुआ है।

कहानी–1
लद्दाखी लड़के युद्ध में कुली बने

6 जून, 1999
लेह

लद्दाख के लोगों ने जब कारगिल युद्ध से जुड़ी खबरें सुनने के लिए ए.आई.आर. लेह का रेडियो चैनल लगाया तो एक अनोखी घोषणा ने उन्हें अचंभे में डाल दिया—"भारतीय सेना को अपना सामान लड़ाई में ले जाने के लिए स्वयंसेवक चाहिए। आगे आइए, मदद कीजिए। देश को आपकी जरूरत है।" यह आवाज ऑल इंडिया रेडियो, लेह और कारगिल की स्टेशन डायरेक्टर श्रीमती टी. आंगमो शूनो की थी।

आनेवाले हफ्तों में लेह की मशहूर हस्ती श्रीमती आंगमो लद्दाखी परिवारों से लगातार शारीरिक तौर पर सक्षम अपने लड़कों को लेह पोलो ग्राउंड भेजने की प्रार्थना करती रहीं, जहाँ इस काम के लिए भरती-प्रक्रिया चल रही थी। यह घोषणा कर्नल विनय दत्ता की गुजारिश पर की जा रही थी, जिन्होंने एक दिन पहले श्रीमती आंगमो से मुलाकात कर उन्हें बताया था कि वह दुश्मनों पर हमला कर रहे सैनिकों की मदद करनेवाले लड़कों की भरती कर एक अगुआ कंपनी खड़ी कर रहे हैं।

"कर्नल दत्ता ने मुझसे कहा कि पहाड़ों पर न तो सड़कें हैं, न ही भारतीय सेना के पास पर्याप्त संख्या में कुली और खच्चर, जिनकी मदद से सैनिकों तक गोला-बारूद, राशन या फिर जरूरत का दूसरा सामान पहुँचाया जा सके। उन्होंने मुझसे कहा कि क्या मैं लद्दाखी लड़कों से पूछ सकती हूँ कि वे इस काम में

स्वयंसेवक बनेंगे? इससे उन्हें बहुत मदद मिलेगी।" उन्नीस साल बाद श्रीमती आंगमो ने मुझे साक्षात्कार के दौरान बताया, "मैंने उन्हें भरोसा दिलाया कि उनकी मदद के लिए जितना संभव होगा, मैं करूँगी।"

"भारतीय सेना हमारे लिए लड़ रही है। अब उनकी मदद करने की बारी हमारी है।" उस सुबह उन्होंने अपने श्रोताओं से कहा। यह संदेश बार-बार लोगों तक पहुँचे, इसके लिए श्रीमती आंगमो ने अपने तयशुदा कार्यक्रमों को बीच-बीच में रोका और यह संदेश दोहराया। लोगों को प्रेरित करने के लिए उन्होंने खुद एक उदाहरण पेश किया और स्कूल में पढ़ रहे अपने अठारह वर्षीय छोटे बेटे टानजिन जेडन (रिकी) को इस काम में स्वयंसेवी बनने को कहा। "मैं अगर दूसरे लोगों को कहूँ कि अपने बच्चों को युद्ध में भेज दो तो वे बोलते कि तुम अपने बच्चे को क्यों नहीं भेजतीं?" वह कहती हैं। उन्होंने यह बात रिकी को भी समझाई। हालाँकि रिकी यह बात सुनकर शुरुआत में थोड़ा घबराया, लेकिन बाद में वहाँ जाने के लिए राजी हो गया।

"चार दिनों के अंदर-अंदर हम में से करीब 200 लोग सेना की मदद के लिए आगे आ गए। हमारी 100-100 लोगों की दो प्लाटून बना दी गईं। सेना के ट्रक हमें दाह और हानु के बीच बसे एक छोटे से गाँव बियामा ले गए। लेह से वहाँ पहुँचने में करीब आठ घंटे का वक्त लगा।" रिकी बताते हैं, "हम सबकी उम्र अठारह से पैंतीस साल के बीच की थी और सभी सेहतमंद, योग्य और सबसे महत्त्वपूर्ण बात, इस तरह के मौसम और तराई के अभ्यस्त थे।"

बियामा में जो किसान अपने खेतों में टमाटर उगाते हैं, उनसे अपनी जमीनें सेना के टेंट बनाने के लिए देने की प्रार्थना की गई और सड़क के ठीक नीचे सीढ़ीनुमा खेतों में एक कैंप तैयार हो गया। हफ्ते के अंत तक स्वयंसेवियों की संख्या बढ़कर 600 हो गई थी।

दो महीनों तक लद्दाखी लड़के वहीं रहे। जरूरत पड़ने पर वे लड़के तुरंत भारतीय सेना तक पहुँचते और जरूरी सामान पहुँचाते। यह प्रार्थना उन आर्मी यूनिटों द्वारा की गई थी, जो ऊँचे बटालिक-यलडोर-छोरबतला सेक्टरों में युद्ध लड़ने जा रहे थे। इन लड़कों को जरूरत के मुताबिक टीमों में वहाँ भेजा गया। एक सामान्य कुली 10 किलो तक वजन उठा सकता है, लेकिन ये लद्दाखी

लड़के आराम से 30 किलो वजन उठा सकते हैं। हालाँकि उन्हें रोजाना उनका मेहनताना दिया गया, लेकिन रिकी कहते हैं कि ज्यादातर ने यह काम सेना की मदद के लिए किया।

कुछ लड़कों ने तो मृत और घायल सैनिकों को युद्धभूमि से हटाने में भी मदद की। "हम सब जानते थे कि हमारे जवानों को युद्ध की कितनी भारी कीमत चुकानी पड़ रही है। इसलिए हम सभी सेना की जितना संभव हो, उतनी मदद करना चाहते थे।" वह कहते हैं।

बियामा, जहाँ लड़कों ने कैंप लगाया था, दुश्मन की गोलीबारी वाले जोन में था। "वहाँ नजदीक ही एक पानी का टैंक था और जब कभी दुश्मन गोलीबारी करता, हम भागकर टैंक के अंदर छुप जाते।" रिकी बताते हैं।

युद्ध में रेडियो की भूमिका

युद्ध के दौरान ए.आई.आर. कारगिल पर निरंतर बंद होने का खतरा मँडराता रहा, क्योंकि स्थानीय कर्मियों को लगभग रोजाना गोलीबारी के बीच काम करना पड़ता था, लेकिन श्रीमती आंगमो की पहल के कारण किसी ने भी रेडियो की नौकरी नहीं छोड़ी। श्रीमती आंगमो याद करती हैं कि कैसे ए.आई. आर. स्टेशन के बाहर एक कार और एक ड्राइवर हमेशा तैयार खड़ा रहता था।

"जैसे ही गोलीबारी शुरू होती, हम तुरंत कार में बैठ जाते और झटपट वहाँ से 15 किलोमीटर दूर जंस्कार की तरफ एक छोटे से गाँव मिंगी में पनाह ले लेते। यह गाँव दुश्मन की गोलीबारी की रेंज से बाहर था। हमने वहाँ एक कमरा किराए पर ले लिया था और अकसर हम सारे (ए.आई.आर. कारगिल का स्टाफ) वहाँ जमीन पर सो जाते और फिर जब गोलीबारी बंद हो जाती तो वापस अपने दफ्तर जाकर अपने काम में लग जाते।" श्रीमती आगंमो बीती बातें याद करती हैं।

रेडियो स्टेशन ने पाकिस्तानी रेडियो द्वारा प्रचारित झूठी अफवाहों को नियंत्रित करने में भी काफी बड़ी भूमिका निभाई। "वह अपने रेडियो स्टेशन से ऐसे-ऐसे घृणित झूठ बोलते, जिनका सही जवाब दिया जाना जरूरी था। रेडियो पाकिस्तान दावा करता कि युद्ध में बहुत सारे भारतीय जवान मारे गए हैं और उनके शरीर से आ रही बदबू के कारण आम लोग गाँव छोड़कर जाने के लिए

मजबूर हैं।" श्रीमती आंगमो बताती हैं। जब हमारे कुछ हेलीकॉप्टरों में तकनीकी खराबियाँ आईं तो रेडियो पाकिस्तान ने यह ब्रॉडकास्ट करना शुरू कर दिया कि पाकिस्तानी सेना ने भारत के हेलीकॉप्टरों को मार गिराया है। एक बार एक गोला कारगिल डाक बँगले पर गिरा। आधे घंटे के अंदर-अंदर रेडियो पाकिस्तान ने दावा किया कि डाक बँगला नष्ट हो गया है। इतना ही नहीं, उन्होंने इस झूठ को शीना भाषा में भी ब्रॉडकास्ट किया, जो भारत के द्रास, गुरेज और पाकिस्तान के गिलगित व बाल्टिस्तान में बोली जाती है।

श्रीमती आंगमो कहती हैं कि इस दुष्प्रचार का जवाब देना जरूरी हो गया था और ए.आई.आर. कारगिल ने यह काम हिंदी व शीना भाषा में नियमित तौर पर कार्यक्रम ब्रॉडकास्ट कर बखूबी किया। इन अफवाहों का शमन करने के अलावा रेडियो स्टेशन ने सिपाहियों का हौसला बुलंद करने में भी एक महत्त्वपूर्ण भूमिका अदा की। रेडियो ने सीमा पर तैनात जवानों की हौसला-अफजाई के लिए उन्हें जोश में ओत-प्रोत संदेश भेजे। इतना ही नहीं, रेडियो द्वारा सैनिकों के परिवारवालों द्वारा भेजे संदेश भी पढ़े गए, जिनमें जवानों से बहादुरी से लड़ने और परिवार की चिंता नहीं करने को कहा जाता। रेडियो कारगिल ने स्थानीय लोगों से यह अपील भी की कि वे युद्धक्षेत्र में जरूरी सामान लाने-ले जाने के लिए सेना को अपने खच्चरों का इस्तेमाल करने दें।

"कारगिल में रोजाना करीब 300 से ज्यादा गोले दागे जाते थे, लेकिन हमने अपना काम जारी रखा। युद्ध के दौरान रेडियो स्टेशन एक दिन के लिए भी बंद नहीं हुआ, हालाँकि अकसर सेना हमसे रात के समय सभी बत्तियाँ बुझाने को कहती, ताकि रोशनी के कारण कोई हम पर बम नहीं फेंके। हम कोई भी बत्ती जलाने से पहले खिड़कियाँ बंद कर देते और परदे लगा देते।" श्रीमती आंगमो बताती हैं।

उन्हें वह शाम अब भी याद है, जब कारगिल में इतनी बमबारी हुई कि ए.आई.आर. कारगिल के इंजीनियर भाग खड़े हुए। "हमारा ब्रॉडकास्ट शाम 5 बजे शुरू होना था, लेकिन जेनरेटर स्टार्ट करने के लिए कोई था ही नहीं। ऐसे में मुझे कारगिल के ब्रिगेड कमांडर को मदद के लिए फोन लगाना पड़ा। उन्होंने तुरंत मदद के लिए कुछ जवान भेजे, जिन्होंने जेनरेटर शुरू किया और

आखिरकार रात 8 बजे हम अपना ब्रॉडकास्ट शुरू कर पाए।" वह कहती हैं।

बेशक, युद्ध के बाद श्रीमती आंगमो और उनकी टीम को कोई पुरस्कार नहीं मिला, लेकिन यह बात आज भी वह पूरे गर्व के साथ याद करती हैं कि युद्ध के दौरान अकसर सीमा के नजदीक मौजूद दूरदर्शन और ए.आई.आर. दफ्तरों के दौरे पर आनेवाले तत्कालीन सूचना व प्रसारण मंत्री प्रमोद महाजन ने उन लोगों को अथक परिश्रम से काम करते हुए देखा और उनकी यह कहते हुए सराहना भी की कि हमारे जवान सीमा पर युद्ध लड़ रहे हैं और मीडिया अपने स्तर पर युद्ध लड़ रहा है। मंत्री महोदय ने श्रीनगर में एक कमांड बेस अस्पताल का भी दौरा किया, जहाँ घायल सैनिकों का इलाज चल रहा था। उन्होंने नोटिस किया कि अस्पताल में इलाज करवा रहे सैनिकों के पास मनोरंजन का कोई साधन ही नहीं है। 'इंडिया टुडे' की एक रिपोर्ट (26 जुलाई, 1999) के मुताबिक, निजी दानदाताओं ने अस्पताल में भरती जख्मी जवानों को 30 रंगीन टी.वी. सेट, 1,000 ट्रांजिस्टर और 1 कंप्यूटर भेंट किया।

लेखिका का नोट

श्रीमती टी. आंगमो शूनो अब सेवानिवृत्त हो चुकी हैं। वह और रिकी अब भी लेह में रहते हैं।

□

अध्याय-3

हनीफ

जहाँ मृत्यु की नदी श्योक बहती है, उससे कहीं ऊपर तुरतुक की बर्फीली ऊँचाई पर मौजूद युद्धक्षेत्र का नाम एक युवा मुसलिम अफसर के नाम पर रखा गया है।

अगस्त 1998

खरु, लद्दाख

सर्दियों की एक बेहद ठंडी शाम है। कर्नल अनिल भाटिया, सी.ओ., 11 राजपूताना राइफल्स अपनी जोंगा जीप से लेह के लद्दाख स्काउट्स ट्रेनिंग सेंटर के मेस की तरफ बढ़ रहे हैं। उनके साथ यूनिट के दूसरे अफसरों के अलावा 25 साल के युवा, हँसमुख, हैंडसम और विनम्र अफसर कैप्टन हनीफुद्दीन भी हैं।

यूँ तो इस बटालियन की तैनाती सियाचिन ग्लेशियर में होने वाली है, जिसकी स्पेशल ट्रेनिंग में सभी व्यस्त हैं; लेकिन ऐसी आरामदायक और मनोरंजक शाम का आनंद लेने का मौका यूनिट वालों को कभी-कभी मिल ही जाता है। आज ऐसा ही दिन है। उन्हें रात के खाने का न्योता मिला है। ड्रिंक्स परोसे जा रहे हैं और लद्दाख स्काउट्स का जैज बैंड एक के बाद एक मजेदार गीतों से अपने मेहमानों का मनोरंजन कर रहा है। इस शाम का आनंद उठा रहे कर्नल भाटिया एक किनारे पर चुपचाप खड़े हुए युवा अफसर हनीफुद्दीन के पास जाते हैं और प्यार से उनके गले में अपनी बाँहें फैला देते हैं।

"जा यार, तू भी इनको कुछ सुना दे।" वह कहते हैं।

"ठीक है, सर।" हनीफ मुसकराते हुए अपने सॉफ्ट ड्रिंक को बार काउंटर पर रखते हैं और बैंड की तरफ बढ़ते हैं।

हनीफ गिटार माँगकर माइक ठीक करते हैं और फिर गाना शुरू कर देते हैं, "लाखों हैं यहाँ दिलवाले, पर प्यार नहीं मिलता।" कमरे के एक छोर पर हाथों में व्हिस्की का गिलास लिये कर्नल भाटिया यह सब देखकर मुसकरा रहे हैं और इस नजारे का भरपूर आनंद ले रहे हैं।

हनीफ की सुरीली व मधुर आवाज कमरे में गूँज रही है। वहाँ मौजूद महिलाएँ उनका गाना सुनकर मुसकरा रही हैं और अफसर मगन होकर उन्हें सुन रहे हैं। बातचीत का दौर और उस हसीन शाम के खत्म होते-होते हर एक की जुबान पर इस युवा अफसर का नाम सुनाई देता है। लोग उनकी आवाज की प्रशंसा करते नहीं थक रहे।

पार्टी खत्म होने के बाद रात को जब हनीफ कर्नल भाटिया को वापस छोड़ने जाते हैं तो वह उन्हीं के गाए गीत गुनगुना रहे होते हैं।

"तूने तो आज बड़े फैंस बना लिये मेरे सिंगर-सोल्जर!" अपने जवान को प्यार से देखते हुए वह कहते हैं।

हनीफ शरमाकर मुसकरा देते हैं। उनके हाथ स्टीयरिंग पर हैं और आँखें चौकन्नी, क्योंकि आगे एक मोड़ है।

कुछ महीनों बाद हनीफ की मृत्यु हो जाती है।

तुरतुक
2018

कारगिल युद्ध को हुए उन्नीस साल बीत चुके हैं। यारकंडी उइघुर में बहनेवाली मौत की नदी श्योक इन भूले-बिसरे विस्तृत खंडों में विचरने के बाद चुपके से पाकिस्तान में प्रवेश करती है और स्कर्दू से सिंधु में जा मिलती है। इसके बराबर के सब-सेक्टर का नाम हनीफ है, जो यहीं दुश्मनों से लड़ते हुए शहीद हुए पच्चीस वर्षीय युवा के नाम पर रखा गया है। यहाँ एक छोटी सी मस्जिद भी बनी हुई है।

यहाँ नीचे हरी-भरी जमीन पर खूबानी के ढेरों बागान हैं, जहाँ गोरे, गोल-मटोल सेब जैसे लाल-लाल गालोंवाले बच्चे खेलते-कूदते दिखाई देते हैं, लेकिन ठीक इसके ऊपर विकट कराकोरम शृंखला की एक बर्फीली बीहड़ वाली सीमा है।

यहीं की बर्फीली वादियों में 6 जून, 1999 को कैप्टन हनीफुद्दीन अपनी मजबूत कद-काठी के साथ हाथों में राइफल लिये, कुहनियों से खुद को आगे की तरफ सरकाते हुए बढ़े जा रहे थे। आई.एम.ए. से पास होने के ठीक दो साल बाद वह इसी चट्टानी पहाड़ी ढलान पर मृत्यु को प्राप्त हुए। यह बात दुःखदायी है कि हिंदू माँ और मुसलिम पिता की संतान हनीफ ईद-दीवाली मनाकर बड़े हुए और सांप्रदायिक विचारधाराओं के आधार पर विभाजित दो देशों के बीच हुए युद्ध में शहीद हो गए। हनीफुद्दीन 11 राजपूताना राइफल्स की तरफ से युद्ध लड़े, जिसका युद्धघोष है—'राजा रामचंद्र की जय'।

हनीफ का मृत शरीर पूरे 43 दिनों तक खुले आकाश में बर्फबारी के बीच वहीं पड़ा रहा, जिसकी वजह से उनका आकर्षक चेहरा जमकर एक ठंडा मुखौटा बन गया। जब तत्कालीन सेना प्रमुख जनरल वेद प्रकाश मलिक ने हनीफ की माँ श्रीमती हेमा अजीज से दिल्ली में उनके मयूर विहार स्थित छोटे से अपार्टमेंट में मुलाकात की और उन्हें बताया कि वह हनीफ के मृत शरीर को दुश्मन की तरफ से लगातार की जा रही गोलीबारी के कारण वापस नहीं ला पा रहे हैं तो हनीफ की माँ ने बहादुरी से सेना प्रमुख की आँखों में आँखें डालकर कहा था कि वह नहीं चाहतीं कि उनके बेटे के मृत शरीर को वापस लाने के लिए किसी दूसरे जवान का जीवन खतरे में डाला जाए।

"जब युद्ध समाप्त होगा तो मैं खुद वहाँ जाकर देखना चाहूँगी कि मेरा बेटा कहाँ शहीद हुआ था!" उन्होंने कहा।

इस पर जनरल मलिक ने उन्हें वहाँ ले जाने का भरोसा दिलाया था।

हनीफ के मृत शरीर को आखिरकार वापस ले आया गया। दिल्ली में उन्हें पूरे सैन्य सम्मान के साथ दफन किया गया। श्रीमती हेमा अजीज ने अपने दो अन्य बेटों के साथ तुरतुक का दौरा किया। यहाँ से वहाँ तक वह यह देखने गई थीं कि उनके बेटे ने अपने देश के लिए कहाँ शहादत दी। हनीफ अपनी माँ से

मजाक किया करते थे कि माँ के पास उनके लिए वक्त ही नहीं है। इस समय वह अपनी माँ को देखने के लिए वहाँ खुद मौजूद नहीं थे।

दिसंबर 2018
डिफेंस सर्विसेज ऑफिसर्स इंस्टीट्यूट (डी.एस.ओ.आई.)
सुरक्षा सेवा अधिकारी संस्थान
धौला कुआँ, दिल्ली

"हम में ज्यादातर हनीफ को प्यार से 'हनीफू' कहा करते थे। वह मेरी बटालियन के सबसे युवा अफसर थे। वह मृदुभाषी और ऊर्जावान् थे। काम कोई भी हो, पहल हनीफ की तरफ से ही होती थी। उन्हें कंप्यूटर का बहुत ज्ञान था और वह बहुत अच्छा गाते थे। यहाँ तक कि उन्होंने हमारी यूनिट के लिए एक जैज बैंड भी बनाया था, जिसके लिए हनीफ ने दिल्ली से सारे वाद्य यंत्र गाड़ी के जरिए मँगवाए थे। उस बैंड को 'हनीफ बैंड' के नाम से जाना जाता था, जो आज भी है।" सेवानिवृत्त कर्नल अनिल भाटिया ने बताया। कारगिल युद्ध के सालों बाद कर्नल भाटिया से मेरी मुलाकात डी.एस.ओ.आई. में हुई। उनके साथ उनकी पत्नी श्रीमती मोनिका भाटिया भी थीं। वहीं अंदर के एक रेस्त्राँ से उन्होंने मेरे साथ सैंडविच खाते और कॉफी पीते हुए शहीद हनीफुद्दीन से जुड़ी यादें साझा कीं।

कुरसी पर आगे की तरफ झुके कर्नल भाटिया की आँखों में अब भी उस युद्ध की यादें जिंदा हैं। उस भीषण युद्ध को याद कर आज भी उनका बदन ठंड में सिहर उठता है। कर्नल भाटिया ने मुझे इस बातचीत में साहस और त्याग की एक संजीदा कहानी सुनाई। उन्होंने मुझे सबकुछ विस्तार से बताया—कैसे उनकी यूनिट ने हनीफ को खोया और कैसे 11 राजपूताना राइफल्स के जवानों ने उनकी शहादत का बदला लेने के लिए तुरतुक की बेहद ऊँची चोटियों में एक को फतह किया।

इस कहानी की शुरुआत विश्व के सबसे ऊँचे युद्धक्षेत्र सियाचिन ग्लेशियर में कैप्टन हनीफ और उनकी कंपनी के द्वारा चार महीने का कार्यकाल पूरा किए

जाने के ठीक बाद से होती है। एल.ओ.सी. यहीं खत्म होती है और अब भी भारत व पाकिस्तान के बीच इस पर विवाद है।

हनीफ बेस कैंप में बतौर लोड मैनिफेस्ट अफसर (ढुलाई पर नजर रखनेवाले अफसर) के रूप में काम कर रहे थे। उनका काम था ग्लेशियर की विभिन्न पोस्ट पर राशन, दवाओं, चिट्ठियों की विमान द्वारा आपूर्ति करवाना। अमूमन सियाचिन की कठिन ड्यूटी पूरी करके वापस लौटे जवानों को प्रतापपुर गाँव के नजदीक या तो नयनाभिराम गरम सल्फरवाले जलस्रोत (पानामिक हॉट सल्फर स्प्रिंग्स) में आराम करने का मौका दिया जाता था या फिर घर पर छुट्टियों के लिए भेज दिया जाता था; लेकिन कारगिल युद्ध ने इस प्रक्रिया को बदल दिया। दरअसल, तुरतुक सेक्टर 12 जाट में तैनात सेना की यूनिट ने दुश्मनों की घुसपैठ की सूचना दी थी, लेकिन बटालिक सेक्टर में चल रहे युद्ध की वजह से कोई भी नई सैन्य टुकड़ी तुरंत वहाँ उपलब्ध नहीं थी, इसलिए आसपास की सेना की विभिन्न यूनिटों से यहाँ जवान बुलाए गए थे। यही वह वक्त था, जब ये आदेश पास किए गए कि 11 राजपूताना राइफल्स से एक अफसर की अगुवाई में एक दस्ता तुरतुक भेजा जाना चाहिए, जो दुश्मन की घुसपैठ के विस्तार का आकलन करने में मदद कर सके। मेजर रंजीत सिंह करीब 60 जवानों की पहली अनौपचारिक कंपनी लेकर वहाँ गए। बाद में यूनिट को दूसरी अनौपचारिक कंपनी उपलब्ध कराने को कहा गया, जो मेजर संजय विश्वास राव की अगुवाई में तुरतुक गई।

मई की शुरुआत, वर्ष 1999
तुरतुक

11 राजपूताना राइफल्स के जवान एक ट्रक में बैठे, जो तेजी से बहनेवाली श्योक नदी के साथ-साथ चल रहा था। उनमें से ज्यादातर हाल ही में सियाचिन में अपनी ड्यूटी पूरी करके नीचे लौटे थे, जबकि कुछ ने छुट्टियों के बाद दोबारा रिपोर्ट किया था। तारकोल वाली सड़क के दोनों तरफ भूरे रंग के शानदार पर्वत थे। अगर जवान युद्ध के लिए नहीं जा रहे होते तो निश्चित तौर पर यह यात्रा

मनोहर होती। ट्रक में बैठे जवान बुझे-बुझे-से लग रहे हैं, लेकिन कोई शिकायत नहीं कर रहा।

बेफिक्र हनीफ ड्राइवर के बगल में बैठे हैं और खुशी-खुशी एक गाना गुनगुना रहे हैं। वह अब तक यह तो नहीं जान पाए हैं कि उन्हें क्या काम करना है, लेकिन वह यह बात बखूबी जानते हैं कि अतिरिक्त टुकड़ी को एल.ओ.सी. के पास दुश्मन की घुसपैठ का पता लगाने और उसे खदेड़ने के लिए सब-सेक्टर पश्चिम की पंद्रह पेट्रोल में भेजा जाएगा।

चूँकि दुश्मन ने एल.ओ.सी. पर पोस्ट बना ली हैं, ऐसे में 11 राजपूताना राइफल्स को अभी केवल मध्यवर्ती चोटी पर पोजीशन हासिल कर सूचनाएँ इकट्ठा करने का आदेश दिया गया है। संख्या बल में कम होने के कारण फिलहाल उन्हें हमला करने को नहीं कहा गया है। सेना की टुकड़ियाँ तुरतुक पहुँचती हैं और फिर संयम के साथ पूरे सात दिनों तक तुरतुक नुल्लाह के साथ-साथ चलती हैं।

जैसे-जैसे वे जवान ऊँचाई की तरफ बढ़ते हैं, भू-दृश्य ज्यादा-से-ज्यादा प्रतिकूल बनता जाता है। सभ्यता के निशान या फिर वे ट्रैक, जिनको ध्यान में रखते हुए आगे कदम बढ़ाने हैं, नाममात्र के हैं और जो हैं, वे भी एक-दूसरे से अच्छी-खासी दूरी पर हैं। तुरतुक से छोरबतला के पूरे क्षेत्र में जानलेवा हिम दरारें हैं, जहाँ एक गलत कदम पड़ने मात्र से इनसान काल का ग्रास बन जाता है। यहाँ चलने वाली हवाएँ किसी धारदार चाकू की तरह शरीर को काटती हैं और हिम-स्खलन ऐसे कि चंद सेकंड में किसी के भी प्राण हर लें। एक छोटे से पोस्ट जांगपाल में बने एक अस्थायी हेलीपैड को पार करने के बाद से जवानों के बीच किसी तरह का कोई वार्तालाप नहीं हुआ है। जांगपाल कारचेन ग्लेशियर के आगे के हिस्से से करीब 6 किलोमीटर पहले पड़ता है। ये जवान ग्लेशियर में रहने के अभ्यस्त हैं और अपने इसी अनुभव का इस कठिन तराई में इस्तेमाल करते हैं।

बर्फ जवानों की जाँघों को छू रही है और तापमान शून्य से नीचे है। इस दुर्गम सफर पर चलते-चलते जवान मध्यवर्तीय चोटी तक पहुँच जाते हैं, जहाँ आखिरकार एक-दूसरे की पहचान पता चलती है। इसके बाद वे अस्थायी

पोजीशन तैयार करते हैं। तीनों अफसर वहाँ अपनी-अपनी सैन्य टुकड़ियों के साथ तैनात हो गए हैं। जवान भावी हमले के मद्देनजर स्टॉक बनाना शुरू कर देते हैं और अपनी पीठ पर गोला-बारूद व राशन लादकर उसे ढोते हैं; साथ ही इस क्षेत्र की पेट्रोलिंग भी करते हैं।

6 जून को हनीफ कारचेन ग्लेशियर में दोपहर की पेट्रोलिंग के लिए स्वेच्छापूर्वक आगे आए। उन्होंने दुश्मन के नजदीक जाने का फैसला किया, ताकि उसे गोलीबारी के लिए उकसाया जा सके। इससे वह दुश्मन की पोजीशन का सही-सही पता लगा सकते थे। इस कदम से दुश्मन के बंकरों और उनके ऑटोमैटिक (स्वचालित) हथियारों का पता लगाने में भी मदद मिलती। यह खतरा इसलिए मोल लिया जा रहा था कि दुश्मन पर अंतिम हमले के समय इस जानकारी से फायदा उठाया जा सके।

नायब सूबेदार मंगेज सिंह और करीब सात अन्य रैंक के जवानों के साथ हनीफ ने कारचेन ग्लेशियर के एक छोर पर स्थित लेज नाम की जगह पार की और दुश्मन की रेंज के 300 मीटर के दायरे में आ गए। पेट्रोलिंग टीम ने न केवल दुश्मन के आठ संघरों (मोटे तौर पर बनाए बंकर) की पहचान की, बल्कि प्वॉइंट 5590 और सैडल (एल.ओ.सी. पर दुश्मन द्वारा हथियाई दो पोस्ट) इलाके में स्वचालित हथियारों को तैनात हुए भी देखा। यह जरूरी जानकारी, जिसके बगैर भविष्य में होनेवाले हमले संभव नहीं होते, हनीफ की टीम के जिंदा जवानों से प्राप्त हुए। दुर्भाग्यवश, हनीफ को यह पता ही नहीं चला कि वह दुश्मन के काफी करीब पहुँच चुके हैं और दुश्मन उन पर सीधी नजर रखे हुए है।

हनीफ और उनके साथियों पर निशाना साधकर दुश्मन ने उन पर अंधाधुंध गोलीबारी शुरू कर दी। इस हमले में घायल नायब सूबेदार मंगेज सिंह चीखते हुए हवा में ऊपर की तरफ उछले और सीधे अथाह हिम दरार में जा गिरे। इस हमले में हनीफ और राइफलमैन परवेश भी घायल हुए। परवेश घुटनों के बल गिरे। उनका शरीर अथाह पीड़ा से कराह रहा था। हनीफ ने उन्हें अविश्वासपूर्ण ढंग से देखा। परवेश की राइफल छूट गई और वह बर्फ पर गिर गए। चारों तरफ खून-ही-खून नजर आ रहा था। हनीफ के अपने हाथ से भी राइफल गिर

गई और वह बर्फ में पड़े खून के ऊपर जा गिरे। हनीफ के ऊपर आसमान में सफेद कपास के समान बादल सुंदर नीले आकाश में उड़कर जा रहे हैं। उन्हें अपने सीने में एक घुटन भरी जकड़न महसूस होती है। उन्हें यह बात बखूबी समझ आ रही है कि उनके जीवन की डोर उनके हाथ से छूटती जा रही है। हनीफ के महत्त्वपूर्ण अंग काम करना बंद कर रहे हैं। वह अपनी आँखें बंद कर दर्द खत्म होने का इंतजार करते हैं। ठंडी हवाएँ उनके शरीर को जोर-जोर से हिलाती हैं, लेकिन हनीफ अब कुछ भी महसूस नहीं कर सकते। उनकी साँसें धीमी होने लगती हैं और अंतत: रुक ज़ाती हैं। 25 वर्षीय हनीफ अपने घर और प्रियजनों से मीलों दूर वीरगति को प्राप्त हो जाते हैं।

बाकी बचे जवान बड़े-बड़े गोलाकार पत्थरों के पीछे छुप जाते हैं और जवाबी गोलीबारी की कोशिश करते हैं; लेकिन उनके छोटे-छोटे हथियारों का दुश्मन के आधुनिक हथियारों से कोई मुकाबला ही नहीं है। वे मृत जवानों के शरीरों को अपने कब्जे में लेने के अथक प्रयास करते हैं, लेकिन दुश्मन की तरफ से लगातार हो रही भयंकर गोलीबारी के कारण उनकी कोई भी कोशिश सफल नहीं हो पाती। आखिरकार, वे हाथ खड़े कर देते हैं और जांगपाल लौट आते हैं। इसके बाद भी इन शवों को हासिल करने के लिए किए गए तमाम प्रयास विफल ही रहे।

हम अपने शहीदों के मृत शरीर हासिल करेंगे

हनीफ की शहादत के एक महीना बाद, यानी 7 जुलाई को 11 राजपूताना राइफल्स ने सियाचिन में अपना कार्यकाल पूरा किया और उन्हें ग्लेशियर से हटा दिया गया। कर्नल भाटिया अपने जवानों को खोने से बहुत क्रुद्ध हैं और एक घायल शेर की तरह दहाड़ रहे हैं। इस बीच यूनिट 10 जुलाई को तुरतुक पहुँच गई। कर्नल भाटिया जांगपाल पहुँचे और उन्होंने दुश्मन की पोस्ट की स्थिति के बारे में करीब एक हफ्ता अध्ययन किया। इसके बाद उन्होंने खुद को अपनी पहली टास्क दी।

"हम अपने शहीदों के मृत शरीर वापस लाएँगे।" उन्होंने अपने साथियों से कहा। इसी के साथ शुरुआत हुई 'ऑपरेशन अमर शहीद' की। हनीफ की

शहीद लेफ्टिनेंट सौरभ कालिया के प्रसन्न और गौरवान्वित माता-पिता डॉ. नरिंदर के. कालिया और विजया कालिया पाइपिंग के दौरान इस बात से बेखबर थे कि उनकी ये खुशियाँ कुछ दिनों की मेहमान हैं।

लेखिका लेफ्टिनेंट सौरभ के माता-पिता के साथ धौलाधार पर्वत-शृंखला से घिरे उनके पालमपुर (हिमाचल प्रदेश) स्थित आवास में।

लेफ्टिनेंट सौरभ कालिया को पाकिस्तानी हिरासत में अमानवीय यातना देने के बाद मार दिया गया था। उनके पिता डॉ. कालिया इस मामले में अंदरूनी जाँच की माँग पर अब भी कोर्ट केस लड़ रहे हैं।

श्रीमती विजया कालिया सौरभ का हस्ताक्षर किया चेक दिखाते हुए, जो वह अपनी माँ के लिए छोड़ गए थे। वह अपनी पहली तनख्वाह निकालने से पहले ही शहीद हो गए।

फोटो साभार : एडीजी पीआई

'महावीर चक्र' प्राप्त मेजर सोनम वांगचुक विजय हासिल करने के बाद लद्दाख स्काउट्स की टुकड़ी के साथ रॉक फॉल चोटी पर।

इस पुस्तक के लिए दो घंटे तक दिए साक्षात्कार के दौरान हलके-फुलके पलों में मेजर सोनम।

श्रीमती हेमा अजीज की व्यक्तिगत एलबम में सुंदर-सलोने कैप्टन हनीफुद्दीन की हँसते हुए एक तसवीर।

श्रीमती अजीज ने तत्कालीन थलसेना प्रमुख जनरल वी.पी. मलिक को आश्वासन दिया था कि हनीफ का शव वापस लाने के लिए वह किसी दूसरे जवान का जीवन जोखिम में नहीं डालना चाहतीं। उन्होंने हनीफ के नाम पर मिलनेवाले पेट्रोल पंप को भी लेने से इनकार कर दिया था।

लेफ्टिनेंट विजयंत थापर सेना की युद्ध की वर्दी में।

(बाएँ से दाएँ) 'वीर चक्र' विजेता लेफ्टिनेंट विजयंत थापर, 'महावीर चक्र' विजेता मेजर विवेक गुप्ता और महावीर चक्र विजेता मेजर पद्मपाणि आचार्य विजयंत के टैंट में ली गई अपनी आखिरी तसवीर में मुसकराते हुए। तीनों कारगिल युद्ध में शहीद हो गए।

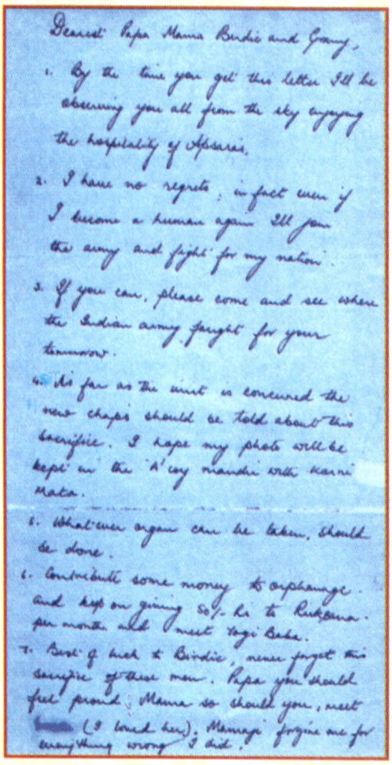

Dearest Papa Mama Birdie and Granny,

1. By the time you get this letter I'll be observing you all from the sky enjoying the hospitality of Apsaras.

2. I have no regrets; in fact even if I become a human again I'll join the army and fight for my nation.

3. If you can, please come and see where the Indian army fought for your tomorrow.

4. As far as the unit is concerned the new chaps should be told about this sacrifice. I hope my photo will be kept in the 'A' coy mandir with Karni Mata.

5. Whatever organ can be taken, should be done.

6. Contribute some money to orphanage and keep on giving 50/- Rs to Rukhsana per month and meet Yogi Baba.

7. Best of luck to Birdie, never forget this sacrifice of these men. Papa you should feel proud, Mama so should you, meet [illegible] (I loved her). Mamaji forgive me for everything wrong I did.

युद्धभूमि से विजयंत थापर का
अपने परिवारवालों को लिखा आखिरी पत्र,
जो बहुत भावुक और हृदय विदारक था।

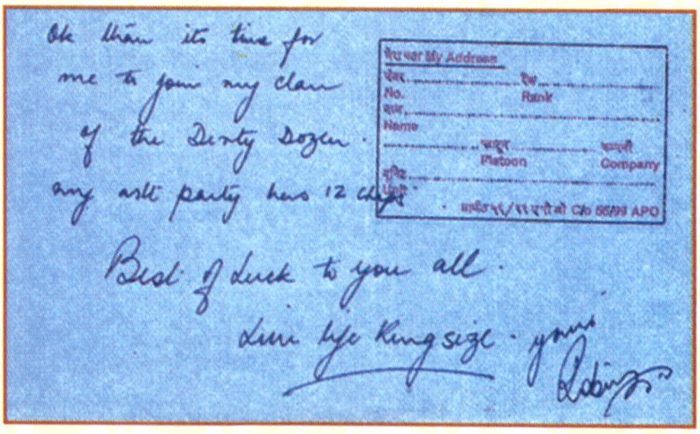

Ok then its time for me to join my clan of the Dirty Dozen. My asslt party has 12 chaps.

Best of Luck to you all.

Live life King size. yours

Robin

कर्नल वीरेंद्र थापर
कश्मीरी लड़की
रुकसाना के साथ।
विजयंत ने अपने आखिरी
पत्र में अपने परिवारवालों
से रुकसाना का खयाल
रखने को कहा था।

युवा कैडेट अनुज नैयर नेशनल डिफेंस अकादमी में।

अनुज की पासिंग आउट परेड नैयर परिवार के लिए एक गौरवशाली पल था।

युद्धभूमि में अनुज को पदोन्नत करके कैप्टन बनाया गया।

कारगिल में एक ऑपरेशन के बाद अनुज।

कैप्टन बी.एम. करिअप्पा के साथ लांस नायक शेर सिंह और नायब सूबेदार राम निवास।

एक सफल ऑपरेशन के बाद एक चोटी पर कैप्टन करिअप्पा और उनकी 5 पैरा टीम के जवान।

(बाएँ से दाएँ) 5 पैरा के मेजर एच.एस. जग्गी, कैप्टन (डॉ.) विक्रम ग्रेवाल (गैरी) और कमांडिंग ऑफिसर कर्नल ए.के. श्रीवास्तव आराम करते हुए।

गैरी अपने मरीज और पाकिस्तान के युद्धबंदी हुनर शाह के साथ।

कारगिल युद्ध में शहीद हुए लेफ्टिनेंट हितेश के पिता लांस नायक बचन सिंह।

लेफ्टिनेंट हितेश कुमार पासिंग आउट परेड के बाद अपने भाई हेमंत और माँ श्रीमती कामेश बाला के साथ।

'देश' के (बाएँ से दाएँ) विकास मनहस, अदरिजा सिंह, अरात्रिका सेन और अनुसूया मित्रा (खड़ी हुईं) यह सुनिश्चित करने के लिए एकजुट हुए कि हमारा देश अपने शहीदों को न भूले।

श्रीमती टी. आंगमो शूनो और उनका बेटा रिकी, जिन्होंने लेह में भारतीय सेना के लिए जो संभव बन पड़ता था, किया।

ब्लेड रनर मेजर डी.पी. सिंह
न केवल मैराथन में भाग लेते हैं,
बल्कि स्काई डाइविंग भी कर चुके हैं।

फ्लाइट लेफ्टिनेंट गुंजन सक्सेना—
कारगिल की अकेली महिला योद्धा।

13 जे ऐंड के राइफल्स के सिपाही युद्ध में मारे गए दुश्मन के जवानों को सम्मानपूर्वक दफनाते हुए।

पाकिस्तानी फौज के कैप्टन करनाल शेर खान,
जिनकी बहादुरी को भारतीय सेना ने स्वीकारा।

फोटो साभार : सोनाली सिंह

कारगिल शहीदों की यादें उसी मिट्टी से अंकुरित होती हुईं, जिसके लिए उन्होंने शहादत दी। केरल के कन्नूर में लगे ये पेड़ किसी अनाम व्यक्ति अथवा संगठन द्वारा लगाए गए हैं।

श्रीमती हेमा अजीज और कलाकार हुतांश वर्मा कैप्टन हनीफुद्दीन की पेंटिंग के साथ।

सूरत के जितेंद्र सिंह एक सिक्योरिटी गार्ड हैं, जो कारगिल युद्ध के बाद से शहीदों के परिजनों के प्रति संवेदना व्यक्त करते 4,500 से ज्यादा पत्र लिख चुके हैं। स्वास्थ्य कारणों के चलते सेना में नहीं जा पाए जितेंद्र अपने ढंग से सेना को अपनी सेवाएँ प्रदान कर रहे हैं।

जितेंद्र का सपना है मुंबई में एक युद्ध संग्रहालय खोलना, जहाँ वह सेना से संबंधित अपना काम और संग्रह प्रदर्शित कर सकें।

शहादत के 43 दिन बाद 18 जुलाई को कैप्टन एस.के. धीमन, मेजर संजय विश्वास राव, लेफ्टिनेंट आशीष भल्ला, हवलदार सुरिंदर और राइफलमैन धरम वीर इस ऑपरेशन के लिए आगे आए और शाम ढलते-ढलते जांगपाल से आगे बढ़े। उन्होंने करीब 6 किलोमीटर दूर ग्लेशियर को पार किया।

जानलेवा ढलानों के मद्‌देनजर वे एक-एक कदम फूँक-फूँककर रख रहे थे। आखिरकार, उन्होंने हनीफ और परवेश के बर्फ में जमे हुए शव ढूँढ़ ही निकाले। वे दोनों के शवों को खींचते हुए बड़े गोलाकार पत्थरों के पीछे ले गए और फिर अपनी पीठों पर लाद लिया। पूरी रात वे चुपचाप चलते रहे और सुबह 7 बजे तक जांगपाल पहुँच गए। अगले दिन वहाँ एक हेलीकॉप्टर उतरा और शहीदों के शवों को अपने साथ ले गया। कर्नल भाटिया भीगी आँखों से यह सब देख रहे थे। सूबेदार मंगेश का शव अब भी बर्फीली ढाल पर पड़ा हुआ है। "हम तुम्हें जल्द ही वापस लाएँगे, मंगेश।" कर्नल भाटिया ने मन-ही-मन अपने मृत जवान से वादा किया। यह वादा युद्ध खत्म होने के बाद जाकर पूरा हो पाया।

11 राजपूताना राइफल्स ने अपने जवानों की मौत का बदला लेने के लिए दुश्मन पर हमला बोलकर उससे प्वॉइंट 5590 छीनने का फैसला किया। कर्नल भाटिया ने प्वॉइंट 5590 पर हमले की योजना बनानी शुरू कर दी, जिसे 'ऑपरेशन हनीफ' का नाम दिया गया। 24 जुलाई तक यूनिट हमले के लिए पूरी तरह तैयार थी; लेकिन पूर्णिमा की रात होने के कारण हमले के लिए कुछ और दिनों के इंतजार का फैसला किया गया। ऐसा इसलिए, ताकि सैन्य दल को अँधेरे का फायदा मिल सके। जनरल ऑफिसर कमांडिंग (जी.ओ.सी.), 3 डिवीजन मेजर जनरल पदम बुधवार हेलीकॉप्टर से जांगपाल उतरे और दुश्मन पर हमले की इस योजना को हरी झंडी दिखा दी। कर्नल भाटिया ने दुश्मन पर तुरतुक से बोफोर्स तोपों और मोर्टार से फायरिंग की प्रार्थना की, ताकि उसकी ताकत को थोड़ा हलका किया जा सके। उनकी इस दरख्वास्त को जी.ओ.सी. ने स्वीकार कर लिया। इस बीच जवानों ने अतिरिक्त राशन और गोला-बारूद भरकर निकटतम हमले के लिए रास्तों की टोह लेनी भी शुरू कर दी।

ऑपरेशन हनीफ
2 अगस्त, 1999
शाम के 6.45 बजे
कारचेन ग्लेशियर का बेस

पहाड़ अंधकारमय और शांत हैं, लेकिन फिसलनदार बर्फ वाले ग्लेशियर पर अगर थोड़ी सी भी रोशनी पड़ी तो ऊँचाई पर बैठा दुश्मन तुरंत चौकन्ना हो जाएगा। लिहाजा कर्नल भाटिया ने फैसला किया कि उनके लोग ग्लेशियर पर चढ़कर नहीं, बल्कि इसके बेस से होकर गुजरनेवाले ज्यादा मुश्किल रास्ते पर चलेंगे, ताकि प्वॉइंट 5590 के पिछले भाग से उसके ऊपर चढ़ा जाए। वे पाकिस्तान के पार्श्व हिस्से से चढ़ेंगे। वे जानते हैं कि ऐसा करना मुश्किल होगा, लेकिन इससे उनके जवानों को यह लाभ होगा कि इस तरफ से हमले के बारे में सपने में भी नहीं सोचने वाला दुश्मन ऐसा होता देखकर बुरी तरह चौंक जाएगा।

रात के वक्त अच्छा-खासा अँधेरा रहे, इसके लिए उन्होंने पूर्णिमा के बाद पूरे सात दिनों तक इंतजार किया। पिछले तीन दिनों से दुश्मनों की पोस्ट पर हमले के लिए स्थापित किए गए बेस से जमकर गोलीबारी की जा रही है। कारगिल में तैनात बोफोर्स तोपें ऊँचाइयों पर निशाना साध रही हैं और बेस से ही बफागोट मिसाइल लॉञ्चर सीधे दुश्मनों के बंकरों पर हमला बोल रहे हैं। हालाँकि सबसे असरदार गोलीबारी राजपूताना राइफल्स के अपने 81 एम.एम. और 120 एम.एम. मोर्टार ट्यूब से की जा रही है, जिन्हें जवानों ने अपनी पीठ पर लाद-लादकर कारचेन ग्लेशियर से थोड़ा पहले तैनात किया है। एक-एक तोप काफी भारी है और एक बम का वजन है करीब 15 किलो।

हमला

इस मिशन के लिए स्वेच्छा से खुद को प्रस्तुत करनेवाले करीब 40 जवानों को दो टुकड़ियों में बाँट दिया गया। टास्क फोर्स 1 ब्रावो कंपनी से तैयार की गई, जो प्रशिक्षित पर्वतारोही कैप्टन अनिरुद्ध चौहान की अगुवाई में अग्रणी कंपनी होगी। इस समूह में विशेष सीमा बल बटालियन 'विकास' से भी पाँच सिपाही हैं, जिन्हें चट्टानों पर चढ़ने और रस्सियों को ठीक करने में महारत हासिल है।

टास्क फोर्स 2 में चार्ली कंपनी के जवान हैं। उनकी अगुवाई लेफ्टिनेंट आशीष भल्ला कर रहे हैं। टास्क फोर्स 3 और 4 को इनके पीछे-पीछे रहना है।

सियाचिन से आए सैनिकों के पास ग्लेशियर में पहने जानेवाले कपड़े और जूते तो हैं, लेकिन लगातार तीन महीनों तक जीरो डिग्री से कम तापमान में रहने की थकान उनके चेहरों पर साफ दिखाई दे रही है। लगभग सभी का वजन और मांसपेशियाँ घट गई हैं। ये जवान जिन परिस्थितियों में रहकर आए हैं, उनमें देर तक बना रहनेवाला सिरदर्द और भूलने की बीमारी सामान्य सी बात है। इसके अलावा, उनका ब्लड प्रेशर भी अकसर तेजी से ऊपर-नीचे होता है, लेकिन इन तकलीफों को कोई भी जवान बहाने की तरह पेश नहीं कर रहा।

"आपको ऊपर प्वॉइंट 5590 दिखाई दे रहा है।" शरीर अकड़ा देनेवाली ठंड में कर्नल भाटिया अपने जवानों से पूछते हैं। उनका चेहरा लाल हो गया है और मुँह से गरम साँस भाप के रूप में बाहर निकल रही है।

"दुश्मन ने वहीं से फायर करके हमारे साथियों को मारा था। जाइए, उन्हें दिखाइए कि 11 राजपूताना राइफल्स अपने जवानों की मौत का बदला कैसे लेती है!" कर्नल भाटिया ने गरजते हुए कहा।

11 राजपूताना राइफल्स के नारे 'राजा रामचंद्र की जय' के उद्घोष के साथ जवानों ने अपना सफर शुरू किया। वे ग्लेशियर से गोल घूमे और फिर चाँद की रोशनी से जगमगा रहे बेहद ऊँचे पहाड़ों के नीचे पहुँचे, जो एकदम अंधकारमय, भयानक और विचित्र परछाइयों से भरे-पूरे लगते थे। करीब 18,340 फीट ऊँचाई वाला प्वॉइंट 5590 आसपास की सारी चोटियों में सबसे ऊँचा है।

कड़ी मेहनत के बाद जवानों की साँस फूलने लगती है और मारे ठंड के उँगलियाँ जमने लगती हैं। लगभग सभी जवान चट्टानों पर अपने पैर जमाने के लिए संघर्ष करते नजर आ रहे हैं। उनके पैरों के नीचे चट्टानें टूटने लगती हैं, जिससे मलबा सीधा चोटी के नीचे जाकर गिरता है। किसी अव्यवस्थित पत्थर के नीचे दबना उतना ही जोखिम भरा है, जितना एक गलत क़दम रखकर तेजी से नीचे गिरते हुए खून से लथपथ अवस्था में मरना। इन जवानों के आगे एक खड़ी चट्टान आती है; लेकिन 'विकास रेजीमेंट' के लड़के पहाड़ों पर रस्सियाँ जमाने के अपने कौशल का इस्तेमाल करते हैं, जिसके सहारे जवान ऊपर की तरफ

चढ़ते हैं। 40 मीटर की दूरी तय करने के बाद ये जवान चोटी पर पहुँच जाएँगे।

ये जवान लगभग नौ घंटों से ऊपर चढ़ रहे हैं और बुरी तरह थक चुके हैं। सुबह के 4 बज चुके हैं और एक दूसरी 80 डिग्री वाली ढलान उनके आगे खड़ी है। वे यह बात कर्नल भाटिया को बताते हैं, जो कारचेन ग्लेशियर के बेस सब-स्टेशन में हैं।

"मैंने उन्हें वापस लौटने को कहा। दरअसल, सूर्योदय होते ही दुश्मन अपनी अलग-अलग जगह बनी पोस्ट से हमारी दोनों टीमों को देख लेता। ऐसे में किसी तरह का जोखिम लेने का कोई मतलब नहीं था।" कर्नल भाटिया ने कहा। दुर्गम रास्ते को पारकर वहाँ पहुँची टीम निराश होकर वापस मुड़ गई। "उन्हें नीचे उतरने में दो घंटे लगे और तब तक वे इतनी बुरी तरह थक गए थे कि जिसको जहाँ जगह मिली, वहीं जाकर सो गया। हम उन्हें खाने-पीने या फिर गरमाहट पहुँचाने के लिए कुछ भी नहीं दे पाए। वैसे भी, हमारे पास उन्हें देने के नाम पर केवल बासी शकरपारे, बर्फ में लगाए दो टेंटों और गोल पत्थरों की आड़ के अलावा कुछ भी नहीं था।" उन्होंने दुःख के साथ यह बात मुझसे साझा की।

जवानों ने शाम तक आराम किया। अब दूसरी कोशिश का वक्त आ गया था।

अंतिम हमला

3 अगस्त, 1999

शाम के 6 बजे

कर्नल भाटिया ने कड़ाके की ठंड में जवानों को लाइन बनाने को कहा। जवान थके-हारे और भूखे थे, लेकिन हमला तो करना ही था। कर्नल भाटिया ने दोबारा जवानों को इस मिशन के लिए स्वेच्छा से आगे बढ़ने को कहा।

"मैं इस बार थोड़ा आशंकित था। ऐसा नहीं था कि मेरे जवान बहादुर नहीं थे, लेकिन वे बहुत ज्यादा थके हुए थे और मैं यह बात जानता था कि उनके पास इस काम को करने के लिए जरूरी शारीरिक शक्ति नहीं थी।" कर्नल भाटिया ने मुझे सर्दियों की दोपहरी में डी.एस.ओ.आई. में बताया।

शरीर को चीरकर रख देनेवाली ठंड में कर्नल भाटिया ने जवानों को याद दिलाया कि हनीफ की मौत का बदला लेना जरूरी है। “हम अगर यह काम पूरा किए बगैर वापस जाएँगे तो लोग क्या कहेंगे?” उन्होंने गंभीरतापूर्वक कहा। “वे कहेंगे कि 11 राजपूताना राइफल्स अपने साथियों की मौत का बदला लिये बिना वापस आ गई। यह हमारी पल्टन की इज्जत का सवाल है। हमें अपने साथियों की मौत का बदला लेना है। मुझे वॉलंटियर चाहिए। कौन जाएगा?” कर्नल भाटिया ने अपने साथियों की आँखों में आँखें डालते हुए पूछा। उनकी आवाज बर्फ के समान ठंडी थी।

यह सुनते ही वहाँ लंबी खामोशी छा गई। तभी पीछे से एक भारी आवाज आई, “साहब, मैं जाऊँगा।” ब्रावो कंपनी के बास्केट बॉल खिलाड़ी नायब सूबेदार अभय सिंह ने अपना एक कदम आगे बढ़ाते हुए कहा।

जल्द ही दूसरे जवान भी कर्नल भाटिया की एकटक तकती निगाहों पर खरा उतरने के लिए आगे बढ़ते हैं। शुरुआती जवानों में हैं बॉक्सर दिलबाग सिंह, क्रॉस कंट्री रनर अजीत, राजेश और चाँदबीर, बॉडी बिल्डर किशन कुमार, राइफलमैन दुर्गाराम और हवलदार कान सिंह। ये सभी पिछले रद्द किए गए हमले का भी हिस्सा थे।

धीरे-धीरे और जवानों ने भी खुद को इस हमले के लिए प्रस्तुत कर दिया। बहुत ज्यादा थके हुए जवानों की जगह तरोताजा जवानों ने ले ली। बहादुर जवानों ने अपनी यह कठिन चढ़ाई दोबारा शुरू की। वहीं पिछले दो अफसरों अनिरुद्ध चौहान और आशीष भल्ला ने टीमों की अगुवाई की।

अनिरुद्ध और टास्क फोर्स 1 ने एक पंक्ति में चढ़ाई शुरू की और प्वॉइंट 5590 के बेस में आधी रात से पहले पहुँच गए, लेकिन दोबारा उन्हें 80 डिग्री वाली ढलान को पार करना था। इस बार वे रस्सियाँ जमाते हैं और सुबह 5.30 तक एक बाहर निकले हुए हिस्से तक चढ़ाई चढ़ लेते हैं।

आसमान रोशन होना शुरू हो गया है। वे अपने ऊपर दुश्मनों के तीन संघर देख सकते हैं, जिसमें से एक में बने छेद से मशीनगन की नाल निकली हुई है। उस निकले हुए हिस्से पर बैठते हुए ही वे रेडियो सेट पर अपने सी.ई.ओ. को फोन करते हैं। दुश्मन बमुश्किल 25 मीटर की दूरी पर है। कर्नल भाटिया टीम

को दिन भर चट्टान के पीछे छिपे रहकर अँधेरा होने पर हमला करने की सलाह देते हैं, ताकि आसपास की दुश्मनों की पोस्ट से होनेवाली प्रत्युत्तर फायरिंग को अनदेखा किया जा सके।

शाम करीब 5.45 पर कर्नल भाटिया को अनिरुद्ध बेचैन होकर संदेश देते हैं। "सर, शायद उनको शक हो गया है। वे हमारी तरफ फायरिंग कर रहे हैं।" वह बताते हैं।

"सूरज जल्दी ही ढल जाएगा। इस समय खुद की ऊर्जा बचाने के अलावा कोई दूसरा रास्ता नहीं है।" कर्नल भाटिया ने अनिरुद्ध से कहा, "जवानो! बहादुरी दिखाते रहो।" कर्नल भाटिया ने कहा। उनका दिल मारे चिंता के बेचैन है।

आमने-सामने लड़ा गया भयंकर युद्ध

उस रात कई जवानों ने अद्‍भुत शौर्य और बलिदान का परिचय दिया। इसकी शुरुआत हवलदार किशन कुमार ने तब की, जब दुश्मन ने उनकी टीम पर फायरिंग करना शुरू कर दिया। जब दूसरों को ऊपर जाकर मशीनगन लगाने में हिचक महसूस हुई, तब उन्होंने खुद को इस काम के लिए पेश किया और दुश्मन की गोलीबारी के सामने बहादुरी से आगे बढ़े और चमत्कारपूर्ण ढंग से सकुशल रहे।

अनिरुद्ध और नायब सूबेदार अभय सिंह ने जवानों की अगुवाई की। कान सिंह ने इस साहसी हमले में पहले जाने के लिए हामी भरी, वह भी यह बात अच्छी तरह जानते हुए कि ऐसा करके वह अपनी जान को खतरे में डाल रहे हैं। 'राजा रामचंद्र की जय' की हुंकार भरते हुए वह दुश्मनों पर टूट पड़े और उन पर एक ग्रेनेड दागा दिया।

एक गोली आकर उनकी गरदन पर लगी और वह पोस्ट के किनारे से नीचे गिर गए। दिलबाग ने कान सिंह को पकड़ने के लिए छलाँग लगाई, लेकिन उनके हाथ इस बहादुर सिपाही की राइफल ही आई। कान सिंह हिम दरार के खुले मुख में गिर गए। उनकी आँखें बेबसी के कारण आँसुओं से भरी हुई थीं। दिलबाग फटाफट आगे दुश्मनों पर झपटे। प्वॉइंट 5590 में पूरी रात आमने-सामने भयंकर युद्ध हुआ।

इस युद्ध में नायब सूबेदार अभय सिंह ने भी अद्‌भुत वीरता का परिचय दिया। दुश्मनों को छकाने के लिए कि वह इस बात पर भरोसा करे कि उनके साथ दस से ज्यादा लोग हैं, वह लगातार निर्देश देते हुए चिल्लाते रहे कि "आधे मेरे पीछे आओ, थोड़े आदमी दाएँ से जाओ, बाकी बाएँ से जाओ। आगे बढ़ो।" उन्होंने न केवल अपने जवानों को वीरतापूर्वक लड़ने के लिए प्रेरित किया, बल्कि दुश्मनों को बेवकूफ भी बनाया कि वे पूरे 100 जवानों की फौज के साथ उन पर हमला बोल रहे हैं।

इस बीच अपने सैन्य बल का मनोबल बढ़ाने के लिए कर्नल भाटिया ने फायर बेस से सभी उपलब्ध हथियारों को मँगवाया। इनमें मिसाइल और रॉकेट लॉन्चर भी शामिल थे। ऐसा प्वॉइंट 5590 को छोड़कर आसपास मौजूद दुश्मनों की दूसरी पोस्ट पर हमला बोलने के लिए किया गया था। गोलीबारी रात 8 बजे तक चलती रही, जिसका मकसद था—ऊपर चढ़ाई चढ़ती टास्क फोर्स 3 और 4 के जवानों को कवर देना, जिन्हें हमलावर कंपनी के साथ आ मिलना था। इस बीच मशीनगन से दुश्मन को ध्वस्त कर टास्क फोर्स 1 अपने काम में लगी हुई है। दो और संघर को कब्जे में लिया जा चुका है और दुश्मनों के तीन सैनिक मारे गए हैं। टास्क फोर्स 2 उनके साथ आ मिलती है और 5590 के नुकीले किनारे पर नीचे की तरफ एरिया सैडल पर जाने के लिए रस्सियाँ फिक्स करती है। यहाँ उन्होंने दुश्मनों के संघर और करीब 10 जवान देखे हैं। उस काली रात की शांति भंग की राइफलों से निकली गोलियों की आवाजों, रण हुंकारों और घायल जवानों की कानों को भेदती आवाजों ने। यूँ तो कर्नल भाटिया और बाकी लोग गोलीबारी की आवाजें सुन सकते हैं। वे पहाड़ों पर जगमगाती रोशनी को भी देख सकते हैं, लेकिन उन्हें इस बात का एकदम आभास नहीं है कि उनके जवान इस युद्ध में कैसा प्रदर्शन कर रहे हैं?

कर्नल भाटिया ने 102 ब्रिगेड हेडक्वार्टर, प्रतापपुर के साथ अपना रेडियो संपर्क बंद कर दिया, क्योंकि वह बेवजह के दखल को अनदेखा करना चाहते थे। यह बहुत ध्यान भंग करनेवाला था, क्योंकि वह बहुत दूर थे और हम न तो उनके निर्देशों के लिए इंतजार कर सकते थे, न ही उनका अनुगमन कर सकते थे। "हमें खुद इस युद्ध को सँभालना था।" कर्नल भाटिया ने प्रतापपुर से अपना रेडियो

संपर्क सुबह 5 बजे जाकर दोबारा स्थापित किया, वह भी तब, जब उन्हें बताया गया कि दोनों प्वॉइंट 5590 और एरिया सैडल पर कब्जा कर लिया गया है।

इस युद्ध में दुश्मनों के सात जवान मारे गए और बाकी भाग गए। देश के विजयी जवान दुश्मनों से कब्जाए 17 हथियारों को लेकर वापस लौटे, जिनमें भारी-भरकम मशीनगनें, रॉकेट लॉन्चर, आरसी गनें और एंटी-एयरक्राफ्ट मिसाइलें शामिल थीं। ये जवान इन हथियारों को 18 किलोमीटर दूर से अपनी पीठ पर ढोए तुरतुक तक लाए थे। इसके बाद इन हथियारों को तत्कालीन रक्षा मंत्री जॉर्ज फर्नांडीज के दौरे पर प्रदर्शन के लिए वाहनों के जरिए प्रतापपुर ले जाया गया।

हालाँकि इस ऑपरेशन में कई जवानों की शहादत की आशंका थी, लेकिन 11 राजपूताना राइफल्स को इसमें अपने एक वीर जवान की शहादत देनी पड़ी, वह भी इस तथ्य के मद्देनजर कि यूनिट पूरी तरह प्रतिकूल परिस्थिति का सामना कर रही थी—जवान थके हुए थे और इसके बावजूद दुश्मन की स्थापित सेना से युद्ध लड़ने के लिए ऊपर चढ़ाई चढ़ रहे थे। उनके पास न तो दुश्मन के सैनिकों की संख्या की कोई जानकारी थी, न ही उनके हथियारों की।

जब इस साहसिक ऑपरेशन को अंजाम दिया गया, तब तक युद्ध-समाप्ति की घोषणा हो चुकी थी, लिहाजा यूनिट को ज्यादा शौर्य पुरस्कार नहीं मिल सके।

"हमने अपने जवानों की शहादत का बदला लिया, यही हमारे लिए सबसे बड़ा पुरस्कार है।" साक्षात्कार समाप्त होने पर कॉफी की चुस्कियाँ लेते कर्नल भाटिया कहते हैं। वह सेना से सेवानिवृत्त हो चुके हैं, लेकिन उनका बड़ा बेटा निश्चय, जो कारगिल युद्ध के समय केवल दस साल का था, ने 11 राजपूताना राइफल्स ज्वॉइन कर लिया है और अब वह मेजर हैं। जब मैं कर्नल भाटिया का साक्षात्कार ले रही थी, उस दौरान वह अपने छोटे बेटे की पासिंग आउट परेड से वापस लौटे थे, जो युद्ध के समय महज तीन साल का था। उनके छोटे बेटे लेफ्टिनेंट मानक 9 राजपूताना राइफल्स में कमीशंड हैं।

हनीफ बेशक हमारे बीच नहीं हैं, लेकिन वह बहादुर युवा सिपाही कई दूसरे जवानों के लिए प्रेरणा बना रहेगा।

दिसंबर 2018
कारगिल अपार्टमेंट
द्वारका

कड़ाके की सर्दी और कुहरे के बीच मैंने अपनी कार पार्क की और श्रीमती हेमा अजीज को फोन करके उनसे उनके फ्लैट का रास्ता पूछा।

"मैं ऊपर वाले माले में रहती हूँ।" वह बताती हैं।

मैंने जब ऊपर देखा तो आकर्षक व्यक्तित्व की धनी श्रीमती हेमा मुसकराते हुए नीचे की तरफ झाँक रही थीं। काले रंग की सलवार-कमीज पहने श्रीमती अजीज ने अपने घर पर मेरा स्वागत किया। उनका घर ज्यादा सुसज्जित नहीं था। घर की खाली दीवार पर 'वीर चक्र' से सम्मानित कैप्टन हनीफुद्दीन की वरदी पहने तसवीर हमें देखती हुई प्रतीत होती है। उनका एक पोट्रेट पुस्तकों की शेल्फ पर है, जिसमें उनका खूबसूरत चेहरा तिरंगे के बीच से झाँकता है। यह भेंट पेंटर हुतांश वर्मा की तरफ से है, जो शहीदों के पोट्रेट बनाकर उन्हें उनके परिवारवालों को भेंट करते हैं।

बालकनी का दरवाजा खुला है, जिससे ठंडी-ठंडी हवा अंदर आ रही है। लिखते हुए कई बार मेरी उँगलियाँ जमने लगती हैं, लेकिन लगता है कि श्रीमती अजीज इस बात से अनभिज्ञ हैं। कई घंटों तक चली बातचीत के दौरान मुझे कई बार लगा कि मैं उनसे दरवाजा बंद करने की दरख्वास्त करूँ, लेकिन हर बार मुझे याद आ जाता कि उनके बेटे का मृत शरीर तो 43 दिनों तक बर्फ में पड़ा रहा था! यह बात याद कर मैं खामोश रहना ही उचित समझती हूँ।

सिपाही युद्धभूमि में मरने नहीं जाते

हनीफ का जन्म 23 अगस्त, 1974 को हुआ था और उनकी दादी ने पुरानी दिल्ली में उनकी परवरिश की थी। हनीफ के माता-पिता दोनों ही सूचना एवं प्रसारण मंत्रालय के गीत और ड्रामा विभाग में काम करते थे। उनके पिता थिएटर आर्टिस्ट थे और माँ शास्त्रीय गायिका। दोनों को अकसर काम के सिलसिले में देश के कोने-कोने में जाना पड़ता था। उन्होंने सीमा क्षेत्र में तैनात सिपाहियों के लिए भी कई शो किए।

"इस काम से हमें संतुष्टि तो मिलती थी, लेकिन हम अपने छोटे-छोटे बच्चों के साथ ज्यादा वक्त नहीं बिता पाते थे।" श्रीमती अजीज बताती हैं। हनीफ को आठ साल तक उनकी दादी ने ही पाला। इस उम्र में भी वह सुबह 6 बजे अपनी दादी के साथ उठ जाते थे। उसके बाद दादी जब सुबह घर के काम निबटातीं तो हनीफ उनके साथ-साथ रहते। "वह सुबह हमेशा जल्दी उठता था। उसे कभी भी किसी अलार्म घड़ी की जरूरत नहीं पड़ी, तब भी नहीं, जब उसने कॉलेज जाना शुरू किया।" श्रीमती अजीज बताती हैं।

हनीफ जब 22 साल के थे, तब आई.एम.ए. ज्वॉइन करने से पहले अपनी माँ के पास क्षतिपूर्ति बॉण्ड (इंडिम्निटी बॉण्ड) लेकर आए। उनकी माँ को उस पर हस्ताक्षर करने थे। "जब मैंने उस बॉण्ड को पढ़ना शुरू किया तो हनीफ ने कहा, पढ़ क्यों रही हो? बस, साइन कर दो न।" श्रीमती हेमा यह वाकया याद करती हैं। "जब मैंने उससे कहा कि मैं जानना चाहती हूँ कि मैं किस दस्तावेज पर साइन कर रही हूँ, तो उसने कहा, 'यह एक बॉण्ड है, जिसमें लिखा हुआ है कि अगर ट्रेनिंग के दौरान मुझे कुछ भी हुआ तो आपको हर्जाने के तौर पर कुछ नहीं मिलेगा।' मैंने उससे कहा, सेना में जाना तुम्हारा सपना है और मैं तुम्हें कभी भी नहीं रोकूँगी।"

वह बताती हैं कि हनीफ को सेना की तरफ से तभी फोन आया, जब उन्हें उस कंप्यूटर फर्म से नौकरी का प्रस्ताव मिला था, जिसमें उन्होंने ट्रेनिंग ली थी। "वह मेरे साथ बैठ गया और मुझसे पूछा कि आपके हिसाब से मुझे क्या करना चाहिए, क्योंकि उसके हाथ में दो-दो जगह से नौकरी का प्रस्ताव था।" वह बताती हैं कि उन्होंने अपने बेटे को याद दिलाया कि जब वह इलाहाबाद सर्विस सेलेक्शन बोर्ड (एस.एस.बी.) के लिए गए थे तो कितने खुश थे। "यूँ तो उनके चार दूसरे साथी भी एस.एस.बी. के लिए गए थे, लेकिन चयन केवल उन्हीं का हुआ था। कंप्यूटर फर्म में तो कोई भी काम कर सकता है, लेकिन केवल तुम्हें ही देश की सेवा का मौका मिल रहा है।" उस समय उन्होंने अपने बेटे को यह बात कही थी। हनीफ ने आर्मी ज्वॉइन करने का फैसला किया।

वह अपने फैसले खुद लिया करते थे। जब वह केवल आठ साल के थे, तब उनके पिता अजीज-उद-दीन इफेंदी को दिल का दौरा पड़ा था। उस समय

उनके बड़े भाई नफीस की उम्र दस साल थी। श्रीमती अजीज ने अपने बेटों को अकेले पाल-पोसकर बड़ा किया। उन्होंने अपने छोटे बेटे समीर को अपनी बहन के पास बैंगलोर भेज दिया। श्रीमती अजीज ने दिल्ली के कथक केंद्र में काम करना शुरू कर दिया। वह अकसर मशहूर कलाकारों के लिए गाया करती थीं, जैसे पं. बिरजू महाराज, यामिनी कृष्णमूर्ति और स्वप्न सुंदरी। उन्हें अकसर उन कलाकारों के कार्यक्रमों के दौरान उनके साथ ही यात्रा करनी पड़ती थी। जब श्रीमती अजीज को यूरोप दौरे पर जाना पड़ा था, तब नफीस की उम्र बारह वर्ष और हनीफ की दस वर्ष थी। श्रीमती अजीज के पास दोनों बच्चों को पति की मृत्यु के बाद लिये एक छोटे से घर में अकेले छोड़ने के अलावा कोई चारा नहीं था। "दोनों यह बात अच्छी तरह जानते थे कि उनके पिता अब इस दुनिया में नहीं हैं, इसलिए उनकी माँ को उनकी परवरिश के लिए काम पर जाना ही पड़ेगा। इसलिए उन्होंने कभी भी किसी तरह की शिकायत नहीं की। मैंने उन्हें पॉकेट मनी दी और इमरजेंसी के लिए कुछ पैसा अपने पड़ोसियों के पास रखवा दिया। यूँ तो वह करीब डेढ़ महीने का दौरा था, लेकिन खिंचते-खिंचते तीन महीने का हो गया। इस दौरान दोनों बच्चों ने सबकुछ खुद ही सँभाला।" बीती बातों को वह मुसकराते हुए याद करती हैं। दोनों ने अपने स्कूल की फीस चुकाई, वक्त पर स्कूल गए, अपना खाना-पीना खुद सँभाला और कपड़ों पर प्रेस भी खुद ही की। हनीफ तो उस उम्र में भी पराँठा बनाना जानते थे।

वह हनीफ से जुड़ी एक घटना हमसे साझा करती हैं। एक दिन हनीफ ने स्कूल से वापस लौटने पर माँ को चहकते हुए बताया कि अब स्कूल से उन्हें मुफ्त में वरदी मिलेगी, क्योंकि उनके पिता नहीं हैं। श्रीमती अजीज ने उनसे कहा, "अपनी टीचर से कह देना कि मेरी माँ इतना पैसा कमाती हैं कि मेरी स्कूल की वरदी खरीद सकें", वह बताती हैं। उन्होंने हनीफ को समझाया कि ज्यादातर परिवारों का घर पिता की तनख्वाह से ही चलता है। ऐसे बच्चों को पिता के नहीं होने पर इस तरह की आर्थिक सहायता की जरूरत पड़ती है। "तुम मुफ्त की वरदी के हकदार नहीं हो, क्योंकि तुम्हारी माँ कमाती हैं।" उन्होंने अपने बड़ी-बड़ी आँखोंवाले बेटे को प्यार से समझाया। हनीफ ने बात समझते हुए गरदन हिलाई और फिर अपनी टीचर को वह सब कह दिया, जो माँ ने कहने को बोला था।

करीब एक दशक बाद श्रीमती अजीज ने केंद्र सरकार द्वारा कारगिल युद्ध में शहीद जवानों के परिजनों को दी जाने वाली गैस एजेंसी लेने से इनकार कर दिया। उनका कहना था कि वह संगीत से जुड़ी हुई हैं और गैस एजेंसी नहीं चला पाएँगी। चूँकि वह एजेंसी हनीफ के नाम से मिल रही थी, लिहाजा उन्हें यह बात भी ठीक नहीं लगी कि वह एजेंसी चलाने के लिए किसी और को सौंप दें।

यह उनकी किस्मत थी

सिपाही युद्धभूमि में मरने नहीं, युद्ध लड़ने जाते हैं। हनीफ ने सिपाही बनने की राह चुनी। उन्होंने शपथ ली थी कि वह खुद से पहले अपने देश को रखेंगे। "उन्हें इसका मान रखना था।" श्रीमती अजीज ने मुझसे कहा। ऐसी बात करते हुए उनका चेहरा नरम, लेकिन दृढ़ था। "मुझे अपने बेटे पर गर्व है। उनकी वीरता को बयाँ करने के लिए युद्ध के दौरान दी गई उनकी शहादत से बड़ी भला कौन सी बात हो सकती है? ऐसे बहुत से जवान हैं, जो युद्ध के बाद जिंदा वापस लौटे। मैं उनके लिए बहुत खुश हूँ। वापस लौटकर नहीं आना हनीफ की किस्मत थी और मैं इसे स्वीकार करती हूँ। वह कइयों के लिए प्रेरणादायक बने रहेंगे। बेशक, उनका जीवन छोटा था, लेकिन सार्थक रहा।" वह कहती हैं।

श्रीमती हेमा अजीज दिल्ली स्थित अपने अपार्टमेंट में अकेली रहती हैं। अब वह संगीत की कक्षाएँ नहीं लेतीं; लेकिन हर सुबह जब रियाज के लिए बैठती हैं तो तानपुरा की धुन उनकी खुली खिड़कियों से बाहर सुनाई देती है। यह वह वक्त है, जब वह अपनी आँखें बंद करती हैं और उस दुनिया में खो जाती हैं, जो अब भी उनके लिए खूबसूरत है, जहाँ उनका बेटा हनीफ शायद दोबारा मुसकरा रहा है।

लेखक का नोट

तुरतुक सेक्टर में शुरुआती घुसपैठ का पता 12 जाट की एक पेट्रोलिंग पार्टी ने लगाया। 11 राजपूताना राइफल्स ने मुख्य लड़ाई वर्ष 1999 में जुलाई से अगस्त के बीच लड़ी। यह लड़ाई प्वॉइंट 5590 को कब्जे में लेने के बाद समाप्त हुई। संचार की कमी और ऊबड़-खाबड़ इलाके की वजह से मीडिया ने

इन ऑपरेशन को विस्तार से कवर नहीं किया, लिहाजा कभी भी ये चर्चा में नहीं आए। लेफ्टिनेंट जनरल वाई.एम. बामी द्वारा लिखी पुस्तक 'कारगिल : 1999 द इंप्रेग्नेबल कॉन्कर्ड' से लिया गया।

इस वीरतापूर्ण कार्य और दुश्मन के सामने अद्वितीय साहस का परिचय देने के लिए कैप्टन हनीफुद्दीन को मरणोपरांत 'वीर चक्र' पुरस्कार दिया गया और उनके सम्मान में सब-सेक्टर वेस्ट को नया नाम दिया गया—'सब-सेक्टर हनीफ'। कैप्टन अनिरुद्ध चौहान और राइफलमैन किशन कुमार को उनकी प्रेरणादायक वीरता के लिए 'सेना मेडल' से नवाजा गया।

□

अध्याय-4

आखिरी खत

22 साल का युवा एक ऐसे खतरनाक मिशन पर जा रहा है, जहाँ से वापसी अनिश्चित है। वह अपने पीछे अपने माता-पिता के लिए एक चिट्ठी छोड़ जाता है।

29 जून, 1999
सुबह के 2 बजे
नॉल, द्रास

लेफ्टिनेंट विजयंत थापर एक बड़े व खुरदुरे गोल पत्थर के पीछे पेट के बल लेटे हुए हैं। वह अपनी राइफल के माध्यम से आगे देखने की कोशिश करते हैं। उनके साथ नायक तिलक सिंह अपनी कुहनियों के सहारे ऊपर उठकर उनकी एम.एम.जी. में एक मैगजीन डालते हैं। उनके पीछे चाँद है, डरावने सौंदर्य का एक विशाल दूधिया चक्र, जो नीचे चल रहे खून-खराबे के एकदम विपरीत दिखाई पड़ता है। खाली चट्टान पर पड़ती चाँदनी जवानों को हलकी भूरी चमक से नहला देती है।

उस रात दोनों सेनाओं के बीच भयंकर युद्ध हुआ। शत्रु की पहली दो पोजीशन पर कब्जा किया जा चुका है। दुश्मन की तीसरी पोजीशन है तो काफी नजदीक, लेकिन फिलहाल पहुँच के बाहर है। दुश्मन की मशीनगनों से दनादन आती गोलियों की आवाज उनकी ढाल बनी चट्टान से टकरा रही है और उन्हें सँकरी चोटी में आगे बढ़ने से रोक रही है। परेशानी यह है कि इस सँकरे रास्ते से एक वक्त में केवल दो जवान ही आगे बढ़ सकते हैं। विजयंत का धैर्य अब

जवाब दे चुका है। वह अपने उफनते गुस्से को बहुत मुश्किल से काबू में करके दुश्मन की बंदूकों की आवाजें बंद करने का फैसला करते हैं, जिसकी वजह से उनके जवान आगे नहीं बढ़ पा रहे हैं।

विजयंत का दिमाग तो उन्हें कवर के पीछे रहने के लिए कह रहा है, लेकिन वह हमेशा दिमाग से ज्यादा दिल की सुननेवालों में रहे हैं। वह अपने ऊपर मँडरा रहे खतरे से बेखबर दुश्मन की गोलीबारी के कम होने का इंतजार करते हैं और ऐसा होने पर कवर से बाहर निकलते हैं। वह मशीनगन चला रहे दुश्मन पर सावधानीपूर्वक निशाना साधते हैं और एक साथ दे-दनादन कई गोलियाँ दागते हैं।

उनके ऊपर पड़ रही चाँद की रोशनी उन्हें चट्टान पर बैठे एक पाकिस्तानी निशानची की नजर में ला देती है। निशानची सावधानीपूर्वक उन पर निशाना साधता है और फिर बंदूक का घोड़ा दबा देता है। एक गोली तेजी से विजयंत की बाईं कनपटी को बींध देती है। गोली का मेटल उनके सिर से निकलते हुए उनकी दाईं आँख से बाहर निकल जाता है।

तिलक सिंह स्तब्ध होकर अपने युवा अफसर को गिरते हुए देखते हैं। अपनी एल.एम.जी. को एक तरफ रखकर वह रेंगते हुए आगे बढ़ते हैं और विजयंत को वापस खींचते हैं। विजयंत का गरम खून भूरी चट्टानों पर फैल जाता है। बेशक उनकी जैकेट खून से सन गई है, लेकिन उनके खूबसूरत चेहरे पर एक भी दाग नहीं है। विजयंत जब गिरते हैं तो उनका हेलमेट भी उतर जाता है, जिससे सिर पर लगा काला पटका दिखने लगता है। विजयंत अपने साथी की बाँहों में अंतिम साँस लेते हैं और फिर उनकी आँखें सदा के लिए बंद हो जाती हैं।

महज 22 वर्ष में शहीद हुए शूरवीर लेफ्टिनेंट विजयंत थापर को उनके माता-पिता 'रॉबिन' कहकर पुकारते थे। छह महीने पहले ही आई.एम.ए. में ट्रेनिंग पूरी करने के बाद उन्होंने अपने पिता के साथ गर्व से हाथ मिलाया था और अपनी रो रही माँ को प्यार से गले लगाया था। वह पल उनके बचपन में सैनिक की वरदी पहनने का सपना सच होने का प्रतीक था। नॉल की लड़ाई में उन्होंने साबित कर दिखाया कि वह उस सम्मान के कितने काबिल थे।

29 जून, 2018
दोपहर 12 बजे
नॉल

पथरीली भूरी पहाड़ियाँ, जहाँ 'वीर चक्र' प्राप्त स्वर्गीय लेफ्टिनेंट विजयंत थापर ने उन्नीस साल पहले एक खूनी लड़ाई लड़ी थी, अब शांत है। आसमान एकदम नीला है। हवा एकदम साफ है और आप इसे सीधे अपने फेफड़ों तक जाते हुए महसूस कर सकते हैं।

यह मानना कठिन है कि ये चट्टानें पूर्णिमा की एक रात ग्रेनेड, गन फायर और युवाओं के खून से सनी हुई थीं। अगर आपको कभी यहाँ आने का मौका मिलता है तो अब भी आप 16,000 फीट ऊँची इस चोटी पर राइफलों के पुराने जंग लगे खोखे इधर-उधर छितरे हुए देख पाएँगे। यह यहाँ लड़ी गई भयंकर लड़ाई के खामोश सुबूत हैं। यह वही जगह है, जहाँ विजयंत ने अपनी आखिरी साँसें ली थीं। ठीक इसी जगह उनके 73 वर्षीय सेवानिवृत्त पिता कर्नल (सेवानिवृत्त) वीरेंद्र थापर अब हाथ जोड़े नंगे पाँव नीचे बैठे हुए हैं। उनके बेटे विजयंत थापर की याद में यहाँ एक हवन का आयोजन किया जा रहा है। अचानक उनके दिमाग में बेटे की बचपन की यादें कौंधने लगती हैं। उनका छोटा सा रॉबिन कैसे एक हरे-भरे बगीचे में दौड़ रहा है! रॉबिन का मुँह गंदा हो गया है और पसीना-पसीना हुए सिर पर बाल बिखरे हुए हैं। रॉबिन ने हाथ में एक छड़ी को राइफल की तरह पकड़ा हुआ है और उसका कुत्ता उसके पीछे आनन-फानन में भाग रहा है। दोनों ब्रिटिश काल के बँगले की पत्थरों वाली दीवार पर बैठे बंदरों को डराकर भगाने की कोशिश कर रहे हैं।

'रॉबिन!' कर्नल थापर प्यार से फुसफुसाते हैं। उनकी आँखें गीली हैं। थलसेना के पंडितजी उनके सामने बैठे हैं और संस्कृत में मंत्र पढ़ रहे हैं। हवन कुंड से ऊँची नारंगी रंग की आग की लपटें निकल रही हैं, जो कर्नल थापर के हलकी झुर्रियों वाले चेहरे को सुर्ख लाल कर देती हैं। यहाँ से महज 5 मीटर की दूरी पर पत्थर का एक संघर है, जहाँ युवा लेफ्टिनेंट ने अपनी आखिरी लड़ाई लड़ी थी। इसे एक मंदिर में बदल दिया गया है, जहाँ देवी

कर्णी माता उदारतापूर्वक विजयंत की तसवीर के साथ अपना स्थान बाँटती हैं। विजयंत की माँ दिल्ली से मंदिर के लिए लाल रंग का दुपट्टा भेजती हैं, जिसे हर साल बदला जाता है।

कर्नल थापर हर साल अपने बेटे की बरसी पर यहाँ पहुँचते हैं। उनके मन को यहाँ आकर शांति मिलती है। यहाँ आने की एक दूसरी वजह रॉबिन की अपने घरवालों को लिखी आखिरी चिट्ठी भी है। यह चिट्ठी उन्होंने युद्धक्षेत्र से लिखी थी और वह भी यह जानते-बूझते कि शायद अब वह कभी युद्धभूमि से वापस नहीं लौट पाएँगे। इस चिट्ठी में उन्होंने एक इच्छा जताई थी और कर्नल थापर रॉबिन की उसी इच्छा का सम्मान कर रहे हैं। अपने बेटे की इस इच्छा को पूरी करके उनके दिल को बहुत सुकून मिलता है। विजयंत ने अपनी आखिरी चिठ्ठी में लिखा था—"अगर संभव हो तो कृपया यहाँ आकर देखना कि भारतीय सेना ने आप लोगों के भविष्य को सुरक्षित करने के लिए कहाँ युद्ध लड़ा।" हालाँकि कर्नल थापर के लिए नॉल की दुर्गम चढ़ाई चढ़ना दिन-ब-दिन मुश्किल होता जा रहा है, लेकिन वह चाहते हैं कि इस प्रतिबद्धता को जब तक संभव हो, सम्मान दें।

रॉबिन का आखिरी पत्र

"प्यारे पापा, मम्मा, बर्डी और ग्रैनी," जून 1999 में कारगिल से विजयंत द्वारा लिखे आखिरी पत्र की शुरुआत कुछ इस तरह होती है—"जब तक आपको यह चिट्ठी मिलेगी, मैं आप लोगों को आसमान से देखकर अप्सराओं की मेहमाननवाजी का लुत्फ उठा रहा होऊँगा। मुझे किसी बात का कोई पछतावा नहीं है; बल्कि अगर मैं दोबारा मनुष्य के रूप में जन्म लेता हूँ तो फिर से सेना में ही जाऊँगा और अपने देश के लिए लड़ूँगा।" उन्होंने फौजियों के बैंगनी रंग वाले अंतर्देशीय पत्र में लिखा। उनकी साफ-सुथरी, दाईं तरफ तिरछी झुकी हुई लेखनी से पेज भरा-भरा लग रहा है। "अगर संभव हो तो कृपया यहाँ आकर देखना कि आपके कल के लिए भारतीय सेना ने कहाँ युद्ध लड़ा।" उन्होंने आगे लिखा कि उनके जितने अंग सुचारु ढंग से काम कर रहे हों, वे निकालकर दान कर दिए जाएँ। उन्होंने उस पैसे को किसी अनाथालय को दान

करने को कहा और हर महीने 50 रुपए रुकसाना को भेजने को कहा। रुकसाना तीन साल की एक कश्मीरी लड़की थी, जिससे विजयंत कश्मीर में कुछ दिनों के लिए हुई पोस्टिंग के दौरान बहुत घुल-मिल गए थे। विजयंत उम्मीद करते हैं कि उनका और उनके जवानों द्वारा किया गया बलिदान उनकी बटालियन और उनके देश द्वारा कभी भी भुलाया नहीं जाएगा। उन्होंने अपनी चिट्ठी इस दिलेरी के साथ खत्म की—"ओके, वक्त आ गया है कि मैं अपने डर्टी डजन टुकड़ी के साथियों को ज्वॉइन करूँ। मेरे हमलावर दस्ते में 12 लड़के हैं। ऐसे जिओ कि जीवन में कोई पछतावा न रहे (लिव लाइफ किंग साइज)। आपका रॉबिन।"

विजयंत ने यह चिट्ठी युद्ध पर रवाना होने से कुछ दिन पहले ही लिखी थी। उनकी मृत्यु के बाद काले संदूक में उनके बाकी सामान समेत यह चिट्ठी उनके परिवार तक पहुँचा दी गई। उनके साथी जवानों ने इस लड़ाई को लड़ने के लिए स्वेच्छा से खुद को प्रस्तुत किया था। वे सभी अच्छी तरह से जानते थे कि यह मिशन काफी जोखिम भरा है और शायद वे कभी भी वापस लौटकर न आएँ। उनमें से कुछ ने यह कहते हुए चिट्ठियाँ लिखकर छोड़ दीं कि अगर वे युद्धभूमि से वापस नहीं लौटते तो ये चिट्ठियाँ उनके परिजनों तक पहुँचा दी जाएँ। विजयंत उन्हीं में से एक थे। उनसे कहा गया था कि वह ही इस हमले की अगुवाई करने जा रहे हैं। शायद उन्हें तभी यह बात समझ में आ गई होगी कि उनके जीवित बचने की संभावना बहुत कम है।

प्रस्तुत है 'वीर चक्र' प्राप्त लेफ्टिनेंट विजयंत थापर की कहानी, जो कई लोगों से बातचीत पर आधारित है। जैसे उनके साथ पढ़नेवाले और उन्हीं के साथ नॉल का युद्ध लड़नेवाले कर्नल प्रवीण तोमर और सूबेदार मेजर भूपिंदर सिंह। विजयंत के माता-पिता कर्नल एवं श्रीमती थापर, जिन्होंने उदारतापूर्वक न केवल उनका आखिरी पत्र मुझसे साझा किया, बल्कि उनकी डायरियाँ, उनकी तसवीरें, युद्ध की रिपोर्ट्स और दूसरे दस्तावेज भी मुझे दिखाए। इसके अलावा, विजयंत के माता-पिता ने उनकी कई अनमोल यादें भी मेरे साथ बाँटीं।

मई 2018
विजयंत एन्क्लेव
नोएडा

गर्मियों की एक तपती सुबह मैं विजयंत एन्क्लेव जाने के लिए नोएडा के बोटैनिकल गार्डन मेट्रो स्टेशन पर उतरी। विजयंत एन्क्लेव को ढूँढ़ना मुश्किल नहीं है। मैं पैदल चलकर उसके मेन गेट पर पहुँच गई, जहाँ इस युवा जवान को श्रद्धांजलि देता एक साइनबोर्ड लगा हुआ है। मैं विजयंत के माता-पिता का साक्षात्कार लेने उनके घर पहुँची थी।

मैंने थापर निवास की घंटी बजाई और असाधारण व्यक्तित्ववाले कर्नल वीरेंद्र थापर ने एक मुसकान के साथ घर का दरवाजा खोला। उन्होंने औपचारिक कपड़े पहने हुए थे।

"क्या लेखक ऐसे दिखते हैं?" चमकती आँखों के साथ उन्होंने पूछा। वह एक विशिष्ट सैन्य अधिकारी हैं—सुरुचिपूर्ण कपड़े पहननेवाले, शिष्ट, रुचिकर, आकर्षक और उदार। "मुझे तो लग रहा था कि कोई उम्रदराज लेखिका हमारे इंटरव्यू के लिए आएँगी।" बेहद खूबसूरत ढंग से सजाए-सँवारे बैठक वाले कमरे की तरफ ले जाते हुए कर्नल थापर बोले। उनकी पत्नी श्रीमती तृप्ता थापर ने शिष्टतापूर्वक आगे बढ़कर पूरी गर्मजोशी से मुझे गले लगाया।

थापर परिवार की जिंदगी कई मायनों में आगे बढ़ चुकी है। वह मजाक करते हैं, हँसते हैं, अपने मेहमानों का दिल बहलाते हैं तथा अपने बड़े बेटे की बातें बहुत लगाव के साथ बताते हैं। रॉबिन की बातें वह इतने स्नेहपूर्ण ढंग से करते हैं कि अगर आपको उनके बारे में कुछ नहीं पता तो लगेगा कि वह किसी काम से घर से बाहर निकले हुए हैं और जल्दी ही वापस आने वाले हैं। इस सबके बावजूद आप जल्द ही यह बात महसूस करने लगते हैं कि विजयंत की शहादत के बाद जिंदगी उनके लिए कई मायनों में ठहर-सी गई है।

"बेशक इस लड़ाई में हमें शानदार सफलता मिली, लेकिन हमने अपना बेटा खो दिया।" कर्नल थापर कहते हैं, "अगर हम अपना जीवन निराशा में जीते तो यह उसकी शहादत का अपमान होता। इसलिए हम अपने दुःख से उबरे और रॉबिन के बलिदान के जरिए भारत के युवाओं को प्रेरित करने की ठानी। जब से

रॉबिन शहीद हुए हैं, हम यही काम कर रहे हैं और यह जानना सुखद है कि वह अफसरों की भविष्य की पीढ़ी के लिए एक रोल मॉडल बन चुके हैं।" वह बोले।

कुछ देर बाद कर्नल थापर ने मुझे अपना घर दिखाया। वह मुझे विजयंत के कमरे में ले गए, जिसे थापर परिवार ने एकदम नहीं छेड़ा है। उन्होंने मुझे विजयंत का बेड दिखाया, उनके मेज पर करीने से रखी उनकी पसंदीदा पुस्तकें दिखाईं, उनके लगाए पोस्टर दिखाए, जो अब भी दीवारों पर चिपके हुए हैं। कमरे के एक किनारे पर उनकी वरदी टँगी हुई है। उनकी घड़ी, बेरेत (सैनिकों की टोपी) और डायरी साफ-सुथरे ढंग से (शीशे) ग्लास की आलमारी में सुसज्जित हैं। दोपहर को श्रीमती थापर ने मुझे फोटो एलबम दिखाते हुए मेरे साथ अपने उस बेटे की तसवीरें साझा कीं, जो उनके लिए हमेशा 22 साल का ही रहेगा। उन्होंने विजयंत द्वारा उन्हें लिखे हुए पत्र भी पढ़कर सुनाए। विजयंत के माता-पिता ने मुझसे भारतीय सेना का हिस्सा बनने का ख्वाब देखनेवाले अपने बेटे की कई यादें साझा कीं।

धीरे-धीरे 'वीर चक्र' से सम्मानित स्वर्गीय लेफ्टिनेंट विजयंत थापर महज एक नाम या एक कहानी मात्र नहीं रह गए। वह युवा रॉबिन बन गए, जो गणित की पढ़ाई के दौरान अपनी कच्ची कॉपियों में जवानों और विमानों के चित्र बनाया करते थे। एक बार वह अपने संस्थान से रेन डांस के बाद भीगे हुए वापस लौटे और अपने नाराज पिता को यह कहते हुए मनाने की कोशिश की कि उन्होंने किसी ऐसे-वैसे के साथ नहीं, बल्कि तब की 'मिस इंडिया' मनप्रीत बरार के साथ डांस किया था। रॉबिन अपनी माँ से बार-बार केक और चॉकलेट्स बनाने की फरमाइश किया करते थे। माँ के हाथ की बनी ये चीजें उन्हें इतनी पसंद आती थीं कि आई.एम.ए. ज्वॉइन करने के बाद भी उनका इन चीजों के प्रति मोह कम नहीं हुआ।

"वह अपनी माँ के बहुत करीब था और उसे चॉकलेट्स बहुत पसंद थीं।" कर्नल थापर बोले। वह 2 राजपूताना राइफल्स रेजिमेंटल के इतिहास का हिस्सा बन चुकी तसवीर से जुड़ा एक वाकया सुनाते हैं। "यह तसवीर मुसकराते हुए विजयंत और मेजर पद्मपाणि आचार्य की है, जो तोलोलिंग में अपनी पहली विजय के बाद नष्ट हुए एक बंकर में बैठे हुए हैं। वह मुझे बताते हैं कि जब सी.ओ. लेफ्टिनेंट कर्नल एम.बी. रवींद्रनाथ चोटी पर चढ़कर अपने विजयी

जवानों से मुलाकात करने पहुँचे तो रॉबिन ने अपनी जेब से एक चॉकलेट निकाली और उन्हें प्रस्तुत की। उसकी जेब हमेशा चॉकलेट्स से भरी रहती थी।" वह स्नेहपूर्ण ढंग से मुसकराते हुए कहते हैं।

श्रीमती थापर ने बताया कि सेना की एक खास ट्रेन, जो युद्ध शुरू होने के कुछ महीने पहले रॉबिन और उनकी बटालियन को ग्वालियर से कश्मीर लेकर जा रही थी, उसे तुगलकाबाद स्टेशन पर रुकना था। श्रीमती थापर एक बड़े केक के साथ कर्नल थापर के साथ भागी-भागी वहाँ पहुँचीं; लेकिन उन्हें देरी हो गई। वह बताते हैं कि उन्हें स्टेशन पर रॉबिन नहीं दिखे, क्योंकि वह पहले ही अपने घर नोएडा उनसे मिलने पहुँच गए थे। बाद में जब सबकी मुलाकात हुई, तब कर्नल थापर ने रॉबिन को उनका पसंदीदा कैमरा थमा दिया, जिस पर उनकी काफी दिनों से नजर थी।

हालाँकि कर्नल थापर कैमरे में फोटो फिल्म डालना भूल गए थे, लेकिन इस बात से बेखबर रॉबिन एक के बाद एक सबकी ढेरों फोटो लिये जा रहे थे। इस बात का पता उन्हें काफी बाद में चला कि कैमरे में तो रील ही नहीं है। "वह अपने पापा से खूब नाराज हुआ।" हँसते हुए श्रीमती थापर बताती हैं, "आपको उसमें रील डालनी चाहिए थी।" अपने पति की तरफ देखकर वह कहती हैं।

"रील खरीदने का वक्त कहाँ था? उसे कैमरे से फोटो लेने से पहले चेक कर लेना चाहिए था।" कर्नल थापर जवाब देते हैं।

श्रीमती थापर ने मुझे बताया कि युद्ध के दौरान 'इंडिया टुडे' में एक लेख छपा था, जिसमें रॉबिन की तसवीर भी थी। थापर परिवार ने मैगजीन की कुछ प्रतियाँ खरीद ली थीं, ताकि युद्ध खत्म होने के बाद वह ये सब रॉबिन को दिखा सकें। रॉबिन के माता-पिता ने बताया कि मैगजीन के मुख्य फोटोग्राफर दिलीप बैनर्जी ने उन्हें फोन किया और कहा कि वह 'वॉर जोन' में विजयंत से मिले थे। श्री बैनर्जी ने कहा कि उनका बेटा बहुत बहादुर है। इसके ठीक दो दिन बाद उन्हें रॉबिन के शहीद होने की खबर मिली। श्रीमती थापर ने दिलीप को फोन किया और रॉबिन के बारे में बताया। इस बात को याद करते हुए श्रीमती थापर की आवाज पीड़ा से भर गई। "मेरा बेटा एक बहादुर इनसान था, लेकिन अब वह जीवित नहीं है।" वह बोलीं।

कुछ सालों बाद जब फिल्ममेकर जे.पी. दत्ता अपनी फिल्म 'एल.ओ.सी. कारगिल' के लिए शोध कर रहे थे, तब उन्होंने श्रीमती थापर से बात की। "अगर आपने 'बॉर्डर' नहीं बनाई होती तो मेरा बेटा आज जिंदा होता।" श्रीमती थापर ने बहुत प्यार से श्री दत्ता को कहा। "उसने आपकी बनाई फिल्म 'बॉर्डर' सत्रह बार देखी थी। वह फिल्म में अक्षय खन्ना द्वारा निभाए लेफ्टिनेंट धरम वीर के किरदार से इतना प्रभावित था कि तोलोलिंग की लड़ाई में वह उसी किरदार में जिया। वह अपने बंकर में हमेशा 'संदेशे आते हैं' गाना चलाया करता था।" श्री दत्ता ने अपनी फिल्म में तोलोलिंग की लड़ाई को भी शामिल किया। फिल्म में विजयंत थापर का किरदार अमर उपाध्याय ने निभाया था।

श्रीमती थापर ने बातचीत के दौरान उस फोन कॉल को भी याद किया, जिसने उनका दिल हमेशा-हमेशा के लिए तोड़ दिया था। "मैं स्कूल में थी, जब मेरे छोटे बेटे बर्डी ने मुझे यह बताने के लिए फोन किया कि रॉबिन युद्ध में शहीद हो गया है। वह उस दिन घर पर ही था और उसने ही आर्मी हेडक्वार्टर से आया फोन उठाया था।" उनकी आँखें आँसुओं में भीग जाती हैं। कर्नल थापर खामोशी से कहीं और देखने लगते हैं। अपने बच्चे को खोनेवाले माता-पिता को धीरज बँधाने के लिए भला कोई क्या कह सकता है, यही सोचकर मैंने भी दूसरी तरफ देखना शुरू कर दिया।

कर्नल थापर के घर बैठे-बैठे मेरा ध्यान एक खूबसूरत ऑयल पेंटिंग की तरफ गया, जो एक प्रसन्नचित्त लाल छातीवाले पक्षी की है। यह पेंटिंग बैठक वाले कमरे की दीवार पर लगी हुई है। पक्षी का सिर हलका मुड़ा हुआ है। ऐसा लगता है मानो वह हमें ही देख रहा है!

"हमारे छोटे बेटे की बहू ने रॉबिन के 41वें जन्मदिन पर यह पेंटिंग हमें उपहार-स्वरूप दी थी। यह रॉबिन है।" गीली आँखों के बावजूद बहादुरी के साथ मुसकराते हुए श्रीमती थापर कहती हैं। कर्नल थापर उनके चारों तरफ अपनी बाँहें फैला देते हैं। अगर रॉबिन आसपास होते तो वह भी अपने माता-पिता को देखकर उतना ही गर्व करते, जितना उनके माता-पिता को उन पर है।

नॉल की लड़ाई
26 जून, 1999
डस्क, द्रास

2 राजपूताना राइफल्स का एक दस्ता टेढ़े-मेढ़े रास्तों से होकर एक छोटे से पहाड़ी शहर द्रास की तरफ बढ़ रहा है। 10,990 फीट की ऊँचाई पर स्थित द्रास दुनिया का दूसरा सबसे ठंडा इलाका है।

हालाँकि उनकी मंजिल द्रास नहीं है। आर्मी मेस से ठीक पहले सड़क पर बाईं तरफ एक मोड़ है। वह ट्रक मोड़ लेते हैं और ऊबड़-खाबड़ धूल भरे रास्ते पर आगे बढ़ते हैं। शाम हो चुकी है, लेकिन ट्रकों की हेडलाइट्स नहीं जलाई गई हैं। सुबह सारी ब्रेक वाली लाइटों को भी ट्रकों से हटा दिया गया था। सिपाही जानते हैं कि दुश्मन की नजर आसानी से उन पर पड़ सकती है और वह अपने आने का जरा सा भी संकेत दुश्मन को देकर उसे सतर्क नहीं करना चाहते। ट्रक बैंगनी अँधेरे में धीरे-धीरे आगे रास्ता बनाते चलते हैं। उनके टायरों के नीचे कंकड़ दब रहे हैं। खामोशी हवा की सरसराहट या फिर ट्रक के इंजन की हलकी गर्जना से ही टूटती है। ट्रक के अंदर बैठे जवान भी किसी तरह की बातचीत के इच्छुक नहीं लग रहे।

ये ट्रक करीब 200 किलोमीटर दूर कुपवाड़ा से यहाँ पहुँचे हैं, लेकिन आज मातियान से उन्होंने मात्र 20 किलोमीटर की दूरी ही तय की है, जहाँ यूनिट कैंपिंग करेगी। तोलोलिंग पर कब्जा तो हो गया, लेकिन इसके लिए सेना को अपने कई जवानों की शहादत देनी पड़ी। ट्रक में बैठे ये जवान अब दूसरी लड़ाई के लिए आगे बढ़ रहे हैं। उनकी टास्क है—नॉल में बैठे दुश्मन को भगाना। यह वह पोस्ट है, जिस पर पाकिस्तानी जवानों ने बर्फानी ठंड में छल से कब्जा किया है। जवान दस-दस के समूह में बैठे हुए हैं। अफसर ड्राइवरों के बगल में बैठे हैं।

लेफ्टिनेंट विजयंत थापर के अलावा लेफ्टिनेंट प्रवीण तोमर भी इस मिशन का हिस्सा हैं। दोनों की उम्र बाईस साल है और आई.एम.ए. में वे साथ-साथ ही थे। दोनों मुश्किल से सात महीनों से इस बटालियन में हैं। लेफ्टिनेंट थापर और लेफ्टिनेंट तोमर अलग-अलग ट्रकों में हैं। दोनों ही अपने-अपने खयालों में खोए हुए हैं। उनमें से एक युद्धभूमि से वापस नहीं लौटेगा। ऐसा लगता है विजयंत,

जिन्हें हमले की अगुवाई का जिम्मा सौंपा गया है, पहले से ही इस संभावना से वाकिफ हैं कि शायद वह युद्धभूमि से वापस नहीं लौटने वाले। महज कुछ दिनों पहले उन्होंने अपने परिवार को लिखी एक चिट्ठी यह कहते हुए प्रवीण को सौंपी थी, "अगर मैं वापस नहीं आता तो इसे मेरे डैड को दे देना।" जिस पर निराश प्रवीण ने 'हाँ' में सिर हिलाते हुए वह चिट्ठी अपनी जेब के अंदर डाल दी थी।

हमला
28 जून, 1999
रात 8 बजे
फायरबेस

यह वह रात है, जब नॉल पर हमला किया जाना है। तापमान बहुत ज्यादा गिर गया है, ऐसे में डाउन जैकेट्स काफी काम आती हैं। कोई भूखा नहीं है। कोई बात भी नहीं करना चाहता। हर जवान जानता है कि शायद उनमें से कोई भी जीवित वापस नहीं लौटे; लेकिन हर एक इस बात पर भी यकीन करना चाहता है कि मृत्यु उनका दरवाजा नहीं खटखटाएगी।

अभिलाषा से भरी हुई सोच और कर्णी माता का आशीर्वाद 2 राजपूताना राइफल्स के जवानों को आगे बढ़ने का हौसला प्रदान करता है। रेजीमेंट की कर्णी माता की चाँदी की मूर्ति, जो दूसरे विश्व युद्ध से भी पुरानी है, युद्धभूमि में लाई गई है। जल्द ही एक पूजा होती है और 'राजा रामचंद्र की जय' के उद्घोष के साथ जवान हमले के लिए कतारबद्ध होना शुरू करते हैं।

विजयंत की 2 आई.सी. अल्फा कंपनी को करीब 30 जवानों की प्लाटून के साथ इस हमले की अगुवाई करनी है। मेजर पद्मपाणि आचार्य कंपनी कमांडर, अल्फा कंपनी और सूबेदार सुनायक अपने खंडों के साथ उनके अनुगमन के लिए तैयार हैं। दुर्भाग्यवश, पूर्णिमा का दिन है, जिससे ऊपर पहाड़ी पर अपने संघरों में बैठे दुश्मनों के लिए नीचे हो रही हरकतों पर नजर रखना आसान हो गया है। विजयंत यह बात नहीं जानते, लेकिन उनके दल को दुश्मन ने देख लिया है। दुश्मन ने यह जानकारी दूसरी तरफ पंक्ति में खड़ी तोपों को चलाने बैठे

अपने जवानों तक पहुँचा दी। जैसे ही जवानों ने हमले के लिए कमर कसी, पहले धमाके से ही उन पर जोरदार प्रहार किया गया।

तोपों से निकलते आग के गोलों और दर्द से कराह रहे जवानों की हृदय-विदारक आवाजों ने रात की शांति को भंग कर दिया। गोलों की आवाजों ने जवानों के कानों के परदे फाड़ दिए और उनसे निकलनेवाले छर्रों ने उनके शरीर को जगह-जगह से काट डाला। इस दौरान ऐसी भयंकर गोलीबारी हुई कि आसमान रोशन हो गया और ऐसा लगा, मानो दिन हो गया हो। दुश्मन द्वारा की गई भीषण गोलीबारी के कारण धातु के छर्रे अभागे सिपाहियों पर दनदनाते हुए बरसने लगे। माहौल अफरा-तफरी का हो गया। जवान तितर-बितर होकर कवर तलाशने लगे और जिसको जहाँ कवर मिला, उसने वहाँ जाकर शरण ले ली। दुश्मन की तरफ से हो रही गोलीबारी का अंदाजा इसी बात से लगाया जा सकता है कि जवानों को अपने कान जोर से बंद करने पड़े। उनके पैरों के नीचे की जमीन हिल रही थी।

सबसे पहले विजयंत के दोस्त नायक जगमाल सिंह इस हमले का शिकार हुए। यह देखकर विजयंत बहुत बेचैन हो गए; लेकिन इस स्थिति में भी उन्होंने अपना आपा नहीं खोया। उनकी आँखों में दृढ़ निश्चय नजर आ रहा था। अँधेरे में जितना संभव हो सकता था, उन्होंने अपने सारे स्वस्थ जवानों को इकट्ठा किया। सारे जवान दुश्मन को चकमा देने के लिए एक गड्ढे में चले गए। सी.ओ. कर्नल रवींद्रनाथ को लगा कि उनकी प्लाटून रास्ता भटक गई है उन्होंने आचार्य सुनायक को आगे बढ़ने का आदेश दिया। दुश्मन के हमले के बाद मची आपा-धापी में विजयंत और उनके लोग अपना रास्ता भूल गए; लेकिन हार मानने का फिर भी उनका कोई इरादा नहीं था। इसके बाद अगले चार घंटों में उन्होंने अपनी टीम के साथ 15 डिग्री से कम तापमान पर चारों तरफ घूमकर नॉल को ढूँढ़ने की कोशिश की। इस इलाके में साँस लेना अपने आप में एक संघर्ष है; लेकिन पीठ पर 20 किलो का वजन लादे हुए जवान अपने दिमाग में जीत का झंडा बुलंद करने के लिए आगे बढ़ते रहे। उन्हें क्या पता था कि उनकी किस्मत में युद्ध कर रही एक दूसरी यूनिट से जुड़ना लिखा था।

मेजर आचार्य को खोना

मेजर आचार्य और उनकी टीम सबसे पहले नॉल पहुँचे और दुश्मनों से दो-चार किया। जल्द ही सुनायक और सेक्शन 1 भी उनके साथ जुड़ गए। मेजर आचार्य के दृढ़ व साहसिक आदेशों के अंतर्गत उन्होंने बहुत बहादुरी से युद्ध लड़ा और बगैर किसी जान-माल के नुकसान के तीन संघरों में से एक पर कब्जा कर लिया।

उनके पास इतना भी समय नहीं था कि इस जीत पर थोड़ी खुशी जता सकते, क्योंकि बाकी दो संघरों से उन पर प्राणघातक गोलीबारी की जा रही थी। उन दोनों संघरों में एक उनसे महज 20 मीटर की दूरी पर था और बीच में एक गड्ढा था। दोनों टीमों ने चट्टानों के पीछे कवर लिया और जवाबी गोलीबारी शुरू कर दी। संभावित हार को देखते हुए पाकिस्तानी सिपाहियों ने भारतीय जवानों को गालियाँ देनी शुरू कर दीं, जिससे मेजर आचार्य को बहुत ज्यादा गुस्सा आ गया और उन्होंने आगे एक संघर पर निशाना साधा।

"साहब, कवर लो।" सूबेदार मान सिंह ने चिल्लाते हुए कहा। उन्होंने दूसरे संघर से खाकी कपड़ा चढ़े हुए एक हथियार को हिलते हुए देखा था। आचार्य अपना सिर घुमाते, इससे पहले बहुत देर हो चुकी थी। एक ग्रेनेड इस युवा अफसर के ठीक आगे फटा, जिसके धारदार छर्रे उड़ते हुए उनकी छाती में जा लगे। इन धातु के टुकड़ों ने उनके शरीर को किसी चाकू की भाँति काट डाला और वह वहीं गिर गए। उनकी उँगलियाँ निस्तेज हो गईं और उनकी ए.के. 47 उनके अपनी ही तरफ गिर गई। इस बीच मान सिंह की भी जोरदार चीख सुनाई दी। दरअसल, छर्रे के टुकड़ों ने उनकी जाँघ को बींध दिया था और वह गोल-गोल घूमकर खड्ड में गिर गए। उनका शरीर एक बड़े से पत्थर के पीछे गायब हो गया। यूनिट को वह नजर नहीं आए और उन्होंने मान लिया कि मान सिंह शहीद हो गए हैं। हालाँकि वह जिंदा बचने में कामयाब रहे।

इस संदेश को पाकर लगातार अपने जवानों के संपर्क में रहनेवाले कर्नल रवींद्रनाथ स्तब्ध हो गए। उन्होंने सूबेदार भूपिंदर सिंह को चौथे सेक्शन के साथ तुरंत फायरबेस से चलने का आदेश दिया। एक-दूसरे को सहारा देकर जवान जितना जल्दी संभव था, ऊपर चढ़ गए। चूँकि तब तक पहले संघर को कब्जे में

लिया जा चुका था, लिहाजा उन्हें किसी तरह के विरोध का सामना नहीं करना पड़ा। यह टीम बहुत जल्दी ही ऊपर तक पहुँच गई। सूबेदार भूपिंदर सिंह ने अपने साथियों के साथ पोजीशन ली और अगले लक्ष्य पर फायरिंग करना शुरू कर दिया।

रॉबिन की कहानी
29 जून, 1999
सुबह 1 बजे
नॉल

रॉबिन और उनके साथियों को रास्ता भटके करीब-करीब पाँच घंटे हो चुके हैं। वे एक चट्टान के किनारे खड़े-खड़े विचार कर रहे हैं कि इतनी सारी चोटियों में उन्हें कहाँ जाना है? टीम थकी हुई है। मारे ठंड के सब का बुरा हाल है, लेकिन वे युद्ध लड़ने के लिए बेचैन हैं। जब जवान चढ़ाई चढ़ रहे थे, तब चमकीला चाँद उनके सिर के ऊपर खामोशी से जगमगा रहा था; लेकिन अब वह चोटी के पीछे है। अचानक टीम गनफायर की आवाजें सुनती है, जिससे सबके चेहरे थकान के बावजूद चमक जाते हैं। रॉबिन चोटी की तरफ हाथ से इशारा करते हैं, जहाँ युद्ध लड़ा जा रहा है।

''वही नॉल होना चाहिए। चलो, वहाँ चलते हैं।'' अपनी राइफल को पीछे धकेलते हुए उन्होंने कहा। सभी जवानों ने सीधी-खड़ी चट्टान की चढ़ाई शुरू कर दी। वे अपने हाथों की सहायता से खुद को ऊपर की तरफ धकेलते हुए आगे बढ़ते हैं।

आखिरकार सभी चोटी पर पहुँचकर इस जानलेवा लड़ाई का हिस्सा बन जाते हैं। सूबेदार भूपिंदर सिंह की अगुवाई में जवान लड़ाई लड़ रहे हैं।

"आचार्य साहब कहाँ हैं?" रॉबिन ने पूछा।

कुछ देर के लिए उम्रदराज जवान भूपिंदर सिंह ने टाल-मटोल करके रॉबिन के सवाल का जवाब नहीं देने की कोशिश की। दरअसल, वह नहीं चाहते थे कि युवा विजयंत को युद्ध के बीच किसी तरह का धक्का लगे, क्योंकि

उन्हें आचार्य से बहुत ज्यादा लगाव था। करीब दस मिनट बाद विजयंत का धैर्य जवाब देने लगा।

"आचार्य साहब कहाँ हैं?" उन्होंने भूपिंदर से पूछा।

"साहब शहीद हो गए।" भूपिंदर ने जवाब दिया।

यह सुनकर विजयंत की आँखों से आँसू टपकने लगे। वह भारी पीड़ा में थे। ठीक इसी दौरान विजयंत के सेक्शन के नायक और एल.एम.जी. सँभाल रहे आनंद भी दुश्मन की एक गोली का शिकार बन गए।

थापर जर्द हो गए। "मैं आगे जाऊँगा।" उन्होंने भूपिंदर से कहा, जो उनसे कवर के पीछे रहने की गुजारिश कर रहे थे।

अपनी ए.के. 47 राइफल को मजबूती से पकड़कर विजयंत दनादन चल रही गोलियों के बीच आगे बढ़े और लांस हवलदार तिलक सिंह के बगल में पोजीशन ले ली। उन्होंने अपनी राइफल में एक मैगजीन भरी और युद्ध करने लगे। उन्होंने कुछ इस तरह अपनी टीम की अगुवाई की कि आखिरकार उनके जवान दुश्मन पर प्रभुत्व हासिल करने में सफल हो गए और दूसरी पोस्ट भी दुश्मन से छीन ली गई।

अब विजयंत ने तीसरी पोजीशन पर अपना ध्यान केंद्रित किया। इस पोजीशन से दुश्मन नीचे से ऊपर आते 2 राजपूताना राइफल्स के जवानों पर दे-दनादन गोलियाँ बरसा रहा था। गोलीबारी इतनी भीषण थी कि जवान चट्टानों के कवर से बाहर निकलनेवाली स्थिति में नहीं थे। यह स्थिति रात के करीब 2 बजे तक बनी रही। इस समय चाँद आसमान के ठीक ऊपर जगमगा रहा था।

फिर वह क्षण आया, जो सैन्य इतिहास में हमेशा के लिए अंकित हो गया। अपने प्रिय कंपनी कमांडर और जवानों की शहादत पर बौखलाए विजयंत ने कवर से बाहर निकलकर एल.एम.जी. से दुश्मनों पर सीधे प्रहार कर लड़ाई की दिशा ही बदल दी। आखिरकार, शूरवीर विजयंत भी दुश्मन की गोली का शिकार बन गए। उन्होंने उस बेहद ठंडी चोटी पर अपनी अंतिम साँस ली। उनके साथी जवानों ने इस लड़ाई को बहादुरी से लड़ा और आखिरकार नॉल पर कब्जा कर उनकी शहादत का बदला लिया। यह ठीक उन पंक्तियों के अनुरूप हुआ, जो उन्होंने अपनी डायरी में लिखी थीं—

'अगर मैं अगुवाई करता हूँ तो मेरा अनुगमन करना,
अगर मैं पीछे हटता हूँ तो मुझे गोली मार देना,
अगर मैं मर जाता हूँ तो मेरी मौत का बदला लेना।'

इस अफरा-तफरी के बीच लांस हवलदार तिलक सिंह ने अपनी पीठ एक चट्टान पर टिका दी। रॉबिन उनकी बाँहों में थे। तिलक सिंह इस युवा जवान की मृत्यु पर फूट-फूटकर रोए।

तिलक सिंह को फिलहाल यह बात समझ नहीं आ रही थी कि रॉबिन की मृत्यु गोली से नहीं हुई। इस गोली ने तो रॉबिन को अमर कर दिया! आनेवाले वक्त में वह हजारों दूसरे लोगों को प्रेरित करेंगे। उनकी कहानी वीडियो गेम्स और यूट्यबि की दुनिया में खोए नौजवानों को हिलाकर रख देगी और उन्हें सेना में जाने के लिए प्रेरित करेगी। वे गीत, जो उन्होंने गाए, इ-मेल पर अटैचमेंट्स की तरह भेजे जाएँगे। लड़कियाँ उनमें अपना हमसाया ढूँढ़ेंगी। युवा अभिभावक उनके नाम पर अपने बेटों के नाम रखेंगे। उनका लिखा आखिरी खत इंस्टाग्राम और फेसबुक के जरिए इधर-उधर भेजा जाएगा। उनका घर वरदी में शामिल होने के इच्छुक नौजवानों के लिए एक तीर्थ बन जाएगा। युवा, जो वरदी पहनने का सपना देखते हैं, नोएडा की सड़कों पर उनका पता खोजेंगे। वे विजयंत एन्क्लेव को ढूँढ़ेंगे और उनके घर का रास्ता पूछेंगे, जहाँ उनके माता-पिता अब भी रहते हैं। वे अपने पैरों के अँगूठों के बल पर खड़े होकर, ईंटों की दीवारों से अंदर झाँककर उस घर और उसमें बने हरे बगीचे को देखेंगे, जहाँ कभी रॉबिन हँसते थे। कर्नल थापर ने गर्व के साथ घर पर अपनी नेमप्लेट की जगह अपने बेटे 'लेफ्टिनेंट विजयंत थापर, वीर चक्र, द्रास, राजपूताना राइफल्स' की नेमप्लेट लगाई हुई है।

भले ही कारगिल को उन्नीस साल बीत गए हों, लेकिन अब भी कभी-कभी कर्नल थापर और श्रीमती थापर को अपनी बैठक में चाय पीते हुए कॉलेज के जिज्ञासु बच्चे दीवार से अंदर की तरफ झाँकते हुए दिखाई देते हैं। कर्नल थापर कहते हैं कि यह देखकर उनका हृदय गर्व से भर जाता है। श्रीमती थापर मेरे साथ गरमियों की एक दोपहर की याद साझा करती हैं, जब रॉबिन कॉलेज से वापस लौटे थे और जल्दी-जल्दी खाना खाकर बर्डी को अपने साथ यह कहते हुए

खींचकर ले गए कि "आज मैं तुझे एक बढ़िया जगह दिखाऊँगा।" दोनों लड़के शाम को देर से वापस लौटे। परेशान बर्डी अपनी माँ से अपने भाई की शिकायत करने के लिए रसोई में आए और बोले, "वह मुझे घसीटता हुआ परमवीर चक्र विजेता स्वर्गीय अरुण खेत्रपाल के घर लेकर गया था। हम अंदर भी नहीं गए। रॉबिन दीवार के पीछे से उछल-उछलकर ही उनके घर के अंदर ताकता रहा।" इतने में रॉबिन भी किचन में आए और गौरवशाली ढंग से घोषणा की, "मैं भी एक दिन उनके जैसा बनना चाहता हूँ। लोग मेरा घर भी देखने आएँगे।" श्रीमती थापर रात के खाने के लिए पराँठा सेंक रही थीं और उस वक्त रॉबिन की बातों पर मुसकराई थीं।

रॉबिन की कहानी

रॉबिन का जन्म 26 दिसंबर, 1976 को हिमाचल प्रदेश और पंजाब की सीमा पर सतलुज नदी के किनारे बसे एक छोटे से शहर नया नांगल में हुआ था। वह एक महीने के थे और अभी उनका नाम नहीं रखा गया था। रॉबिन के माता-पिता उन्हें पठानकोट ले गए, जहाँ उनके पिता पोस्टेड थे। एक शाम मेजर वीरेंद्र थापर कैंटोनमेंट में चलते हुए एकाएक विजयंता टैंक को देखने लगे, जो वहाँ रखा हुआ था। अचानक उनके मन में 'विजयंत' नाम कौंधा, जिसका अर्थ है—अंतिम साँस तक विजेता। उन्हें अपने नवजात बेटे के लिए यह नाम बहुत पसंद आया। उन्होंने जब श्रीमती थापर से यह नाम साझा किया तो उन्होंने भी इस नाम के लिए हामी भर दी और भारतीय आर्मर्ड कोर के मुख्य युद्धक टैंक के नाम पर रॉबिन का आधिकारिक नाम 'विजयंत' रख दिया गया।

वह आर्मी में जाने के लिए ही पैदा हुए थे। यह खयाल उनके दिल, दिमाग और खून में रचा-बसा था। और संयोग देखिए, उन्होंने 2 राजपूताना राइफल्स ज्वॉइन की, जिसका युद्धघोष है—'हमेशा विजेता'। कर्नल थापर मुझे बताते हैं।

रॉबिन भारतीय सेना के कैंटोनमेंट में बड़े हुए। वह एक हँसमुख बच्चे थे। रॉबिन बचपन में अपने बगीचे में कभी तितलियों का पीछा करते और कभी दीवारों पर बैठे बंदरों के साथ झूठ-मूठ लड़ाई लड़ते थे। उनका चमकता काला डोबरमैन, जिसका नाम 'कारतूस' था, उनके पीछे-पीछे दौड़ता रहता था। जब

वह चार साल के थे, तब उनके पिता को 14 जे ऐंड के राइफल्स बैरकपुर की कमांड दी गई। यहाँ रॉबिन ने अपने जीवन के सबसे रोमांचक पल जिए। थापर परिवार को रहने के लिए यहाँ एक पुराना बड़ा बँगला मिला, जिसमें दस कमरे और बड़े-बड़े बगीचे थे। रॉबिन पूरे दिन घर में इधर से उधर घूमा करते थे। वह पूरा दिन घर के चारों तरफ बने बगीचों का निरीक्षण करते रहते थे। "शाम को जब मैं उसके कपड़े धोने के लिए डालती तो जेबें टटोलना बिलकुल नहीं भूलती थी। उन जेबों में मुझे तरह-तरह की चीजें मिलतीं, जैसे छोटी-छोटी डंडियाँ, फूल और रेंगते लेडीबर्ड।" श्रीमती थापर याद करती हैं। अकसर वह अपने पिता की बटालियन में जाया करते थे और अखाड़े के पहलवानों से बातचीत करते थे। पहलवान न केवल उनके शरीर में तेल की मालिश करते, बल्कि खाने को बादाम व अखरोट भी देते थे। छह साल की उम्र में उन्होंने अपने पिता की गोद में बैठकर फायरिंग रेंज में अपने छोटे-छोटे हाथों से चमकदार वेबले ऐंड स्कॉट नाम की पिस्तौल चलाई।

पठानकोट के सेंट जोसेफ स्कूल से दसवीं पास करके रॉबिन ने चंडीगढ़ के डी.ए.वी. कॉलेज से अपनी बारहवीं की पढ़ाई पूरी की। जब कर्नल थापर की पोस्टिंग असम के रांगिया में हुई, तब श्रीमती थापर नोएडा स्थित अपने घर पर ही अपने दोनों बेटों के साथ रुक गईं। रॉबिन ने दिल्ली के खालसा कॉलेज से बी.कॉम ऑनर्स किया। उन्होंने अपने दो पक्के दोस्तों के साथ सी.डी.एस. की परीक्षा पास की और भोपाल में एस.एस.बी. के लिए गए।

कर्नल एवं श्रीमती थापर इंतजार करते रहे कि रॉबिन कॉल करके उन्हें दोपहर 1 बजे तक निकलनेवाले परीक्षा के नतीजे बताएगा। कर्नल एवं श्रीमती थापर यह बात भी जानते थे कि 60 लड़कों में केवल 3 लड़कों को ही चुना जाना है, इसलिए दोनों थोड़ा घबराए हुए भी थे।

जब शाम के करीब 5 बज गए और रॉबिन का फोन नहीं आया, तब कर्नल थापर यह कहते हुए घर से बाहर निकल गए कि "मुझे नहीं लगता कि वह चुना गया है।"

थोड़ी देर बाद ही फोन की घंटी बजी। श्रीमती थापर ने फोन उठाया तो दूसरी तरफ रॉबिन थे। "मम्मा, मेरा सलेक्शन हो गया है।" उन्होंने कहा।

श्रीमती थापर यह बात सुनकर बेहद खुश हुईं। उन्होंने रॉबिन से पूछा कि फोन इतनी देरी से क्यों किया, तो उनके अठारह साल के बेटे ने जवाब दिया, "मम्मा, मेरे दोनों दोस्त नहीं चुने गए। दोनों बहुत रो रहे थे। मैं उन्हें स्टेशन छोड़ने चला गया था।" उनके दोनों दोस्त राजेश मक्कड़ व राहुल जोशी अगले प्रयास में सफल रहे और फिलहाल सेना में कर्नल हैं।

श्रीमती थापर स्नेहपूर्वक बताती हैं कि रॉबिन का दिल बहुत उदार था। रॉबिन को 50 रुपए पॉकेट मनी मिला करती थी। एक बार उन्होंने अपनी सारी पॉकेट मनी घर के बाहर बैठे एक भिखारी को दे दी। जब उनके पिताजी ने पूछा कि उन्होंने ऐसा क्यों किया तो रॉबिन ने जवाब दिया, "आपने मुझे पॉकेट मनी दे दी न! अब यह मेरी है। प्लीज, मुझे वह करने दीजिए, जो मैं करना चाहता हूँ। मैं आपसे और पैसे नहीं माँगूँगा।"

"रॉबिन हमेशा से ही एक अच्छे विद्यार्थी रहे। आई.एम.ए. में भी उनका प्रदर्शन बहुत अच्छा रहा। उन्हें तैराकी, वॉटर पोलो और वाद-विवाद प्रतियोगिता में पुरस्कार मिले।" पहले सेमिस्टर में उन्हें बेस्ट रनर-अप कैडेट का सिल्वर मेडल मिला श्रीमती थापर बताती हैं। आई.एम.ए. में अपने दूसरे सेमिस्टर में रॉबिन का कंधा अपनी जगह से खिसक गया था, जिसकी वजह से उनके हाथ में एक स्लिंग बँधा हुआ था। रॉबिन बहुत तकलीफ में थे, लेकिन कर्नल थापर के प्रोत्साहित करने पर उन्होंने अतिंम अभ्यास में हिस्सा लिया, जिसमें एक बैकपैक के साथ 18 किलोमीटर पैदल चलना था। वह ऐसा कर पाने में सफल रहे और आखिरकार 12 दिसंबर, 1998 को लेफ्टिनेंट विजयंत थापर 22 साल की उम्र में आई.एम.ए. से सफल होकर निकले। इसके छह महीने बाद कारगिल में लड़ाई लड़ते हुए वह शहीद हो गए।

"विजयंत ने 19 साल की उम्र में आई.एम.ए. ज्वॉइन किया था। 21 साल की उम्र में वह अफसर बने और 22 साल की उम्र में शहीद हो गए।" वरदी में रॉबिन के बहुत विशाल पोट्रेट को देखते हुए कर्नल थापर उत्साहपूर्वक बताते हैं। इस पोट्रेट ने उनके कमरे की दीवार को लगभग पूरा कवर किया हुआ है।

युद्धभूमि से

तिलक सिंह ने आहिस्ता से विजयंत के शव को नीचे रखा और उनकी एल.एम.जी. को दोबारा पोजीशन पर। उन्होंने अपने हाथ के पीछे से विजयंत के छलनी चेहरे को साफ किया और दुश्मन पर फायर करने के लिए वापस मोरचा सँभाल लिया। यह लड़ाई सुबह तकरीबन 6 बजे तक चली।

नॉल में सुबह हो रही है। आखिरकार दुश्मन की तरफ से गोलीबारी रुक गई और भारतीय जवानों ने कवर से बाहर आना शुरू किया। जवानों की राइफलें अब भी उनके हाथों में थीं और उनके चेहरों पर थकान साफ-साफ दिखाई दे रही थी। थकान के मारे सभी को बहुत नींद आ रही थी। सभी जवान दु:ख में डूबे हुए थे। विजय तो उनको मिली, लेकिन इसकी उन्हें भारी कीमत चुकानी पड़ी।

सुबह करीब 6.30 बजे एक बार फिर दहाड़ते हुए दुश्मन ने भीषण गोलीबारी कर नॉल को दोबारा हिला दिया। दुश्मन अभी-अभी हाथों से निकले नॉल को वापस हासिल करने के लिए बेचैन था। राहत की बात यह थी कि गोलीबारी के इस राउंड में किसी तरह का कोई नुकसान नहीं हुआ। सुबह करीब 9.30 बजे सूबेदार भूपिंदर सिंह ने यह देखकर चैन की साँस ली कि मेजर संदीप बजाज, 2 आई.सी., सूबेदार रामचंद्र लांबा और ब्रावो कंपनी के जवान उनका साथ देने के लिए उनके पास पहुँच गए हैं। बजाज और उनके जवानों ने कब्जा किए गए संघरों का चार्ज लेते हुए युद्ध में थकी हुई अल्फा कंपनी को वापस फायर बेस में जाने को कहा।

जवानों ने अपनी लाइन बेडिंग का इस्तेमाल दोनों राइफलों को आमने-सामने बाँधने के लिए किया और फिर स्ट्रेचर बनाने के लिए उन्हें वॉटरप्रूफ शीट से ढँक दिया। मेजर आचार्य, लेफ्टिनेंट थापर, नाइक आनंद और राइफलमैन जगमाल के पार्थिव शरीर बारिश की कैप से लपेटकर उनमें रख दिए गए। युद्ध में थके-माँदे इन जवानों ने इन अस्थायी स्ट्रेचरों समेत सीधे खड़े पहाड़ से नीचे उतरना शुरू किया। एक बार में चार जवान ही आगे बढ़ पा रहे थे।

बेशक लड़ाई का मकसद पूरा कर लिया गया हो, लेकिन ये जवान या उनके सी.ओ. दिल से खुश नहीं थे। उन्होंने जिन साथियों को खोया है, उनकी यादें उनकी आँखों के आगे घूम रही थीं। आखिरकार नॉल के एरिया में बंदूकों से

आती आवाजें खामोश हो गईं। भूरी चट्टान पर अब तिरंगा लहरा रहा था। उस रात तेरह जवानों ने शहादत दी। 22 साल के विजयंत थापर उनमें से एक थे।

रुकसाना

लेफ्टिनेंट विजयंत थापर की सबसे मोहक कहानियों में एक है, तीन साल की कश्मीरी लड़की के साथ उनके लगाव की कहानी। यह तब की बात है, जब वह घाटी में तैनात थे। रॉबिन ने इस बड़ी आँखोंवाली, असामान्य रूप से खामोश मुसलिम लड़की को सबसे पहले तब नोटिस किया, जब वह उन्हें कुपवाड़ा के कांडी की एक छोटी सी झोंपड़ी के बाहर खड़ी हुई नजर आई थी। उस दौरान रॉबिन वहाँ अपनी बटालियन 2 राजपूताना राइफल्स के साथ थे और वहाँ हो रहे विद्रोह के विरुद्ध लड़ाई लड़ रहे थे।

अपने इस मिशन के लिए आते-जाते वह इस छोटी सी बच्ची को उसकी छोटी सी झोंपड़ी के बाहर खड़ा पाते। वह जवानों को डर के साथ देखती थी। जब रॉबिन ने इस बच्ची के बारे में साथियों से पूछताछ की तो उन्हें पता चला कि एक साल पहले इसके लकड़हारे पिता को आतंकवादियों ने इसी बच्ची के सामने निर्दयता से मार दिया था। आतंकवादियों को शक था कि इसके पिता भारतीय सेना को उनसे जुड़ी सूचनाएँ दिया करते थे। उस आघात के कारण इस बच्ची की आवाज ही चली गई थी। उस बच्ची की कहानी सुनकर विजयंत का दिल पसीज गया। नरम दिल विजयंत जब मिशन में जाते तो उससे पहले इस बच्ची को देख मुसकराते हुए हाथ हिलाते। जब कभी उनके पास वक्त होता तो वह उसके पास जाकर उसे चॉकलेट्स देते, जो हमेशा उनकी जेब में रहती थीं। धीरे-धीरे उन्होंने इस बच्ची का दिल जीत लिया। बच्ची ने न केवल मुसकराना शुरू कर दिया, बल्कि हैरतअंगेज ढंग से इस युवा अफसर से बातचीत करनी भी शुरू कर दी। यह देखकर रुकसाना की माँ हैरान रह गईं। विजयंत ने रुकसाना नाम की इस बच्ची की माँ को उसकी देखभाल के लिए पैसे देने शुरू कर दिए। उन्होंने इस बात का जिक्र चिट्ठी में अपनी माँ से भी किया।

"रॉबिन ने मुझसे कहा कि तीन साल की बच्ची के लायक कुछ सलवार-कमीज सिलवा दीजिए।" श्रीमती थापर याद करती हैं, "मैंने उसे भरोसा दिलाया

कि मैं उसका यह काम कर दूँगी। रॉबिन ने कहा कि अगली बार जब वह छुट्टियों पर घर आएगा तो रुकसाना के लिए सलवार-कमीज लेकर जाएगा। 'वह बहुत खुश हो जाएगी, मम्मा।' रॉबिन ने उनसे कहा।

युद्धभूमि से अपने माता-पिता को लिखे आखिरी पत्र में विजयंत ने कर्नल थापर से दरख्वास्त की कि अगर उन्हें कुछ हो जाता है तो कृपया उस बच्ची का खयाल रखें। जब रॉबिन शहीद हुए तो कर्नल थापर ने बड़ी मशक्कत के बाद आखिरकार रुखसाना का पता लगा लिया। दरअसल, रुकसाना अपने परिवार समेत दूसरी जगह चली गई थी, जिससे उसका पता-ठिकाना ढूँढ़ना काफी मुश्किल हो गया था। कर्नल थापर अब भी न केवल रुकसाना के घर जाते हैं, बल्कि उसकी जिम्मेदारी भी उन्होंने सँभाली हुई है, ताकि रॉबिन की आखिरी इच्छा पूरी कर सकें।

रुकसाना अब 22 साल की है और बारहवीं कक्षा में पढ़ती है। कर्नल थापर मुझे बताते हैं, "हर साल द्रास जाने पर मैं उससे जरूर मिलता हूँ। मैं उसके लिए एक तोहफा लेकर जाता हूँ और वह मुझे सेबों की एक पेटी देती है, जिसे मैं दिल्ली ले आता हूँ।" कर्नल थापर ने बताया, "उसे एक कंप्यूटर चाहिए था, जो हमने पिछले साल उसे दे दिया।" कर्नल थापर ने बताया। थापर परिवार का कहना है कि रुकसाना की जब कभी शादी होगी तो वह उसे एक अच्छा सा तोहफा देंगे। "वह तोहफा उसके लिए रॉबिन की तरफ से होगा।" श्रीमती थापर कहती हैं।

लेखिका का नोट

लेफ्टिनेंट विजयंत थापर के अद्वितीय साहस, अनुकरणीय वीरता और दुश्मन का सामना करते हुए अपने प्राण न्योछावर करने के लिए उन्हें मरणोपरांत 'वीर चक्र' प्रदान किया गया। 2 राजपूताना राइफल्स ने युद्ध में अपने 4 अफसर, 2 जे.सी.ओ. और 17 दूसरे रैंक के जवान खोए। 70 जवान जख्मी हुए, जिनमें 6 अपंग हो गए। यह सात आर्मी यूनिट्स में पहली थी, जिसे सेना प्रमुख से 'यूनिट प्रशंसा-पत्र' मिला, जो कारगिल युद्ध में इस यूनिट के असाधारण साहस को स्वीकार करता था।

यह कहानी कर्नल वीरेंद्र थापर (सेवानिवृत्त) और श्रीमती तृप्ता थापर से बातचीत पर आधारित है। युद्ध के दृश्य कर्नल प्रवीण तोमर और सूबेदार भूपिंदर सिंह (सेवानिवृत्त) द्वारा दिए हवाले से तैयार किए गए, जो विजयंत थापर के साथ अंतिम युद्ध में शामिल थे और अब दिल्ली के एक स्कूल में बास्केट बॉल कोच हैं।

मृतकों को दफनाना
15 जुलाई, 1999

कड़ाके की ठंड है। ज्यादा ऊँचाई तक उड़ने में सक्षम आर्मी एविएशन कोर के छोटे चीता हेलीकॉप्टर द्रास से एक-एक करके उड़ना शुरू हो गए हैं। वह पत्रकारों को करीब 18,000 फीट की ऊँचाई पर प्वॉइंट 4875 के नजदीक ले जा रहे हैं। वही प्वॉइंट 4875, जिसका नाम शहीद युवा कैप्टन विक्रम बत्रा के नाम पर बदलकर 'बत्रा टॉप' रख दिया गया। कैप्टन बत्रा बमुश्किल एक हफ्ते पहले एक खूनी युद्ध में यहीं शहीद हुए थे। 13 जे ऐंड के राइफल्स दुश्मन के उन सात मृत जवानों को यहाँ औपचारिक तौर पर दफनाने जा रही है, जो इसी युद्ध में मारे गए थे। पाकिस्तानी सेना ने इन सैनिकों के शवों को स्वीकार करने से इनकार कर दिया था।

एक छोटे 10-बाई-10 फीट जमीन के हिस्से को चार्ली और डेल्टा कंपनी के जवानों ने एक अस्थायी हेलीपैड बनाने के लिए समतल कर दिया है। यहाँ से बमुश्किल 200 मीटर की दूरी पर प्वॉइंट 4875 है। यहाँ चला ऑपरेशन 7 जुलाई को खत्म हुआ था। यह एक यशस्वी विजय थी, लेकिन भारतीय सेना को इसकी भारी कीमत चुकानी पड़ी थी। बटालियन ने इस लड़ाई में अपने पाँच बहादुर सिपाही खोए थे, जिनमें कैप्टन बत्रा भी शामिल थे। कैप्टन बत्रा को एक शुरुआती विजय के बाद तोलोलिंग की युद्धभूमि में पदोन्नति दी गई थी। इस युद्ध में 17 जवान बुरी तरह से जख्मी भी हुए थे। घायलों को यहाँ से हटा दिया गया और शहीद जवानों के शव नीचे द्रास ले जाए गए, लेकिन दुश्मन के जवानों के शव अब भी युद्धभूमि में इधर-उधर छितरे हुए पड़े थे। इनमें से ज्यादातर ने

खाकी पैंट, जर्सी और गरम जैकेटें पहनी हुई थीं।

उनके पास से मिले आई कार्ड और चिट्ठियों से यह साफ था कि ये शव पाकिस्तानी सेना के जवानों के हैं, लेकिन पाकिस्तान इसे स्वीकार करने से इनकार कर रहा था और इस बात पर कायम था कि घुसपैठ में उसकी सेना की कोई भूमिका नहीं है। लिहाजा यह फैसला लिया गया कि पाकिस्तान के इन मृत जवानों को पूरे सम्मान के साथ यहीं दफना दिया जाए। इस युद्ध में 30 से ज्यादा जवान मारे गए थे। कुछ गहरे गड्ढों में गिर गए, लेकिन 7 शवों का पता चल गया। उन्हें नीचे एक कपड़े पर लिटा दिया गया और दफनानेवाली जगह पर लाया गया, जो प्वॉइंट 4875 और एरिया फ्लैट टॉप के बीच था।

"हालाँकि हम उनसे लड़ रहे थे, क्योंकि वे हमारे दुश्मन थे; लेकिन मृत्यु के बाद वे हमारी तरह फौजी थे, जो अपना कर्तव्य निभाते हुए मारे गए।" 13 जे ऐंड के राइफल्स में डेल्टा कंपनी के एस.एम. राइफलमैन सुनील कुमार कहते हैं। उन्हें याद आ रहा है कि उस समय वह भी एक सिपाही थे और दुश्मन के मृत जवानों की कब्र खोद रहे थे। वह कहते हैं कि जवानों के दिलों में मृतकों के प्रति कोई दुर्भावना नहीं होती।

वह इस भीषण युद्ध के मध्य में भी दुश्मन के एक सिपाही के साथ हुए एक हास्यपूर्ण वार्तालाप को याद करते हैं, "एक प्वॉइंट पर जब दोनों सेनाएँ बमुश्किल 15 मीटर के फासले पर थीं, एक पाकिस्तानी सिपाही ने ताना मारा, 'यार, इतनी गोलियाँ क्यों चला रहे हो ? हमें माधुरी दीक्षित दे दो, हम वापस चले जाएँगे'।"

"एक भारतीय सिपाही ने जवाब दिया, तुम माधुरी दीक्षित के सपने देख रहे थे और यहाँ तुम्हें धर्मेंद्र मिल गए'।"

उस समय दुश्मनों के जवानों को दफनाने के लिए एक मौलवी साहब को बुलाया गया था। 16 ग्रेनेडियर्स के नायक इकरा नबी को द्रास में खोज लिया गया। उन्हें इस प्वॉइंट तक पहुँचने में नौ घंटे लगे। यहाँ चढ़ाई के लिए उन्होंने एक छड़ी का सहारा लिया। उनके साथ चार सिपाही थे। नबी राजस्थान के एक गाँव से हैं। सन् 1995 में डोडा में वह गोलियों का शिकार बन चुके हैं, फिर भी दोबारा मदद करने में खुश हैं। सेना की वरदी पहने नबी समतल जमीन पर खड़े

हैं। ठंडी हवाओं से उनकी पैंट फड़फड़ा रही है। उनके सिर पर एक मोटी ऊनी जैतून रंग की बालाक्लावा (टोपी) है। उनके हाथ हवा में हैं और वह 'कुरान' की आयतें पढ़ रहे हैं।

उन्होंने पहले सिपाहियों को कब्र खोदने से जुड़े निर्देश भी दिए थे। वह किबला (मक्का) की तरफ एकदम सही दिशा में होनी चाहिए, ताकि कब्र में रखा शव उसकी दाईं तरफ हो, किबला की तरफ उसका मुख होना चाहिए। हर दिशा-निर्देश का गंभीरतापूर्वक पालन किया गया। हाथों में खुरपे और फावड़े, सिर पर काला कपड़ा लपेटे युद्ध में थके जवान चट्टानी पर्वत को काटने के लिए बची-खुची ताकत का इस्तेमाल करते हैं। हालाँकि जमीन इतनी सख्त थी कि वे साढ़े तीन फीट गहरा गड्ढा ही खोद पाए। द्रास में विशेष तौर पर पाकिस्तान का राष्ट्रीय ध्वज सिलवाया गया और फिर यहाँ लाया गया। हर जवान का शव पाकिस्तानी झंडे में लपेटा गया और धीरे से कम गहरी कब्र में डाला गया। मौलवी ने सलत अल-जनाजा पढ़ा और कब्रों को ढँक दिया गया।

मीडिया के प्रतिनिधियों के अलावा, इस मौके पर लेफ्टिनेंट कर्नल (अब लेफ्टिनेंट जनरल) योगेश जोशी, सी.ओ., 13 जे ऐंड के राइफल्स, मेजर (अब कर्नल) विकास वोहरा, कंपनी कमांडर, डेल्टा कंपनी और चार्ली, डेल्टा कंपनी के सिपाही, जो इस युद्ध का हिस्सा थे, भी मौजूद थे। "आज हम मृतक जवानों के प्रति सम्मान दिखाते हुए 7 पाकिस्तानी जवानों को दफन कर रहे हैं, जिन्होंने युद्ध में अपनी जान दे दी।" लेफ्टिनेंट कर्नल जोशी ने वहाँ इकट्ठा पत्रकारों से कहा। एक चट्टान, जिस पर पेंट से 'पाक 12 एन.एल.आई.' लिखा हुआ था, वहाँ लगा दिया गया। दफनाने का काम दोपहर 12 बजे से शुरू होकर 2 बजे तक चला। इसके बाद पत्रकारों को दोबारा हेलीकॉप्टर से द्रास ले जाया गया, जो दोपहर देर को करीब पंद्रह चीता हेलीकॉप्टर उड़ानें भर रहे थे।

ऊँची चोटी के पीछे सूर्य के ढलते ही गरमाहट खत्म हुई और जमा देनेवाली ठंड आ गई। बंजर चोटी पर खड़े सिपाही चीता हेलीकॉप्टरों को छोटा और अंतत: गायब होते हुए देखते हैं। इसके बाद वे कड़ी मेहनत से हर कब्र की पत्थर से निशानदेही करते हैं और फिर पूरे इलाके का चूने के पत्थर से घेरा बनाकर सीमांकन करते हैं।

अपना काम पूरा करते-करते उन्हें दोपहर के 3 बज चुके हैं। हवा में ठंडक बढ़ गई है और घाटी में संध्या का समय होने वाला है। थके हुए सिपाही वापस पैदल चलकर ठंडे व निर्जन 'बत्रा टॉप' पर पहुँचते हैं। दुश्मन के सिपाहियों द्वारा अपने पीछे छोड़े गए स्टॉक से वह चावल एवं दाल बनाते हैं और बड़े-बड़े पत्थरों के पीछे आश्रय लेते हैं। जैसे ही तापमान में और गिरावट आती है, वे अपना स्लीपिंग बैग (सोने का गद्दा) बिछाते हैं और उस पर चढ़ जाते हैं। नजदीकी व्हेल बैक और ट्विन बम्प्स पर भी क्रमशः 17 जाट और 2 नागा ने कब्जा कर लिया है, लिहाजा उन्हें अब ज्यादा तनाव नहीं है। वे आसमान में एक के बाद एक आते तारों को निहारते हैं और बत्रा टॉप पर चुपचाप रात की चादर बिछ जाती है। वे इस समय अपने परिवारवालों के बारे में सोच रहे हैं, जिन्हें उनकी घर वापसी का इंतजार है। इस दौरान उन्हें घर का गरम-गरम खाना और अपने प्रियजनों की मुसकानें भी याद आती हैं। एक के बाद एक वे गहरी नींद में सो जाते हैं। पराजित शत्रु महज 200 मीटर की दूरी पर है और उसे हमेशा-हमेशा के लिए सुला दिया गया है।

लेखक का नोट

यह लेख कर्नल गुरप्रीत सिंह, जो युद्ध में चार्ली कॉय, 13 जे ऐंड के राइफल्स के कंपनी कमांडर थे, से बातचीत पर आधारित है। युद्ध के दौरान 54 दिनों की तैनाती के दौरान बटालियन ने पाँच चोटियों पर दोबारा कब्जा किया और 37 शौर्य पुरस्कार जीते, जिसमें दो पी.वी.सी. (परमवीर चक्र) भी शामिल थे।

□

अध्याय-5

पूर्व संकेत

एक युवा अफसर युद्ध में जाने से पहले अपनी सगाई की अँगूठी निकालकर उसे अपने पीछे छोड़ जाता है।

5 जुलाई, 1999
सुबह के 7 बजे
मुश्कोह घाटी

सुबह का समय, कड़ाके की सरदी और शरीर को कँपकँपाने वाली ठंडी हवाएँ। ऐसे में बंजर भूरे रंग के पर्वत पर, जहाँ भारी गरमियों में भी तापमान 2 डिग्री सेल्सियस तक गिर जाता है, 17 जाट के सी.ओ. कर्नल उमेश सिंह बावा चार्ली कंपनी के 23 वर्षीय कैप्टन अनु नैयर के सामने खड़े हैं। उनके गंदे बालों और सूरज से झुलसे चेहरों पर बर्फीली हवाएँ लगातार प्रहार कर रही हैं। अनुज को एक प्लाटून की अगुवाई कर उसे डेल्टा कंपनी से जोड़कर मजबूत करने का जिम्मा सौंपा गया है। डेल्टा कंपनी ने एक भीषण युद्ध में दुश्मन से व्हेल बैक तो छीन लिया, लेकिन अब दुश्मन के जवाबी हमले का सामना कर रही है। मेजर दीपक रामपाल, कंपनी कमांडर, डी. कॉय ने स्थिति को देखते हुए आनन-फानन में रेडियो सेट के जरिए अपने सी.ओ. को गोला-बारूद के करीब-करीब खत्म होने का संदेश भेजा है। अनुज को इसी टीम की मदद के लिए भेजा जा रहा है।

"अनुज, युद्ध पर जाने का मौका सबसे ज्यादा खुशकिस्मत जवानों को ही नसीब होता है।" कर्नल बावा अपने सामने खड़े इस युवा अफसर से कहते हैं,

जिसकी बाजुएँ छड़ी की तरह नीचे की तरफ एकदम सीधी सावधान वाली मुद्रा में थीं, "तुम खुशकिस्मत हो कि इतनी कम उम्र में तुम्हें यह मौका नसीब हुआ है।" अनुज की आँखों में आँखें डाल और अपने हाथ उनके कंधे पर रखकर कर्नल बावा कहते हैं, "तुम्हारे पास हमेशा याद रखे जाने का एक मौका है। इसे मत गँवाओ। या तो तुम शूरवीर बनकर प्रतिष्ठा प्राप्त कर सकते हो या फिर अपने कर्तव्य में असफल होकर जिंदगी भर डरपोक कहला सकते हो। तुम्हारे पास इतिहास रचने का एक मौका है। जाओ और बटालियन का नाम रोशन करो।" उन्होंने कहा।

यह सुनकर अनुज का खूबसूरत चेहरा दमकने लगा। उनकी आँखों में डर की बजाय एक अजीब-सी चमक दिखाई देने लगी। उन्होंने उँगली से अपनी सगाई की अँगूठी और जेब से पर्स निकाल दिया। इसके बाद उन्होंने अपना पर्स खोला और कुछ देर तक अपनी मंगेतर की तसवीर को प्रेमपूर्ण नेत्रों से देखते रहे। उनकी मंगेतर उन्हीं के साथ धौला कुआँ के आर्मी स्कूल में पढ़ती थीं। अनुज को स्कूल के दिनों में ही क्लास बंक करते हुए और बास्केटबॉल खेलते-खेलते उनसे प्यार हो गया था। तसवीर को देखकर ऐसा लग रहा है कि उनकी मंगेतर अनुज की तरफ देखकर मुसकरा रही हैं। उन्होंने अपनी मँगनी की अँगूठी और पर्स अपने सी.ओ. के सुपुर्द किया—"क्या आप मेरी ये दोनों चीजें अपने पास रख लेंगे सर?" उन्होंने पूछा।

"अँगूठी पहन लो अनुज, इससे तुम्हें और ज्यादा बहादुरी से लड़ने की प्रेरणा मिलेगी।" कर्नल बावा उनसे कहते हैं।

लेकिन अनुज अँगूठी छोड़ने की बात पर अड़े हुए हैं। "मैं नहीं चाहता कि यह अँगूठी दुश्मन के गंदे हाथों में लगे। कृपया इसे अपने पास रख लें।" अनुज कहते हैं।

कर्नल बावा भी अनुज की तरह दिल्ली के ही रहने वाले हैं। अनुज अपनी मंगेतर को उनसे उन्हीं के घर ले जाकर मिलवा भी चुके हैं। अनुज की इन बातों से वह भावुक हो जाते हैं। "तुम्हें कुछ नहीं होगा।" वह अनुज से कहते हैं, "तुम हमारे पास वापस लौटोगे। जाओ और अपना कर्तव्य निभाओ। मैं तुम्हारी ये चीजें अपने पास सुरक्षित रखूँगा।"

पूर्वाभास

'वीर चक्र' और 'सेना मेडल' से सम्मानित ब्रिगेडियर यू.एस. बावा अब सेवानिवृत्त हो चुके हैं और गुरुग्राम में रहते हैं। कारगिल युद्ध के करीब बीस साल बीतने के बाद मैंने उनसे मुलाकात की तो वह बोले, "ऐसा लगता है, अनुज को इस बात का पहले से ही आभास हो चुका था कि आगे क्या कुछ होने वाला है; लेकिन तब तक किसी और को इस बात का अंदेशा तक नहीं था।"

उस सुबह अनुज की अगुवाई में 35 जवानों की चार्ली कंपनी व्हेल बैक तक गई। उन्होंने बेस कैंप से पोस्ट तक का रास्ता केवल दो घंटे में ही पूरा कर लिया और सुनिश्चित किया कि वह गोला-बारूद खत्म होने की वजह से बेबस महसूस कर रहे अपने साथियों तक पहुँचने में ज्यादा समय नहीं गँवाएँगे। सुबह 10 बजे तक वह पोस्ट पर अपने साथियों के पास थे। उन्होंने पाया कि डी. कॉय ने सुबह 8 बजे दुश्मन द्वारा किए गए हमले को विफल कर दिया है, लेकिन 30 से ज्यादा दुश्मनों को दोबारा हमले के लिए समूह बनाते हुए देखा जा सकता है। उस वक्त दोपहर के करीब 1 बज रहे थे; लेकिन तब तक जवानों के बीच गोला-बारूद बाँट दिया गया था, एल.एम.जी. लोड हो चुकी थीं और 17 जाट रेजीमेंट के जवान दुश्मनों से दो-चार करने के लिए तैयार थी। दोनों अफसर दीपक और अनुज ने अपने साथी जवानों के साथ दुश्मन के खिलाफ जोरदार लड़ाई की और उसे पीछे धकेल दिया। शाम करीब 5 बजे पाकिस्तानियों ने एक बार फिर पोस्ट वापस लेने की कोशिश की, लेकिन उन्हें दोबारा हरा दिया गया। आखिरकार, रात को दुश्मन पीछे हट गया। व्हेल बैक पर कब्जा किया जा चुका था। यह भारतीय सेना के लिए एक बड़ी जीत थी; लेकिन अनुज के गौरवमयी क्षण आने अभी बाकी थे।

आखिरी युद्ध
6 जुलाई, 1999
रात 8 बजे
व्हेल बैक

चार्ली कंपनी को पिंपल 2 पर हमले का जिम्मा सौंपा गया है। कंपनी

कमांडर मेजर रितेश कुमार करीब 35 जवानों की प्लाटून की अगुवाई कर रहे हैं। अनुज ठीक उनके पीछे हैं। पिछले दो दिनों से जवान अपने साथ बाँधकर लाए खाने पर जीवित हैं। उनके बैकपैक में केवल शकरपारे, मट्ठी और बासी पूड़ियाँ हैं। अनुज को बहुत भूख लगती है और वह खाने के लिए कुछ माँगते हैं। उनके साथ बैठे जवान ने उन्हें कुछ ठंडी पूड़ियाँ खाने को दीं। "ये मुझसे नहीं खाई जाएँगी, यार।" अनुज ने उनसे व्यंग्यपूर्ण हँसी के साथ कहा। फिर उन्होंने अँधेरे में अपना बैकपैक टटोला, जिसमें किस्मत से उन्हें बिस्कुट का एक पैकेट मिल गया। उन्होंने बिस्कुट अपने आसपास मौजूद साथियों से साझा किए। "अब चलें?" उन्होंने पूछा और फिर अपनी राइफल को पीठ पर लटकाकर दोबारा चढ़ाई शुरू कर दी। वह अपने लक्ष्य से महज 800 मीटर की दूरी पर थे, जब दुश्मनों ने उन्हें देख लिया और फिर उन पर दे-दनादन गोलियाँ बरसानी शुरू कर दीं। गोलियों के छर्रे पैर पर लगने की वजह से मेजर रितेश घायल हो गए। दूसरे 4 जवान भी इस गोलीबारी में घायल हो गए।

जब रेडियो सेट पर यह बात कर्नल बावा को बताई गई तो उन्होंने घायल जवानों को वापस लौटकर रेजिमेंटल ऐंड पोस्ट से इलाज कराने को कहा। इसके बाद कर्नल बावा ने अनुज से बात करके उन्हें चार्ज लेने को कहा। ऊपर चढ़ते हुए जवानों को दुश्मन के और ज्यादा गतिरोध का सामना करना पड़ता है। ठीक भारतीय जवानों के सामने चोटी पर तैनात चार मशीनगनें उनके रास्ते में रोड़ा अटका रही हैं। वे उनमें से तीन को तो चुप करवा देते हैं, लेकिन कई कोशिशों के बावजूद चौथी मशीनगन अब भी उनकी पहुँच से बाहर है। उत्तेजित अनुज अपनी कुहनियों और घुटनों के सहारे रेंगते हुए आगे बढ़ते हैं और उस बंकर के छेद में ग्रेनेड फेंक देते हैं, जहाँ से वह प्राणघातक मशीनगन चल रही थी, लेकिन इसके बावजूद मशीनगन आग उगलती रहती है।

7 जुलाई को सुबह करीब 5 बजे रेडियो सेट पर इस लड़ाई की पल-पल की जानकारी ले रहे कर्नल बावा का अनुज की टीम से संपर्क टूट गया। जितनी बार भी वह इस युवा अफसर से संपर्क करने की कोशिश करते, दूसरी तरफ गहरी चुप्पी छाई रहती। घबराए कर्नल बावा व्हेल बैक में सी कॉय के लिए जरूरत के समय सुरक्षित रखे गए स्टेशन मेजर पूनिया को 30 लोगों के साथ

अनुज से संपर्क साधने का आदेश देते हैं। पूनिया तुरंत अनुज और उनकी टीम से संपर्क साधने निकल पड़ते हैं। सुबह करीब 7.30 बजे वह कर्नल बावा को फोन करते हैं। उनकी आवाज भारी और शोक में डूबी हुई है—"सर, मेरे पास बहुत बुरी खबर है। अनुज नहीं रहे।" वह कहते हैं, "मुझे उनके और दूसरे चार जवानों के शव मैदान में दिख रहे हैं।"

इस खबर से बुरी तरह टूटे कर्नल बावा ने अपने जवानों को शहीदों के शव वापस हासिल करने को कहा, "उन्हें घसीटकर कवर के पीछे ले आओ। शायद वे जिंदा हों।" हताशा में उन्होंने कहा।

"नहीं सर, मुझे उनके शव साफ-साफ दिखाई दे रहे हैं। दुश्मन लगातार गोलीबारी कर रहा है। वह हमें उन शवों तक पहुँचने ही नहीं दे रहा।" मेजर पूनिया ने कहा।

दिल पर पत्थर रख कर्नल बावा ने अपने जवानों को पीछे हटने को कहा, "मैं अपने और जवान नहीं खोना चाहता। दुश्मन ऊँचाई पर बैठा है और उसने तुम लोगों को देख लिया है।" उन्होंने कहा।

कर्नल बावा ने उस रात दूसरे हमले का आदेश नहीं दिया, क्योंकि उन्हें यह बात बखूबी पता थी कि दुश्मन शायद इसी हमले के इंतजार में होगा। इसकी बजाय जवानों ने रात भर दुश्मन के इलाके में जोरदार गोलीबारी की, ताकि दुश्मन को रात भर तनिक भी सोने का मौका नहीं मिल पाए। उन्होंने अगली सुबह, यानी 8 जुलाई को सुबह के नाश्ते के ठीक बाद दोपहर के समय हमला करने का आदेश दिया। उन्हें लग रहा था कि सारी रात जागता रहा दुश्मन शायद अब यह सोचकर थोड़ा बेपरवाह हो गया होगा कि भारतीय जवान शायद रात को ही उन पर हमला करेंगे। इस बीच अपूर्व साहस का परिचय देते हुए मेजर दीपक रामपाल और मेजर आर.के. सिंह की अगुवाई में 17 जाट की दो प्लाटून दो अलग-अलग जगहों से ऊपर चढ़ीं और चुपचाप पिंपल 2 तक पहुँचने में कामयाब हो गईं। दोपहर 1 बजे दुश्मन पर दोतरफा हमला बोलकर उन्होंने उसे भौंचक्का कर दिया। दोपहर 4 बजे तक दोनों सेनाओं में भीषण युद्ध हुआ और 8 जुलाई को आखिरकार दुश्मन की पोस्ट पर कब्जा कर लिया गया।

जीत की कीमत

17 जाट ने अपने सभी जवानों की शहादत का बदला ले तो लिया, लेकिन उन्हें इस लड़ाई में अपने कई लोगों की जानें भी गँवानी पड़ीं, जिसका दुःख हर किसी के चेहरे पर साफ तौर पर नजर आ रहा था। बटालियन का पहला काम था, अपने शहीद जवानों के शव हासिल करना, जिनमें कैप्टन अनुज नैयर भी शामिल थे। अनुज की हमलावर टीम के जवानों ने कर्नल बावा को बताया कि उन्होंने किस बहादुरी से युद्ध लड़ा। इस लड़ाई का एक अप्रत्याशित हीरो भी था—हवलदार कुमार सिंह। वह अपनी यूनिट के एक ऐसे ढीले-ढाले बेनाम सिपाही माने जाते थे, जिन्होंने अपने कॅरियर में कुछ असाधारण नहीं किया था। वह उन सिपाहियों में एक थे, जिन्हें हवलदार से नायब सूबेदार बनने के लिए कैडर परीक्षा देनी पड़ी थी। 1 जुलाई को यूनिट के युद्ध में जाने से ठीक पहले कर्नल बावा ने सभी हवलदारों को बुलाया और कहा, “मैं तुम सभी को बगैर परीक्षा के पदोन्नत कर रहा हूँ। अब तुम्हारी बारी है। साबित करके दिखाओ कि तुम सब इसके लायक हो। तुमको अपनी बटालियन को दिखाना है कि तुम सभी इस पदोन्नति के काबिल हो। यह युद्ध तुम सभी के लिए खुद को साबित करने का एक मौका है।”

हवलदार कुमार सिंह ने निडरता और अपूर्व पराक्रम का परिचय देकर यह युद्ध लड़ा। पिंपल 2 के तीसरे बंकर का सफाया करते हुए कुमार सिंह शहीद हो गए।

अनुज ने भी अपने सी.ओ. की इच्छाओं का सम्मान किया। कर्नल बावा को बाद में पता चला कि उन्होंने अपनी जान की परवाह नहीं करते हुए अपनी टीम की अगुवाई की। वह एक बड़े पत्थर के नजदीक खड़े थे और युद्ध के बीच जब कभी हालात कुछ देर के लिए शांत होते तो आराम करते। शायद वह इस बात को भलीभाँति जानते हुए अपने अगले कदम की योजना बना रहे थे कि रात के काले साए का फायदा अब उन्हें बहुत ज्यादा समय तक नहीं मिल पाएगा। इसी दौरान रॉकेट से चलनेवाला एक ग्रेनेड उनकी गरदन पर आ लगा। वह अपने अगले इरादे में कामयाब होते, इससे पहले ही मौत ने उनके जीवन में दस्तक दे दी। अनुज ने यह देखने के लिए एक सेकंड को सिर उठाया कि

आखिर यह हमला उन पर हुआ कहाँ से; लेकिन पहली बार उन्होंने महसूस किया कि उनका शरीर उनके मस्तिष्क की बात नहीं मान रहा। वह मैदान में गिर गए और उनकी आँखें हमेशा-हमेशा के लिए बंद हो गईं। उनका पिंपल 2 पर कब्जा करने 28 अगस्त को अपने जन्मदिन पर अपने माता-पिता से नई कार खरीदवाने और सितंबर में अपनी मंगेतर से शादी करने का ख्वाब अधूरा रह गया। उस सुबह उसी जगह 4 अन्य जवान भी शहीद हुए।

युद्ध में अभूतपूर्व पराक्रम के लिए 17 जाट को थल सेनाध्यक्ष ने उसी स्थान पर 'बैटल ऑनर मुश्कोह' और 'थिएटर ऑनर कारगिल' के पुरस्कार से नवाजा। बटालियन को 41 पुरस्कार मिले, जिनमें कैप्टन अनुज नैयर को 'महावीर चक्र'; कर्नल यू.एस. बावा, मेजर दीपक रामपाल, कैप्टन एस.बी. घिल्डियाल और हवलदार कुमार सिंह को वीर चक्र; 6 जवानों को सेना मेडल, 20 को 'मेंशन इन डिस्पैचेस' (मेडल) और 10 को 'कमांडेशन कार्ड्स' (बैजेज) प्रदान किए गए। कारगिल युद्ध में इस बटालियन ने अपनी एक यूनिट के सबसे ज्यादा जवान खोए। उन्होंने कैप्टन अनुज नैयर, जे.सी.ओ. हरफूल सिंह और दूसरे रैंक के 34 जवान खोए।

बीस साल बाद इस युद्ध को याद करने पर कर्नल बावा ने बताया, "युद्ध पर जाना हर एक जवान का सबसे बड़ा सपना होता है। जब हमें युद्ध के लिए भेजा गया तो मैं उस मौके को लेकर बेहद उत्साहित था। मुझे लगा कि मेरे पास अपने नाती-पोतों को सुनाने के लिए युद्ध की ढेर सारी कहानियाँ होंगी, लेकिन युद्ध के बाद जब मैंने अपने लड़कों को कफन में देखा, जब मैंने उन्हें अस्पताल में विकलांग होते देखा, ज़ब मैंने अपने बेटों को युद्ध में खोनेवाले शोकाकुल माता-पिता और कम उम्र में विधवा हुई लड़कियों को देखा तो मेरा दिल शोक से भर गया। मैं अपने जीवन में अब कोई दूसरा युद्ध नहीं देखना चाहता। युद्ध केवल दुःख लेकर आता है। युद्ध से किसी समस्या का समाधान नहीं हो सकता।"

एक शोकाकुल माँ

कारगिल युद्ध के करीब बीस साल बाद मैंने अनुज की माँ श्रीमती मीना नैयर से दिल्ली के साउथ एक्सटेंशन में कॉफी पर मुलाकात की। हमने एक घंटे

से ज्यादा समय तक बातचीत की। स्नेहपूर्ण और नम आँखों से उन्होंने मुझसे अपने शहीद युवा बेटे से जुड़ी कुछ बातें साझा कीं। जब मैंने उनसे पूछा कि क्या वह अपने बेटे के आखिरी युद्धक्षेत्र 'कारगिल वॉर मेमोरियल' गई हैं, तो उन्होंने इससे इनकार कर दिया। "मुझे वहाँ जाने की कभी कोई इच्छा थी भी नहीं। वहाँ मेरे लिए कुछ भी नहीं है। मेरा बेटा तो चला गया।" उन्होंने कहा। उनकी दर्द में डूबी आवाज सुनकर मुझे उनसे यह प्रश्न पूछने पर ग्लानि महसूस हुई।

श्रीमती नैयर ने मुझसे अनुज के स्कूल के दिनों का एक किस्सा साझा किया, जिसे बताते हुए उनके चेहरे पर मुसकान छा गई। यह बात तब की है, जब अनुज धौला कुआँ के आर्मी स्कूल में पढ़ रहे थे। स्कूल से वापसी के दौरान एक दिन अनुज की स्कूल बस गलती से छूट गई। उन्होंने फैसला किया कि वह स्कूल से अपने जनकपुरी स्थित घर पैदल ही चलकर जाएँगे। जनकपुरी में अनुज एक संयुक्त परिवार में रहा करते थे। "तब अनुज सातवीं में पढ़ता था। उसे घर का रास्ता भी नहीं पता था; लेकिन घर पहुँचने के लिए उसने स्कूल बस वाला रास्ता पकड़ा और घर पहुँच गया।" श्रीमती नैयर ने बताया, "मैं और अनुज के पापा उस दिन बाहर लंच पर गए थे, इसलिए हमें तो उसकी बस छूटने के बारे में पता ही नहीं चला। ऐसा ही था अनुज। बस, अपने मन की करता था।"

श्रीमती नैयर ने बताया कि एक बार स्कूल में अनुज के पैर की हड्डी टूट गई। "डॉक्टर ने उसे टूटे हुए पैर पर ज्यादा जोर डालने से मना किया था; लेकिन वह कहाँ किसी की सुनता था! उसने चुपचाप स्कूल में फुटबॉल खेलना शुरू कर दिया। जब मैंने उसकी गंदी शर्ट को नोटिस किया और उसे डाँटा कि वह डॉक्टर की बात नहीं सुन रहा है तो उसने फुटबॉल खेलने से पहले अपनी शर्ट उतारना शुरू कर दिया, ताकि शर्ट गंदी ही न हो और मुझे उसके खेलने का पता ही नहीं चले। जब मैंने नोटिस किया कि उसकी बनियान गंदी रहती है तो उसने बनियान उतारकर खेलना शुरू कर दिया। खेलने के बाद वह दोबारा अपने कपड़े पहन लिया करता।" वह बताती हैं।

उन्हें वह दिन अच्छी तरह याद है, जब एकाएक अनुज ने अपने माता-पिता से कहा कि आज एक खास मेहमान उनसे मिलने आने वाला है। थोड़ी देर बाद ही घर की घंटी बजी और एक प्यारी सी लड़की घर में दाखिल हुई। "वह

उसकी स्कूल की दोस्त और एक आर्मी अफसर की बेटी थी। छोटी सी लड़की थी, लेकिन वह तो अपना रिश्ता खुद ही लेकर आ गई थी!" श्रीमती नैयर सौम्य मुसकान के साथ वह यादगार किस्सा सुनाती हैं, "उसके जाने के बाद हमने अनुज से पूछा कि क्या वह उस लड़की से अपने रिश्ते को लेकर गंभीर है? उसने आराम से कहा, 'तभी तो आपसे मिलवाया है।' मैं और अनुज के पिताजी इस बात से खुश ही हुए। हमने अनुज को कभी भी किसी बात के लिए मना नहीं किया। हालाँकि कभी-कभी लगता है कि जब उसने आर्मी में जाने का फैसला किया था, काश, तब जोर देकर मैं उसे इसके लिए मना कर देती!"

श्रीमती नैयर बताती हैं कि युद्ध के दौरान एक आर्मी अफसर का वहीं जाना हुआ, जहाँ अनुज तैनात थे। ऐसे में उन्होंने और अनुज की मंगेतर ने इधर-उधर दौड़-भागकर उसके लिए खूब सारी चीजें खरीदीं। "हमने जूस एवं चिप्स के खूब सारे पैकेट खरीदे और फौरन उनका एक पार्सल बनाया। मैंने उसमें युद्ध के लिए जा रहे अनुज और दूसरे अफसरों के लिए शगुन के लिफाफे भी भेजे, जिनमें कुछ पैसा था।" अनुज कभी भी उस पार्सल को नहीं देख पाए, क्योंकि वह उस ऑपरेशन से कभी भी वापस लौटकर नहीं आए। उन्होंने बताया, "पार्सल उसके कफन के साथ हमारे पास वापस भेजा गया। साथ में अनुज की सगाई की अँगूठी, घड़ी और पर्स भी था।" श्रीमती नैयर ने अनुज की मंगेतर के लिए बनाए सारे गहने उसे ही दे दिए और उसे किसी दूसरे लड़के से शादी करने के लिए मनाने में उसके माता-पिता की मदद की। "वह बहुत ही जिंदादिल लड़की थी। मैं नहीं चाहती थी कि वह आजीवन दुःख भोगे।" कुछ लोगों को लगता है कि शायद यही वजह थी कि लड़ाई में जाने से पहले अनुज ने अपनी सगाई की अँगूठी वहीं छोड़ दी थी। हालाँकि उनकी माँ कहती हैं कि वह इस बारे में नहीं जानतीं। "कुछ लोगों ने मुझसे कहा कि अनुज को अपनी नियति के पूर्व संकेत मिल गए थे। कुछ ने कहा कि फायरिंग के दौरान अँगूठी पहनना असुविधाजनक होता है, इसलिए शायद वह अपनी अँगूठी अपने पीछे छोड़कर चला गया था। मुझे वाकई कुछ नहीं पता। मुझे तो बस, इतना पता है कि वह चाहता था कि उसकी मंगेतर हमेशा खुश रहे।" श्रीमती नैयर ने कहा।

अनुज नैयर आर्मी में जानेवाले अपने परिवार के पहले शख्स थे। वह अपने

स्कूल के सबसे मशहूर भूतपूर्व छात्र बने। बेशक, वह युद्धभूमि से वापस नहीं लौटे, लेकिन सच तो यह है कि जवान युद्धभूमि में नहीं मरते। वे हमेशा अपने साथियों और देशवासियों की यादों में जिंदा रहते हैं। और अगर हम इसे इसी नजरिए से देखते हैं तो अनुज हमेशा उन लोगों के दिलों में रहेंगे, जो उनसे बेहद प्यार करते थे।

लेखक का नोट

'महावीर चक्र' प्राप्त स्वर्गीय कैप्टन अनुज नैयर से जुड़े ये किस्से उनकी माँ श्रीमती मीना नैयर और कारगिल युद्ध के समय 17 जाट के सी.ओ. वीर चक्र, सेना मेडल प्राप्त ब्रिगेडियर उमेश सिंह बावा (सेवानिवृत्त) से बातचीत पर आधारित हैं। कैप्टन अनुज नैयर की अगुवाई में हुई इस काररवाई में न केवल दुश्मन के नौ जवान ढेर हो गए, बल्कि दुश्मन की तीन एम.एम.जी. पोजीशन भी खत्म कर दी गईं। अपने अदम्य साहस, दृढ़ संकल्प, टीम को अपने व्यक्तिगत उदाहरण से प्रेरित करने और भारतीय सेना की सच्ची परंपरा को निभाते हुए अपना जीवन बलिदान कर देने वाले कैप्टन अनुज नैयर को मरणोपरांत 'महावीर चक्र' प्रदान किया गया।

कहानी-3

दुश्मन की बहादुरी को सलाम

युद्ध से जुड़ी तमाम कहानियाँ लिखते हुए मैंने दिल को छू लेनेवाली एक बात पर गौर किया कि सैनिक बहादुरी को स्वीकारते हैं और उसका सम्मान करते हैं, फिर चाहे बहादुरी का प्रदर्शन दुश्मन द्वारा ही क्यों न किया गया हो!

इसका एक बेहतरीन उदाहरण पाकिस्तानी सेना के स्व. कैप्टन करनाल शेर खान से जुड़ा हुआ है। कैप्टन खान कारगिल युद्ध के दौरान टाइगर हिल पर शहीद हुए थे। बहुत ही कम लोग जानते हैं कि उन्हें पाकिस्तानी सेना का सर्वोच्च वीरता पुरस्कार 'निशान-ए-हैदर', जो भारत के 'परम वीर चक्र' के बराबर है, मिलने में भारतीय सेना की अहम भूमिका रही।

3 जुलाई, 1999 को कैप्टन शेर खान 16,700 फीट ऊँचे टाइगर हिल क्षेत्र के रणनीतिक रूप से अहम पाँच पोस्ट को देख रहे थे। आसपास के दूसरे पहाड़ों में सबसे ऊँचा और प्रभावशाली टाइगर हिल श्रीनगर-कारगिल-लेह हाइवे के उत्तर में 10 किलोमीटर की दूरी पर है और इसके कई हिस्सों तक फैला हुआ है। यह एक नुकीला त्रिकोणीय टॉप है, जो हाइवे से भी नजर आता है। यह यहाँ से गुजर रहे सैलानियों के लिए एक बड़ा आकर्षण है।

वर्ष 1999 में इसकी सारी पोस्ट कैप्टन शेर खान की कंपनी के अधिकार में थीं। इसका इतनी अच्छी तरह से बचाव किया गया था कि जनरल वी.पी. मलिक ने अपनी पुस्तक 'कारगिल : फ्रॉम सरप्राइज टू विक्ट्री' में लिखा कि इस पर कब्जा करना करीब-करीब असंभव लगता था। मई में 8 सिख ने यहाँ हमला करने की कोशिश की, लेकिन पाकिस्तानी सेना ने उन्हें पीछे खदेड़ दिया। जुलाई में दोबारा इस पर हमले की योजना बनाई गई। इस मिशन को 18 ग्रेनेडियर्स के सुपुर्द किया गया, जिन्हें तोलोलिंग में शानदार उपलब्धि के बाद आराम दिया गया था। इनके साथ था 8 सिख, जो पहले से ही टाइगर हिल के बेस में था। दोनों बटालियनों को हाई एल्टीट्यूड वॉरफेयर स्कूल (ऊँची ऊँचाई वाला युद्ध स्कूल) की टीम ने सहायता दी। उसे लगभग असंभव लग रही इस चढ़ाई के लिए एक सीधी चट्टान पर सैनिकों को चढ़वाकर अपना कौशल दिखाना था, जिसे दुश्मन को हैरान कर देने के लिए धुरी के रूप में चुना गया था।

3 जुलाई, 1999 की रात बीस तोपों से होनेवाली गोलाबारी के कवर के साथ 18 ग्रेनेडियर्स की घटक प्लाटून, जिसकी अगुवाई लेफ्टिनेंट बलवान सिंह कर रहे थे, ने टाइगर हिल पर हमला बोल दिया। बारिश हो रही थी और पानी इतना ठंडा था कि शरीर जमा दे। इसके बावजूद रस्सियों का इस्तेमाल कर रहे हमारे जवानों ने लगभग खड़ी चट्टान पर चढ़ाई कर दुश्मन को भौंचक्का तो कर दिया, लेकिन ऊपर से उन्हें भारी प्रतिरोध का सामना भी करना पड़ा। 5 जुलाई की रात मेजर रवींद्र सिंह, लेफ्टिनेंट आर.के. सहरावत और 8 सिख के 53 सिपाहियों ने उससे सटे वेस्टर्न रिज से चढ़ाई चढ़कर एक साहसिक हमला बोला। उनके हमले की वजह से दुश्मन दो हिस्सों में बँट गया। 8 सिख के

सिपाही बहुत बहादुरी से लड़े, बावजूद इसके कि ज्यादातर के पास उस मौसम में पहने जानेवाले गरम कपड़े तक नहीं थे। कई घायल सिपाही बेहद ठंडे मौसम और सर्द हवाओं के कारण शहीद हो गए। 5 से 7 जुलाई के बीच टाइगर हिल पर कब्जे के लिए भीषण युद्ध हुआ। पाकिस्तानियों द्वारा बार-बार किए जा रहे जवाबी हमले के बावजूद 8 सिख के सिपाही एक इंच भर भी पीछे नहीं हटे। आखिरकार, 8 जुलाई को 18 ग्रेनेडियर्स ने टाइगर हिल पर कब्जा कर लिया।

घटक प्लाटून की अगुवाई करनेवाले लेफ्टिनेंट बलवान सिंह को 'महावीर चक्र' से सम्मानित किया गया। घटक प्लाटून के स्काउट्स ग्रेनेडियर योगेंद्र यादव को 'परम वीर चक्र' से सम्मानित किया गया। 'टाइगर हिल ऑपरेशन' में 8 सिख ने अपना एक अफसर, 4 जे.सी.ओ. और 30 जवान खो दिए।

'इंडियन एक्सप्रेस' अखबार को दिए एक साक्षात्कार में ब्रिगेडियर (सेवानिवृत्त) एम.पी.एस. बाजवा, कमांडर, 192 माउंटेन ब्रिगेड ने कहा, "जब पाकिस्तानी जवाबी हमला कर रहे थे, तब मुझे 8 सिख के एक जे.सी.ओ. ने बताया कि ट्रैक सूट पहने अच्छी कद-काठी का एक पाकिस्तानी अपने जवानों को बार-बार हमले के लिए प्रेरित कर रहा था और यह उनकी समस्या की एक वजह था। मैंने तुरंत कहा कि वह एक अफसर है और उनकी तरफ से किए जानेवाले इस हमले को रोकने के लिए उसे खामोश किया जाना जरूरी है। मैं बताना चाहूँगा कि हमारी सेना ऊपर से धकेल दिए जाने के कगार पर थी, जब एक बड़ी कोशिश करते हुए उन्होंने युद्धनाद किया, अपने अंदर ऊर्जा भरी और उस पाकिस्तानी अफसर तथा उसके साथियों को मार गिराया। इस लड़ाई में 30 पाकिस्तानी जवान मारे गए और बाकी पीछे हट गए। इस तरह से हमें यह नामी जीत हासिल हुई। कैप्टन करनाल शेर खान अपने साथी जवानों को एकत्रित कर बहुत अच्छी तरह से लड़े। हमें इसकी तारीफ करनी चाहिए। मैंने अपने जी.ओ.सी. से कहा कि उस लड़के ने बड़े साहस से लड़ा।" वह बोले।

हालाँकि कैप्टन शेर खान इस युद्ध में मारे गए, लेकिन भारतीय अफसरों, टाइगर हिल और आसपास के पहाड़ों को बचानेवाले हमारे सैनिक दस्ते ने उनके पराक्रम को भरपूर सराहा। 8 सिख और 18 ग्रेनेडियर्स के अफसरों ने इस बहादुर पाकिस्तानी अफसर को अंत तक लड़ते हुए देखा।

8 सिख के एक अफसर के अनुसार, "इस भयंकर युद्ध के बाद हमने 4 जुलाई को टाइगर हिल को हासिल किया। अगले चार दिनों तक हम धीरे-धीरे दूसरी जगहों की तरफ बढ़ने लगे, जैसे हेलमेट, इंडिया गेट और राइनो हॉर्न। 7 जुलाई को सुबह करीब 8 बजे 8 सिख के जवानों द्वारा इन पोस्ट को कब्जे में लिये जाने के तुरंत बाद कैप्टन करनाल शेर खान ने चुनिंदा पाकिस्तानी सिपाहियों के साथ जवाबी हमला बोला। दिन के उजाले में ऐसा करना उनके लिए प्राणघातक था, क्योंकि हम उनकी आवा-जाही देख सकते थे; लेकिन उच्च सैन्य परंपरा का प्रदर्शन करते हुए उन्होंने हमला बोला। किसी भी सेना के लिए किसी पोस्ट से खदेड़ा जाना बदनामी भरा है और वह पाकिस्तानी आर्मी को इसी बदनामी से बचा रहे थे।"

उनका हमला इतना भयंकर था कि 8 सिख को 18 ग्रेनेडियर्स की एक प्लाटून की मदद लेनी पड़ी। पाकिस्तान के जवाबी हमले को पस्त कर दिया गया और उसके 15 सिपाही मारे गए। जब दूसरे पाकिस्तानी सिपाही भागने की कोशिश कर रहे थे तो कैप्टन शेर खान ने उन्हें इकट्ठा किया और खुद सामने रहकर जवाबी हमला करने के लिए प्रेरित किया। सिख रेजीमेंट ने उनके हमले का करारा जवाब दिया तथा दस और पाकिस्तानी सिपाहियों को मार गिराया। करनाल शेर खान अंत तक लड़ते रहे और कई गोलियाँ लगने के बाद आखिरकार मारे गए। जीवन के आखिरी पलों में भी उनके हाथों में राइफल थी।

भारतीय सेना ने इस युवा बहादुर अफसर का जिक्र करते हुए पाकिस्तानी सरकार को चिट्ठी लिखी। उनके इस सुझाव के मद्देनजर कैप्टन करनाल शेर खान को मरणोपरांत 'निशान-ए-हैदर' से नवाजा गया। कैप्टन खान के भाई सिकंदर शेख को यह कहते हुए उद्धृत किया गया, "अल्लाह का शुक्र है कि हमारा दुश्मन भी कोई बुजदिल दुश्मन नहीं है। अगर लोग कहें कि इंडिया बुजदिल है तो मैं कहूँगा कि नहीं, क्योंकि उसने ऐलानिया कह दिया कि करनाल शेर हीरो है।"

शुरुआत में पाकिस्तानी फौज इस बात को स्वीकार नहीं करना चाह रही थी कि कैप्टन करनाल शेर खान एल.ओ.सी. के भारतीय हिस्से में लड़ते हुए मारे गए। यह समझाना उनके लिए समस्या भरा होता कि कैप्टन खान का शव

भारतीय सेना के पास क्यों है, क्योंकि पाकिस्तान हमेशा से यही कहता रहा था कि कारगिल में घुसपैठ में पाकिस्तानी फौज शामिल नहीं है। बाद में इस पाकिस्तानी युवा अफसर का शव दिल्ली ले जाया गया और पाकिस्तान से कैप्टन खान के रिश्तेदारों को दिल्ली भेजने को कहा गया, ताकि वे उनके शव की पहचान कर सकें, लेकिन पाकिस्तान ने इसके लिए यह कहते हुए इनकार कर दिया कि भारत पहचान के लिए कैप्टन खान के शव को पाकिस्तान भिजवा दे।

दो सप्ताह बाद बहादुर युवा अफसर का शव अंतरराष्ट्रीय रेडक्रॉस समिति के सुपुर्द कर दिया गया। आखिर में उनके कफन पर चारों तरफ पाकिस्तानी झंडा लपेटा गया और उसे इस्लामाबाद पहुँचाया गया। तीन महीने बाद ही पाकिस्तान के सेना प्रमुख जनरल परवेज मुशर्रफ ने स्वीकार किया कि कैप्टन करनाल शेर खान निस्संदेह कारगिल में मारे गए। कारगिल में मारे गए सैनिकों को श्रद्धांजलि देने के लिए हुई सभा में मुशर्रफ ने कहा था कि शेर खान ने 15 जवानों को मारा था और आक्रामक तौर पर रक्षात्मक बने रहे।

जन्म से ही अफसर

कैप्टन करनाल शेर खान (वर्ष 1970-1999) का जन्म पाकिस्तान के स्वाबी जिले के नवे किले में हुआ था। कहा जाता है कि उनके परिवार की हसरत थी कि वह फौज में शामिल हों और कर्नल बनें, इसलिए उनका नाम ही 'करनाल' रख दिया गया।

चार भाई-बहनों में करनाल सबसे छोटे थे। जब वह आठ साल के थे, तब उनकी माँ का स्वर्गवास हो गया था। नवंबर 1992 में वह पाकिस्तान मिलिट्री अकादमी, काकुल से जुड़े और 1994 में वहाँ से ग्रेजुएट हुए। वह पाकिस्तानी फौज की 27 सिंध रेजीमेंट में कैप्टन थे और कारगिल संघर्ष के दौरान उनकी पोस्टिंग 12 नॉर्दर्न लाइट इन्फैंट्री रेजीमेंट में कर दी गई थी। वह बहुत बहादुर अफसर थे और उन्हें एक पाकिस्तानी होने पर फख्र था। टाइगर हिल की लड़ाई में उनका दुश्मन तक उनकी बहादुरी का कायल हो गया था।

लड़ाई में उनकी बहादुरी को देखते हुए पाकिस्तान ने उन्हें अपने सर्वोच्च सैन्य सम्मान 'निशान-ए-हैदर' से नवाजा। शेर खान के गाँव का नाम बदलकर

'करनाल शेर किले' रख दिया गया। पाकिस्तान में एक आर्मी परेड ग्राउंड और एक स्कूल का नाम भी उनके नाम पर है।

लेखक का नोट

जुलाई 1999 के पहले हफ्ते में तीन युवा अफसरों की बहादुरी देखने को मिली। इन युवा अफसरों के आगे पूरा जीवन बाँहें फैलाए खड़ा था; लेकिन इन्होंने अपना जीवन देश के नाम कुरबान कर दिया। 5 जुलाई को पाकिस्तान ने टाइगर हिल में 12 एन.एल.आई. के 29 वर्षीय कैप्टन करनाल शेर खान को खो दिया। 7 जुलाई को भारतीय सेना ने 13 जे ऐंड के राइफल्स के 24 वर्षीय कैप्टन विक्रम बत्रा को और मुश्कोह घाटी में 17 जाट ने 23 वर्षीय कैप्टन अनुज नैयर को खो दिया। तीनों को अपने-अपने देश के सर्वोच्च सैन्य सम्मान से नवाजा गया। कैप्टन शेर खान को पाकिस्तान के सर्वोच्च सैन्य सम्मान 'निशान-ए-हैदर' और कैप्टन विक्रम बत्रा को भारत के सर्वोच्च सैन्य सम्मान 'परम वीर चक्र' से सम्मानित किया गया। कैप्टन अनुज नैयर को 'महावीर चक्र' प्रदान किया गया।

□

अध्याय-6

अंतिम लड़ाई

बटालिक की बंजर ऊँचाई पर चौदह पैराट्रूपर चारों तरफ दुश्मनों से घिर गए हैं। उनके पास अपने साथियों को खुद अपने ही ऊपर बोफोर्स से फायरिंग करने को कहने के अलावा कोई दूसरा रास्ता नहीं है।

21 जुलाई, 1999
मुंथो ढालो

बटालिक की पहाड़ियों पर सूर्य की किरणें पड़ रही हैं। दुबले-पतले, लेकिन मजबूत कैरी एक बड़े से पत्थर के पीछे छुपकर बैठे हैं। उनका वजन उनकी जाँघों पर है। कैरी ने अपनी राइफल को मजबूती से अपने हाथों में पकड़ा हुआ है। उनकी भौंहें चढ़ी हुई थीं। सामने संध्याकाल की लुप्त होती नारंगी चमक में वह एरिया कोनिकल की धुँधली रूपरेखा को देख सकते हैं। अपनी नजरों को पहाड़ों के पथरीले स्कंधों की तरफ टिकाते हुए कैरी खुद से कहते हैं कि अगर वह जिंदा रहे तो अगली सुबह वहाँ होंगे।

किस्मत ने अभी तक उनका साथ दिया है। वह न केवल सियाचिन में दुश्मन की गोली से बच गए थे, बल्कि प्वॉइंट 5203 पर पहले हुए हमले में भी वह विजेता बनकर वापस लौटे थे। उनके साथ आए उनके कई साथियों ने करीब-करीब प्राणघातक माने जानेवाले इस मिशन पर आने की पहल खुद ही की है, क्योंकि इन साथियों को लगता है कि अगर कैरी उनकी अगुवाई करेंगे तो वे सकुशल वापस लौटेंगे।

जैसे ही बर्फीली हवा का एक तेज झोंका उनके खुले चेहरे को छूता है, वह

अनायास ही काँप उठते हैं। कैरी कामना करते हैं कि काश, वह अपने साथियों का विश्वास साझा कर पाते! सूरज पहाड़ों के पीछे छुप गया है और हर जगह घुप्प अँधेरा छा गया है। कैरी की आँखों को तारतम्य बैठाने में कुछ मिनटों का समय लगता है। वह अपनी धीमी रोशनीवाली घड़ी में वक्त देखते हैं—7 बज चुके हैं।

वह बेहद कम शब्दों का इस्तेमाल करते हुए कहते हैं, "जाने का वक्त आ गया है। एरिया कॉनिकल हमारा इंतजार कर रहा है।" उनकी आवाज एकदम शांत है। कैरी का हर एक जवान उनकी बात को साफ-साफ सुन सकता है।

खुले आकाश में चलते हुए कैप्टन बी.एम. करिअप्पा (कैरी) अपनी आई.एन.एस.ए.एस. राइफल में एक मैगजीन डालते हैं, उसे पीछे अपनी पीठ पर टाँगते हैं और आगे बढ़ना शुरू कर देते हैं। उनके पीछे अल्फा कंपनी और 5 पैरा के आज्ञाकारी जवानों की छाया नजर आ रही है। सभी 94 जवान एक-एक करके छाया से बाहर निकलते हैं।

दो घंटे बाद

कैरी और उनकी टीम बेस तक पहुँच चुकी है, जहाँ से मुश्किल चढ़ाई शुरू होती है। रात में ठंडक बढ़ चुकी है। जब कैरी अपने चेहरे पर हाथ रखते हैं तो उन्हें अपने गालों पर रूईनुमा बर्फ गिरी मिलती है। वह जानते हैं कि पहाड़ी की चोटी पर धारदार कॉर्निज में बर्फ मोटी होगी। लगातार हो रही गोलीबारी की वजह से वह कोर्डाइट के चलते भूरी हो गई होगी। अगर यह किसी व्यक्ति पर गिर जाए तो उसके टुकड़े-टुकड़े हो जाएँ।

इतनी ठंडक के बावजूद कैरी के चेहरे पर पसीना आ गया है। वह अपने थके हुए हाथों से उस पसीने को हटाते हैं। कैरी की माँ की मृत्यु एक महीने पहले ही हुई है, जिसके बाद उनका मुंडन हुआ था। एक महीने बाद अब उनके सिर पर बाल वापस आने लगे हैं। जब वह अपने सिर पर हाथ फिराते हैं तो वे छोटे-छोटे बाल उनमें चुभते हैं। अपने साथियों की ही तरह कैरी ने भी पिछले एक महीने से यही कपड़े पहने हुए हैं। उन्होंने अपनी बुलेटप्रूफ जैकेट और हैलमेट एक तरफ रख दिए हैं, ताकि चढ़ाई चढ़ते हुए शरीर और वजनी न हो। उनकी

मैली-कुचैली वरदी चट्टानों पर रेंगने की वजह से जगह-जगह से फट चुकी है। वरदी पर जगह-जगह खून के धब्बे भी लगे हुए हैं, जो बार-बार सूख जाते हैं।

हालाँकि इस युद्ध ने उन्हें एक तोहफा भी दिया है। इस युद्ध ने उनकी माँ की मृत्यु के शोक को कम कर दिया है। कैरी को लगा था कि वह बैंगलोर में अपनी माँ के बेड के बगल में बैठ उन्हें भारी पीड़ा में तिल-तिल मरता देखनेवाले उन भयावह अंतिम दिनों को कभी नहीं भुला पाएँगे। कैरी की माँ को मुख कैंसर हो गया था और स्नेहपूर्ण आँखोंवाली उनकी खूबसूरत माँ अब हड्डियों व त्वचा का ढाँचा मात्र बनकर रह गई थीं। वह चादर के बीच सिकुड़ी रहती थीं। अपनी माँ की मृत्यु के काफी दिनों बाद तक कैरी को भयानक सपने आते रहे, जिनमें वह अकसर भावनात्मक रूप से टूट चुके नौसेना में काम करनेवाले अपने अफसर पिता को अपनी बाँहों का सहारा देते हुए देखते। उन्हें लगा था कि यह दर्द कभी खत्म नहीं होगा। कैरी को यह नोटिस करके हैरानी हुई कि पिछले दो दिनों में उन्हें एक बार भी अपनी माँ की याद नहीं आई! अँधेरे में मुँह बनाते हुए वह खुद से कहते हैं, 'आत्मरक्षा किसी पर इतनी हावी हो सकती है!' इन दिनों वह बस, एक ही बात सोचते हैं कि जिंदा कैसे रहा जाए?

कैरी की टीम चट्टान की चढ़ाई शुरू करती है। कैरी एक जंगली जानवर की तरह चुपचाप खड़े हैं और उस व्यक्ति की थाह लेने की कोशिश कर रहे हैं, जो फिलहाल अदृश्य है। वह जानते हैं कि दुश्मन उनके चारों तरफ है। अपने बाकी साथियों की तरह वह भी यह बात बखूबी जानते हैं कि कुछ के लिए यह यात्रा उनके जीवन की आखिरी यात्रा साबित होगी। एक बिल्ली की तरह उनकी आँखें अँधेरे के अनुकूल हो जाती हैं और उन्हें थोड़ी दूरी पर एक छाया नजर आती है। उनके चारों तरफ बर्फ गिर रही है। कैरी अपनी राइफल और मजबूती से पकड़ लेते हैं; लेकिन यह देखकर उन्हें हँसी आ जाती है कि वह छाया लंबे, दुबले-पतले खालसा मेजर हरिंदर सिंह जग्गी की है, जो 5 पैरा से ही हैं। मेजर जग्गी उसी रात होनेवाले एक दूसरे ऑपरेशन के लिए डेल्टा कंपनी की अगुवाई कर रहे हैं। कैरी और उनकी कंपनी को एरिया कॉनिकल पर हमला करने को कहा गया। जग्गी और उनके साथियों को घाटी से गुजरकर एरिया रिंग कॉण्टर पर हमला करने को कहा गया है, जो इससे थोड़ा आगे पूर्व दिशा में है।

जग्गी अपने लोगों को आगे बढ़ने देते हैं और कैरी की टीम से मिलने के लिए इंतजार करते हैं। "इक बार झप्पी ते पा ले।" अपनी बाँहें फैलाकर वह फुसफुसाते हैं। दोनों दोस्त (मैले-कुचैले, सीमित भोजन की वजह से दुबले-पतले, एक ऐसे मिशन पर, जहाँ सुविधाएँ उनके प्रतिकूल हैं) एक-दूसरे को गले लगाकर अच्छी किस्मत के लिए शुभकामनाएँ देते हैं और अपने-अपने रास्ते चल पड़ते हैं।

कैरी अपनी टीम को दो भागों में बाँट देते हैं। युवा अफसर सेकंड लेफ्टिनेंट वैभव दीक्षित को 70 लोगों की अगुवाई करने को कहा जाता है। कैरी के साथ 24 लोग हैं। सारी टीमों से उम्मीद की जा रही है कि वे सूर्योदय से पहले दुश्मन पर हमला बोल दें। उन्हें इस बात का जरा भी अंदेशा नहीं है कि उन पोस्ट पर दुश्मन के कितने सिपाही मौजूद हैं और उनके पास किस तरह के गोला-बारूद हैं! अगर दुश्मन ने ऊपर चढ़ते हुए उनके जवानों पर पत्थर लुढ़काने शुरू कर दिए तो उसके परिणाम घातक हो सकते हैं। केवल चालबाजी से उठाए गए कदम ही उनकी जिंदगी बचा सकते हैं।

पहाड़ चढ़ते सिपाही एकदम खामोश हैं। वे कोई भी लाइट इस्तेमाल नहीं करते। उन्हें बंजर जगह पर पाँव रखने से मना किया गया है। पिछले दिनों जब वह मुंथो ढालो में कैंप में रहकर हमले के आदेश का इंतजार कर रहे थे तो उन्होंने पाकिस्तानियों को नीचे आकर उस इलाके में माइन लगाते देखा था।

'हमें तभी इन कमीनों पर बमबारी कर देनी चाहिए थी!' कैरी सोचते हैं। "एक पत्थर से दूसरे पत्थर पर छलाँग लगाओ। जमीन पर पाँव नहीं रखना है।" अपनी पैंट की जेब में अपने मजबूत हाथों को डालकर वह अपने साथी जवानों को कहते हैं। उनकी उँगलियों में एक छोटा सा रूमाल का बंडल है, जिसमें दो गोलियाँ बंधी हुई हैं। उनके हर एक साथी ने अलग से दो-दो गोलियाँ अपने पास रखी हुई हैं, जो अपेक्षाकृत आसान मृत्यु के लिए उनकी पासपोर्ट सरीखी हैं। उन्होंने युद्धबंदी (प्रिजनर्स ऑफ वॉर) बनाए गए भारतीय जवानों के क्रूरता से विकृत किए गए शवों के बारे में सुना है। इन जवानों ने फैसला किया है कि वे ऐसा दोबारा नहीं होने देंगे। अगर उनके पास गोला-बारूद खत्म हो जाता है और उनका पकड़ा जाना निश्चित हो जाता है तो वे खुद पर यह बुलेट चला लेंगे।

एक पल के लिए कैरी का दिमाग बीते दिनों को याद करने लगता है। जब युद्ध शुरू हुआ था तो उन्हें अकसर बटालिक की तरफ जाते हुए सेना के ट्रक नजर आते थे। एक बार उन्होंने अपने जीप ड्राइवर को जीप रुकवाकर पूछा था कि "काला झंडा लटकाए ये ट्रक लेह के एयरफील्ड की तरफ क्यों जा रहे हैं?"

"साहब, शहीद सिपाहियों की बॉडी लेकर जा रहे हैं।" यह बताते हुए युवा ड्राइवर का चेहरा कठोर हो गया था।

यह सुनकर कैरी ने सम्मानपूर्वक अपनी टोपी उतार दी थी और ड्राइवर को आगे बढ़ने को कहा था।

दूसरा दिन
22 जुलाई, 1999
सुबह 2.30 बजे

जवान कई घंटों से चढ़ाई चढ़ रहे हैं। शरीर को जमा देनेवाली ठंड है; लेकिन अगर कैरी अपना सिर नीचे झुकाते हैं तो उन्हें अपने ही पसीने की दुर्गंध सूँघनी पड़ सकती है। उनके गंदे शरीर की बदबू से पहले उलटी आने को होती थी; लेकिन उन्हें महसूस हुआ कि अब उन्हें इसकी आदत-सी पड़ गई है, ठीक वैसे ही जैसे उन्हें भूख सहने की आदत पड़ गई है। इतना ही नहीं, उन्हें अपनी बाईं एड़ी में होनेवाले दर्द को सहने की भी आदत पड़ गई है। जब भी वह चलते हैं तो उनके बूट उनकी छीली हुई एड़ियों में घिसटते रहते हैं। लगातार मृत्यु की आशंका को सहजता से लेने के भी वह आदी हो गए हैं। आई.एन.एस.ए.एस. राइफल को उन्होंने मौसम की मार झेल रहे हाथों में मजबूती से पकड़ा हुआ है। अब यह उनके शरीर का एक हिस्सा-सा बन चुकी है। उसे वह केवल तभी एक तरफ रखते हैं, जब शौचालय जाते हैं। उनका पेट खाली है, लिहाजा शौच में खून और बलगम ही निकल रहा है। वह जानते हैं कि उनके ज्यादातर साथी खून की पेचिश की समस्या से जूझ रहे हैं। इसकी वजह है, बैकपैक में लादी हुई बासी पूड़ियों का सेवन, प्यास बुझाने के लिए पिया जानेवाला कोर्डाइट-लाह

बर्फ और अपने प्रियजनों से इतनी दूर मरने का डर।

पत्थरों पर चलना बड़ा कठिन है। अकसर जवान पत्थर के ऊपर चढ़ते हैं और फिर उन्हें खाली जमीनवाला हिस्सा मिलता है। वे तुरंत अपने कदमों को पीछे हटाते हैं और आगे बढ़ने के लिए दूसरा चट्टानी रास्ता तलाशते हैं। जब तक कि एकदम जरूरी न हो, वे जमीन पर पैर रखने का जोखिम नहीं उठाते; क्योंकि जमीन पर बारूदी सुरंग बिछी हो सकती हैं, जो उनके पैरों के नीचे फट सकती हैं।

कैरी सोच रहे हैं कि उनकी किस्मत आखिर कब तक उनका साथ देगी! इतने में एक बड़ा धमाका होता है और दिल को तार-तार कर देनेवाली जवानों की पीड़ादायक चीखें रात के सन्नाटे को चीर देती हैं। जग्गी की टीम में किसी ने बारूदी सुरंग पर पैर रख दिया है। ऊपर बैठा दुश्मन इन आवाजों को सुन सकता है। इसके बाद दुश्मन अपनी रक्षात्मक बंदूकों, मोर्टार और छोटे हथियारों से दुर्भाग्यशाली जवानों पर गोलीबारी शुरू कर देता है।

पाकिस्तानियों को यह एहसास नहीं हुआ है कि कैरी की टीम भी एक दूसरी धुरी से ऊपर चढ़ रही है, लेकिन तभी ऊपर से हो रही भारी गोलीबारी के परिणामस्वरूप एक बड़ा पत्थर अपनी जगह से खिसककर नीचे की तरफ लुढ़कता हुआ आता है। कैरी उससे बाल-बाल बच जाते हैं, लेकिन वह पत्थर उनके पीछे खड़े तोपखाने के सर्वेक्षक पर जा गिरता है। सर्वेक्षक की चीख अँधेरे में सुनाई देती है। सिपाही जम जाते हैं और दुश्मन की गोलीबारी की अपेक्षा करते हैं। जब ऊपर से कोई प्रत्युत्तर नहीं आता, तब उन्हें एहसास होता है कि मौजूदा गोलीबारी में यह चीख शायद दुश्मन ने नहीं सुनी होगी। जवान भागते हुए नीचे की तरफ जाते हैं, जहाँ उन्हें सर्वेक्षक करीब 7 फीट ऊँचे पत्थर के नीचे दबा हुआ दिखता है। वे पत्थर को ढलान से नीचे धक्का देते हैं और यह देखकर चैन की साँस लेते हैं कि उनका साथी दो चट्टानों के बीच गिरा है और सुरक्षित है। उसकी नाक के आसपास गहरा घाव हो गया है, जिसकी वजह से उसकी त्वचा का कुछ हिस्सा लटक रहा है, लेकिन उसका जीवन सुरक्षित है। घायल जवान को फर्स्ट एड दिया जाता है और सिपाही दोबारा अपनी चढ़ाई शुरू कर देते हैं।

सुबह के 4 बजे
एरिया कॉनिकल

तेज धारवाली चट्टानों को पकड़कर और खुद को ऊपर की तरफ धक्का देते हुए कैरी को अचानक रेडियो सेट के बजने की आवाज सुनाई देती है। रेडियो पर दीक्षित हैं, जो जवानों को दूसरे रास्ते से ले गए थे।

"ब्रावो टू अल्फा, ब्रावो टू अल्फा!" दीक्षित की तीखी आवाज सुनाई देती है।

"सोना, रिपीट सोना।" वह कहते हैं।

जवान अपने ट्रैक पर रुक जाते हैं। उनके चेहरों पर अविश्वास वाली हँसी कौंध जाती है। यह 'सोना' एरिया कॉनिकल में उनकी जीत का कोड था।

"वहाँ कितने दुश्मन हैं?" कैरी पूछते हैं।

"कोई नहीं।" दीक्षित जवाब देते हैं और रेडियो बंद हो जाता है।

कैरी इस बात से हैरान होते हैं कि पाकिस्तानियों ने अपनी पोस्ट खाली कर दी है। वह अपने जवानों से कहते हैं कि उन्हें उस जगह जाना चाहिए, जहाँ जग्गी की टीम गई है। उनकी कुछ चिंता दूर हो जाती है और जवान आखिरी चढ़ाई शुरू करते हैं। कई दिनों में वे पहली दफा थोड़ा सुकून महसूस करते हैं।

एरिया कॉनिकल

पहाड़ के शिखर तक पहुँचने पर दोबारा बर्फबारी शुरू हो जाती है। कैरी को स्थिति थोड़ी अजीब-सी लग रही है। उन्हें दीक्षित की टीम के सारे 70 जवान नहीं दिखाई दे रहे। वह अब भी उस इलाके का मुआयना कर रहे हैं। उनकी आँखें बाएँ से दाएँ घूम रही हैं। इतने में पैराट्रूपर विक्रम की नजर करीब 40 फीट की दूरी पर बनाई गई एक दीवार पर स्लीपिंग बैग में सो रहे एक जवान पर पड़ती है।

यह मानते हुए कि सोया हुआ जवान दीक्षित की टीम के सदस्यों में से एक है, कैरी उस पर चिल्लाते हैं, "बेवकूफ, युद्ध अभी खत्म नहीं हुआ है! तुम्हें इस क्षेत्र की हिफाजत करनी है, सोना नहीं है।"

वह जवान आलस से भरा हुआ उठकर उन्हें हैरानी से देखता है। ठीक

उसी समय एक दूसरा जवान वहाँ से दौड़ता है। उसने खाकी पैंट, जर्सी और बालाक्लावा (टोपी) पहनी है।

"साहब, यह तो पाकिस्तानी है।" विक्रम धीरे से कैरी को भर्राई आवाज में कहते हैं।

कैरी तुरंत अपनी बंदूक का घोड़ा दबाते हैं। "तुम स्लीपिंग बैगवाले का काम तमाम करो, मैं दूसरे को देखता हूँ।" वह चिल्लाते हैं। यह कहते हुए वह भागते पाकिस्तानी सैनिक पर दनादन गोलियाँ दाग देते हैं। विक्रम दूसरे पर निशाना साधते हैं। दुश्मन के दोनों जवान वहीं ढेर हो जाते हैं।

जैसे ही पाकिस्तानियों को पता चलता है कि उन पर घात लगाकर हमला बोला गया है, वहाँ कोलाहल मच जाता है। पूरा इलाका पहाड़ों के पीछे से आते रॉकेट ग्रेनेड और मोर्टारों की आवाज से गूँज उठता है। भारतीय जवान तुरंत कवर ढूँढ़ने लगते हैं। कैरी को यह बात समझ आ चुकी है कि दीक्षित की टीम ने गलती से पहाड़ की एक दूसरी चोटी को शीर्ष चोटी समझ लिया है और नीचे कहीं भटक गई है। वह रेडियो सेट से अपने सी.ओ. कर्नल ए.के. श्रीवास्तव से संपर्क साधते हैं और उनसे कहते हैं कि दीक्षित की टीम को फिलहाल ऊपर चढ़ने से रोक दें, क्योंकि वह दोनों तरफ से हो रही गोलीबारी के बीच फँस सकते हैं। कैरी ने अपनी टीम से कवर लेकर जब संभव हो, गोलीबारी का जवाब देने को कहा।

"लांस नायक हेमचरण को गोली लग गई है।" कोई चीखा। लंबे-चौड़े कंधों और मजबूत मांसपेशियों वाले हेमचरण टीम के सबसे मजबूत जवानों में एक थे, जिन्होंने अकेले अपने कंधों पर 30 किलोग्राम की मीडियम मशीनगन उठाई थी। वह इसके भारी-भरकम वजन के कारण पसीने से तर-ब-तर हो रहे थे, लेकिन उन्होंने जोर देकर कहा कि उनके सिवाय कोई इतना मजबूत नहीं है कि इसे उठा सके। वह टीम की रीढ़ की हड्डी थे।

हेमचरण के शरीर को मैदान में यूँ काँपते देख कैरी सिहर गए। उनकी खोपड़ी मोर्टार लगने की वजह से अंदर की तरफ धँस गई थी। यह देखकर नायक सुनील को सदमा लगा और वह अपनी फर्स्ट-एड किट लेकर मैदान में हेमचरण के पास दौड़े। कैरी उन्हें रोकने के लिए चिल्लाए; लेकिन उनकी

चेतावनी थोड़ी देरी से आई। सुनील मरते हुए अपने साथी तक पहुँचे भी नहीं थे, जब उन्हें छाती पर कई बार गोलियाँ लगीं और वह 700 फीट गहरे गड्ढे में जा गिरे। सुनील अँधेरे में नजर नहीं आ रहे थे और यह पूरा दृश्य उनके साथी लाचार भाव से देख रहे थे। दोनों की मृत्यु हो चुकी थी; लेकिन अभी उनके पास शोक मनाने का वक्त कहाँ था!

कैरी ने अपने खुरदुरे हाथ के पीछे से अपनी नम आँखों को पोंछा और राइफल में एक और मैगजीन डालते हुए दुश्मन की गोलीबारी का जवाब देने के लिए नीचे उतरे।

सुबह के 9 बजे

सैनिकों को पता चला है कि ढलान के पीछे दुश्मनों का एक बड़ा कैंप है। वहाँ पर बैठा दुश्मन का कोई जवान उन पर चलाए जा रहे प्राणघातक रॉकेट ग्रेनेडों के सटीकता से प्रहार के निर्देश दे रहा है। चूँकि छोटे हथियारों का उससे कोई मुकाबला ही नहीं था, हताश कैरी ने एक रॉकेट लॉञ्चर उठाया। वह यह बात अच्छी तरह जानते हैं कि कार्ल गुस्ताव रॉकेट लॉञ्चर (आर.एल.) 15 मीटर दूरी मारक क्षमतावाले हैं, जिसका मतलब यह हुआ कि अगर रॉकेट लॉञ्चर के पीछे 15 मीटर तक किसी किस्म की बाधा होती है तो उससे होनेवाला ब्लास्ट इसे चलानेवाले को या तो मौत की नींद सुला सकता है या फिर बुरी तरह घायल कर सकता है। इसका बहुत समय से इस्तेमाल इसलिए नहीं हुआ है, क्योंकि पीछे बड़ी-बड़ी चट्टानें हैं, जिनमें सिपाहियों ने कवर लिया हुआ है। कैरी इसे चलाने के लिए खुले में आने का फैसला करते हैं।

पैराट्रूपर नामदेव पवार कैरी को दुश्मनों के आगे ऐसे खुले में जाने से रोकते हैं, लेकिन वह उनकी एक नहीं सुनते। अचानक उनके आगे बम फूटता है और पवार चिल्लाते हैं, "साहब, आपके सिर से खून बह रहा है।"

कैरी के सिर पर धातु के टुकड़े लग गए हैं। वह खुशकिस्मत हैं कि जिंदा हैं। उनके लोग तुरंत उन्हें खींचकर पीछे ले जाते हैं, सिर से धातु के टुकड़े निकालते हैं और जितना अच्छे से हो सकता है, सिर पर पट्टी बाँध देते हैं।

कर्नल श्रीवास्तव को कैरी की चोटों के बारे में सुनकर झटका लगा और वे कैरी को वापस आने के लिए कहते हैं, क्योंकि अभी दिन हो रहा है। रक्त-रंजित कैरी इस प्रस्ताव को यह कहते हुए सिरे से खारिज कर देते हैं कि अपने स्थान से हटने से उनके दो जवानों ने जो शहादत दी है, वह बेकार चली जाएगी; क्योंकि दुश्मन यहाँ वापस आ सकता है।

खीझे हुए कर्नल श्रीवास्तव कैरी पर यह कहते हुए चिल्लाते हैं कि वह पहले ही मेजर के.ए. सोमय्या (दूसरे कुर्गी अफसर) को खो चुके हैं तथा एक और अफसर को नहीं खोना चाहते।

कैरी अपना रेडियो सेट बंद कर देते हैं।

❖

सुबह 10 बजे

"साहब, काउंटर अटैक आ रहा है। दुश्मन के सिपाही हमारी तरफ बढ़ रहे हैं।" पैराट्रूपर नरेश चिल्लाते हुए कहते हैं। नरेश एल.एम.जी. चला रहे हैं और रिज की चौकसी कर रहे हैं।

कैरी को कुछ नहीं सूझता। "दुश्मनों की संख्या कितनी है ?" वह पूछते हैं।

"बहुत सारे हैं, साहब! गिनती नहीं हो सकती।" नरेश की बात पूरी नहीं होती कि एक गोली उनके मुख में जा लगती है और उनके जबड़े को तोड़ देती है। वह घुटनों के बल गिरते हुए लेट जाते हैं।

हेमचरण और सुनील शहीद हो चुके हैं। नरेश बुरी तरह घायल हैं और दुश्मन बमुश्किल 40 मीटर की दूरी से फायर कर रहा है। किसी को तुरंत एल.एम.जी. चलाने की जरूरत है। कैरी जड़वत् होकर देखते हैं और तभी चौड़े कंधोंवाले लंबे नायक युद्धबीर सिंह धुएँ और मलबे के गुबार के बीच विशालकाय व्यक्ति के रूप में उभरते हैं। उनकी राइफल उनके पीछे टँगी हुई है और वह चट्टान पर चढ़कर उस ओर जा रहे हैं, जहाँ एल.एम.जी. तैनात की गई है। वह गन के पास पहुँचने में कामयाब होते ही हैं कि मशीनगन से आती दे-दनादन गोलियाँ उनकी बाँह से जा टकराती हैं और उनकी बाँह खून से लथपथ हो जाती है।

कैरी देख सकते हैं कि उनकी हड्डी घावों से बाहर नजर आ रही है,

टाइगर हिल की लड़ाई

हमले से पहले
18 ग्रेनेडियर्स की टुकड़ी
की ब्रीफिंग होती हुई।

टाइगर हिल जीतने
के बाद उसकी चोटी पर
विराजमान 8 सिख की
विजेता टुकड़ी।

टाइगर हिल पर कब्जे के बाद
18 ग्रेनेडियर्स के जवान।

तोलोलिंग में दुश्मन की पोस्ट
से हथियार कब्जे में लेने के
बाद 18 ग्रेनेडियर्स के जवान।

टाइगर हिल की लड़ाई

9 पैरा (स्पेशल फोर्स) की टुकड़ी जुलू टॉप पर कब्जे के बाद विश्राम करती हुई।

9 पैरा (स्पेशल फोर्स) के जवान एक स्टिंगर— मैन-पोर्टेबल एयर-डिफेंस सिस्टम— पर कब्जे के बाद।

21 पैरा के ऑपरेशन (स्पेशल फोर्स)

दुर्गम पहाड़ों वाले युद्धक्षेत्र पर चढ़ते हुए।

बीच राह में विश्राम के क्षण।

दुश्मन पर गोलीबारी के लिए तैयार होते हुए।

तोलोलिंग टॉप और प्वॉइंट 4590

2 राजपूताना राइफल्स के जवान तोलोलिंग में हमला करते समय एक फायरबेस पर कब्जा करते हुए।

श्री पिंपल पर कब्जे के बाद 2 राजपूताना राइफल्स की टुकड़ी।

थलसेनाध्यक्ष जनरल वी.पी. मलिक 2 राजपूताना राइफल्स की विजेता टुकड़ी के साथ।

8 माउंटेन डिवीजन के जनरल ऑफिसर कमांडिंग मेजर जनरल मोहिंदर पुरी, 2 राजपूताना राइफल्स के जवानों के साथ जश्न मनाते हुए।

कैप्टन पद्मपाणि आचार्य तोलोलिंग में हमले से ठीक पहले पदोन्नत किए जाते हुए।

ऑब्जेक्टिव पर 1 नागा के विजयी जवान जश्न मनाते हुए।

प्वॉइंट 4875 की लड़ाई

प्वॉइंट 4875 पर कब्जे के बाद
13 जे ऐंड के राइफल्स के जवान।

कैप्टन विक्रम बत्रा कब्जा किए गए
एक हथियार का निरीक्षण करते हुए।

हमले से पहले कैप्टन बत्रा
की पाइपिंग की गई।

थलसेनाध्यक्ष के साथ
13 जे ऐंड के राइफल्स के जवान।

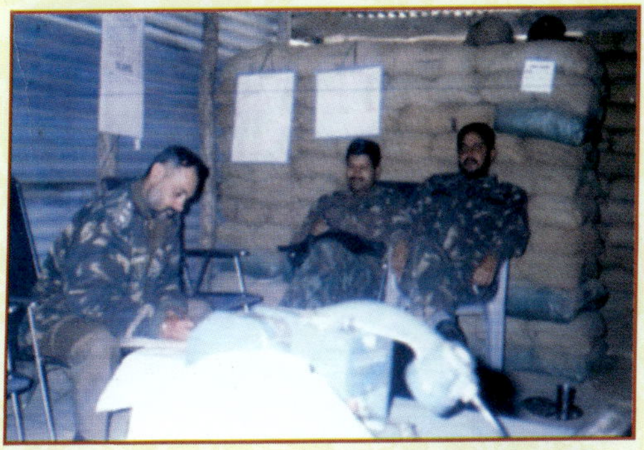

17 जाट के कमांडिंग ऑफिसर कर्नल उमेश बावा हमले की योजना को अंतिम रूप देते हुए।

पहाड़ी की चोटी पर 17 जाट की विजेता टुकड़ी।

17 जाट के जवान पाकिस्तानी पोस्ट से कब्जाए हथियारों के साथ।

हमले से एक दिन पहले हलके-फुलके क्षणों का आनंद लेते 2 नागा के जवान।

जुलू टॉप पर कब्जा

3/3 गोरखा राइफल्स (जी.आर.) के कमांडिंग ऑफिसर, बैटरी कमांडर और कंपनी कमांडर तनिक विश्राम करते हुए।

चोटी पर कब्जे के तुरंत बाद 3/3 गोरखा राइफल्स की टुकड़ी।

3/3 गोरखा राइफल्स के कब्जे में एक युद्धबंदी।

प्वॉइंट 4745 पर कब्जा

हमले के लिए तैयार
1 पैरा (स्पेशल फोर्स)
के जवान।

विजय प्राप्त करने के बाद
1 पैरा (स्पेशल फोर्स) के जवान।

6 पैरा के जवान एक
सफल हमले के बाद।

1/3 गोरखा राइफल्स का एक्शन

1/3 गोरखा राइफल्स के जवान
प्वॉइंट 5000 पर कब्जे के बाद।

तोपों और इंजीनियरों का प्रभाव

आर्मी एविएशन कोर की भूमिका

पैदल टुकड़ी को जरूरी सामान पहुँचाना।

बमबारी द्वारा सहायता।

दुश्मन की पोजीशन का खात्मा करने के लिए लेजर-चालित बम फेंकना।

युद्ध के बाद

थलसेनाध्यक्ष कमांडिंग ऑफीसर्स व अन्य अफसरों के साथ।

थलसेनाध्यक्ष विजेता यूनिटों के कमांडिंग ऑफीसर्स को बधाई देते हुए।

17 जाट के जवान भयंकर लड़ाई के बाद प्वॉइंट 4875 के एक हिस्से पिंपल 2 पर तिरंगे के साथ।

जाँबाज जवान एक बंजर चट्टान पर चढ़ते हुए।

डेल्टा कंपनी ('डी.' कॉय) का एक रॉकेट लॉञ्चर डिटैचमेंट टाइगर हिल पर निशाना साधते हुए।

विश्राम करते जवान।

बटालियन के बेस पर विश्राम करती जवानों की एक टुकड़ी।

जवानों की एक टुकड़ी पाकिस्तान की नॉर्दर्न लाइट इन्फैंट्री बटालियन से कब्जाए हथियारों और दस्तावेजों को प्रदर्शित करती हुई।

अपने लक्ष्य पर कब्जा करने के बाद विजेता टुकड़ी।

द्रास स्थित 'कारगिल वॉर मेमोरियल'।

लेकिन दर्द से बेपरवाह एक सुपर ह्यूमन की तरह युद्धबीर अपनी कमीज के बटन खोलते हैं और उसे एक स्लिंग (गलपट्टी) की तरह इस्तेमाल करते हैं और अपनी बेकार हो चुकी बाँह को अंदर की तरफ धकेल देते हैं। फिर वह अपने दूसरे हाथ से मशीनगन का घोड़ा दबाते हैं और दुश्मन पर गोलीबारी शुरू कर देते हैं।

कैरी पीछे की तरफ झुकते हैं। उन्हें बहुत ज्यादा पसीना आ रहा है। उन्हें इस बात का एहसास है कि उन्होंने अपनी पाँच मैगजीन में से दो इस्तेमाल कर ली हैं। वह अब यह सोच रहे हैं कि उनकी टीम के पास पड़ा गोला-बारूद आखिर कब तक चलेगा? "गोलियाँ कम हैं, बरबाद मत करो।" चिंताजनक आवाज में वह कहते हैं।

सूरज की रोशनी के कारण सबकुछ अब साफ-साफ दिखाई दे रहा है। कैरी को अब नजदीक आते पाकिस्तानी सिपाही भी साफ नजर आ रहे हैं। वे इतने नजदीक आ चुके हैं कि कैरी को उनके सफेद स्नो सूट भी साफ तौर पर नजर आ रहे हैं। वे राइफलें और रॉकेट लॉन्चर लिये हुए हैं। यहाँ कैरी के 23 साथियों में से 6 को धातु के टुकड़ों से चोटें आई हैं, एक के मुँह में गोली लगी है, एक नीचे गिर चुका है और एक मोर्टार फायर से मारा जा चुका है। अब उनके पास केवल 14 साथी हैं और उनका गोला-बारूद भी तेजी से खत्म होता जा रहा है।

इतने में नायक कमान सिंह कैरी के पास आते हैं और फुसफुसाते हैं, "साहब, मैं 500 राउंड एक्स्ट्रा लेकर आया हूँ।"

यह सुनकर कैरी चैन की साँस भरते हुए कमान सिंह को गले लगाना चाहते हैं, लेकिन अपनी भावनाओं को नियंत्रण में रखते हुए केवल सिर हिलाते हुए कमान सिंह को गोलियाँ स्वस्थ सिपाहियों के बीच बाँटने को कहते हैं। हालाँकि वह यह बात अच्छी तरह जानते हैं कि यह राउंड भी बहुत ज्यादा समय तक नहीं चलेगा। वक्त आ गया है कि वह बड़े फायदे के लिए सोचा-समझा कोई फैसला लें।

इस पल कैरी अपने दिमाग को तैयार कर चुके थे। हाथ में राइफल लिये चट्टान की तरफ झुके कैरी तोप चलानेवाले एक युवा अफसर की तरफ मुड़े। "दोस्त, दुश्मन हमारे बहुत नजदीक आ गया है। गिनती में उनके मुकाबले हम

काफी कम हैं। हमारे पास अब दूसरा कोई चारा नहीं। हमें अपनी ही पोजीशन पर ऊपर से तोपों से गोला-बारूद बरसाने को कहना पड़ेगा।" कैरी ने युवा अफसर के कंधे पर हाथ रखते हुए कहा।

यह सुनते ही 20 के आसपास की उम्र का युवा अफसर नीचे बैठ गया। वह ठंड से काँप रहा था और हवा उसके शरीर को भेद रही थी। उसने अपनी राइफल एक तरफ रख दी।

वह फुसफुसाते हुए बोला, "सर, हम मरने वाले हैं। हम सब मरने वाले हैं।"

"इसलिए यह सुनिश्चित करते हैं कि हमारा दुश्मन भी हमारे साथ ही मरे। गोलाबारी को कहो।" कैरी ने स्पष्ट और शांत भाव से कहा।

यह सुनकर तेज बुखार में तप रहा तोपखाने का युवा अफसर पूरी तरह टूट गया।

कैरी ने उन्हें बेअदबी से हिलाया और पीठ पर जोर से हाथ मारा। "इससे बाहर निकलो!" वह चिल्लाए, लेकिन वह युवा अफसर वहीं बैठ गया और दूर ताकने लगा। उसकी आँखों से लगातार आँसू बह रहे थे।

कैरी वहीं उसकी बगल में बैठ गए। उन्होंने अपने हथियार नीचे रखे और रेडियो सेट लेकर उसे चालू किया। सेट बजा और मेजर गुरप्रीत मधोक, बी.सी.-ओ.पी. (बैटरी कमांडर-ऑब्जर्वेशन पोस्ट) लाइन पर आए। वह मुंथो ढालो में बैठे हैं, जहाँ से एरिया कॉनिकल को देखा जा सकता है। उनका काम है, जरूरत पड़ने पर तोपों को गोलीबारी के निर्देश देना।

"दुश्मन हमसे केवल 40 मीटर की दूरी पर है। हम गिनती में उससे काफी कम हैं और हमारा गोला-बारूद भी खत्म हो रहा है। हमें अपने ही ऊपर गोलीबारी करवानी होगी।" कैरी उनसे कहते हैं।

"एक बार फिर सोच लो।" गुरप्रीत बैठी हुई आवाज में कहते हैं, "तुम खुद पर गोलीबारी करने को कह रहे हो! बोफोर्स एक मीडियम रेंज वाली तोप है, जिसकी मारक क्षमता 300 मीटर है। उससे निकलनेवाले धातु के टुकड़े हर दिशा में उड़ते हुए जाएँगे। इस बात की पूरी आशंका है कि तुम लोग भी इसमें जिंदा नहीं बचोगे।" उन्होंने कहा।

"सर, वैसे भी हम किसी भी कीमत पर नहीं बचने वाले। हमारा गोला-बारूद खत्म हो चुका है। मुझे अभी गोलीबारी चाहिए, बस। कुछ ही मिनटों में हमारा दुश्मन हम तक पहुँच जाएगा।" चिड़चिड़ाए कैरी चारों तरफ हो रही गोलीबारी की आवाज से ज्यादा ऊँची आवाज में चिल्लाते हैं, "ये हमारे निर्देशांक हैं, सर। सैडल के केंद्र को लक्ष्य बनाएँ, जैसा कि आप देख सकते हैं, बाईं तरफ 100 मीटर। आपको जो मिल सकता है, करें।"

"रोजर, कुछ ही मिनटों में तुम्हारे ऊपर गोलाबारी शुरू हो जाएगी। अगर हो सके तो कवर ले लो।" गुरप्रीत ने जवाब दिया। "भगवान् तुम्हारी रक्षा करे।" उन्होंने दु:ख भरी आवाज में कोमलता से कहा।

कोड रेड अपॉन रेड

कैरी ने अपने लोगों को फायरिंग करने से रोक दिया। सिपाही बड़े-बड़े पत्थरों के पीछे छिप गए। उन्होंने अपने-अपने हाथ कानों पर रख लिये। वे बैठ गए और गोलाबारी का इंतजार करने लगे। कुछ ने अपनी आँखें बंद कर लीं और ईश्वर से प्रार्थना करने लगे। कुछ अपने माता-पिता, बच्चों, पत्नियों और प्रेमिकाओं को याद करने लगे। उनके दिमाग में बस, यही खयाल था, क्या वे दोबारा अपने प्रियजनों को देख पाएँगे?

एकाएक पहाड़ों पर भयानक सन्नाटा छा गया। अब वहाँ केवल ठंडी हवाओं के मोटी-मोटी चट्टानों से टकराने की आवाजें ही सुनाई दे रही थीं। अचानक गोलीबारी रुकने से पाकिस्तानी दुविधा में हैं; लेकिन इसके बावजूद वे लगातार आगे बढ़ रहे हैं। वे यह मान रहे हैं कि शायद भारतीयों के पास गोला-बारूद खत्म हो गया है। 5 पैरा के जवानों को एक-एक सेकंड साल के बराबर लग रहा है।

और इसके बाद 18 किलोमीटर दूर दाह गाँव के नजदीक सड़क पर कतारबद्ध खड़ी बोफोर्स तोपों से दे-दनादन गोलाबारी शुरू हो जाती है। आकाश में आग की चमकती लपटों के साथ धमाके होने लगते हैं। बोफोर्स तोपों से निकलते गोले तेज आवाज करते हुए चारों तरफ गिर रहे हैं और पहाड़ों में प्रतिशोध की बारिश कर रहे हैं। राउंड 15 मीटर दूर गिरते हैं, जहाँ कैरी और

उनके साथियों ने कवर लिया हुआ है। तोपों से बरसते गोलों का शोर-शराबा इतना ज्यादा है कि कुछ देर के लिए सिपाहियों के सुनने की क्षमता खत्म हो जाती है।

खुले मैदान में आगे बढ़ते दुश्मन के सिपाही इससे पूरी तरह अनजान थे। बोफोर्स तोपों के हमले से वे मोम के बुतों की तरह विनाशकारी आग की गरमी में पिघलने लगते हैं। उनकी दर्द भरी चीत्कार उनके ऊपर गिरनेवाले गोलों की तेज आवाजों में दब गई है।

इस बीच 2 किलोमीटर दूर मुंथो ढालो में गुरप्रीत अपनी दूरबीन एरिया कॉनिकल की तरफ करके बैठे हैं। वह बारीकी से इस बात पर नजर रख रहे हैं कि गोले कहाँ गिर रहे हैं। वह सही रेंज के लिए हलके-फुलके सामंजस्य कर रहे हैं, ताकि उनके अपने लोगों पर गोले न गिरें। यह फायरिंग सुबह 11 बजे से दोपहर 12 बजे तक चली।

पहाड़ों में कवर लेकर बैठे कैरी और उनके साथी जवानों को सियाचिन में अपने आसपास गिरते हुए ऐसे गोलों का अनुभव था। तेज आवाज, पैरों के नीचे की काँपती जमीन, कानों में सीटी की-सी आवाज आना, जैसा कि उनके सिर के दोनों तरफ किसी ने जोरदार प्रहार किया हो—इन सबसे वे भलीभाँति परिचित हैं। मानसिक रूप से मरने के लिए तैयार वे सभी जानते हैं कि उनके साथ अब इससे ज्यादा खराब कुछ नहीं हो सकता। उनके मन से छोटे हथियारों से होनेवाली गोलीबारी का डर पूरी तरह से निकल गया है।

बारूद की बौछार के बीच उन्होंने अपनी राइफलें लोड कीं और बोफोर्स की गोलीबारी में बचे दुश्मनों को एक-एक करके निशाना बनाना शुरू कर दिया। वे बगैर किसी परवाह के सूरज की रोशनी में खुल्लमखुल्ला कवर से बाहर निकल आए और पाकिस्तानियों को महज 15 गज की दूरी से निशाना बनाना शुरू कर दिया। वे उन्हें मारने के लिए शूट कर रहे थे। जब दोबारा बारूद की बौछार शुरू हुई तो वे चट्टानों के पीछे छुप गए और दोबारा अपने-अपने कान बंद कर लिये।

ऐसे हालात में दुबले-पतले क्रॉस-कंट्री धावक बस्ती राम बिश्नोई ऐसी गंदी गालियाँ बक रहे हैं, मानो उनकी गालियों की शब्दावली की परीक्षा ली जा रही है। उसे सुनकर घनी काली ऊपर की तरफ उठी मूँछों वाले फिट और

भयंकर जे.सी.ओ. सूबेदार दरबान सिंह इतनी जोर-जोर से हँस रहे हैं, मानो किसी ने कोई चुटकुला सुनाया हो! कैरी आधी-अधूरी हँसी के साथ वहाँ खड़े हैं। आखिरकार, जब तोपों का हमला बंद हो गया तो पहाड़ों पर भयावह शांति छा गई और फिर 5 पैरा के जवानों ने एक-एक करके कवर से बाहर निकलना शुरू कर दिया।

कैरी को इस बात पर यकीन ही नहीं हुआ कि उनके सारे चौदह के चौदह जवान जिंदा थे। भावनाओं से तर-बतर वह एक-एक जवान के पास गए और यह कहते हुए गले लगाया कि "साले, तू भी बच गया!"

पैराट्रूपर चोटी के ऊपर खड़े थे और पाकिस्तानी हताहतों को अविश्वसनीयता से देख रहे थे। उनके सामने ढलान पर पाकिस्तानी सैनिकों के 23 से ज्यादा शव इधर-उधर छितरे हुए पड़े थे। दुश्मनों के सिपाही मारे गए हैं। उनकी खाकी पैंट और पठानी सूट खून व कालिख से सने हुए हैं। वे 33 फ्रंटियर पोस्ट के सिपाही थे।

दाह में वापसी

सभी मारे थकावट के चकनाचूर हैं। वे दो रातों से सो तक नहीं पाए हैं। किसी में भी बात करने की ऊर्जा नहीं है। जवानों ने बाकी का दिन और वह रात उन पाकिस्तानी सिपाहियों पर गोलीबारी करते हुए बिताई, जिनका चोटी के परे एक कैंप है, जहाँ से उन्हें अपनी तरफ उतरते हुए देखा जा सकता है। इस भयंकर गोलीबारी ने दुश्मनों के साहस को चकनाचूर कर दिया है। रात को करीब 8.30 बजे दीक्षित और उनके लोग ऊपर आते हैं। जवानों के बीच तुरंत गोला-बारूद बाँटा जाता है और पोजीशन उनसे ले ली जाती है।

रात को करीब 10.30 बजे दुश्मन पलटवार करता है; लेकिन इस बार और ज्यादा सैनिकों व गोला-बारूद के साथ। किंतु इस हमले को नाकाम कर दिया जाता है।

इस बीच रेडियो सेट बजता है और कर्नल श्रीवास्तव लाइन पर आते हैं। उन्हें इस बात की राहत है कि उनके लोग सही-सलामत हैं। "शाबाश, हम एक दूसरी टीम भेज रहे हैं, जो तुम्हारी जगह लेगी। वापस आने की तैयारी शुरू करो। मुझे तुम पर गर्व है।" भावुक होकर वह बोलते हैं।

तीसरा दिन

शाम होने वाली है, जब कैरी युद्धबीर को, जिनकी बाँह पर मांस लटक रहा है और पट्टी बुरी तरह खून से लथपथ है, मुंथो ढालो जाने को कहते हैं।

युद्धबीर इससे यह कहते हुए साफ इनकार कर देते हैं, "चोट तो आपको भी लगी है, साहब, दर्द तो आपको भी हो रहा होगा। अगर आप यह दर्द बरदाश्त कर सकते हैं तो मैं भी कर सकता हूँ।"

कैरी के सिर पर लगी पट्टी पूरी तरह खून से लथपथ है। "ठीक है, सब साथ जाएँगे।" कैरी उन्हें कहते हैं।

वहाँ से सैनिकों का आदान-प्रदान शुरू होता है। स्वस्थ सैनिक अपने मृत साथियों के शव लेकर जा रहे हैं। उनके पीछे घायल सिपाही हैं, जो दो-दो के समूह में धीरे-धीरे नीचे उतर रहे हैं। वे सीधी चढ़ाईवाले पर्वत पर एक-दूसरे की मदद करते हैं। कैरी और युद्धबीर अपने कंधों से एक-दूसरे की सहायता करते हुए नीचे उतरते हैं।

वे इतने थके हुए हैं कि लड़खड़ाते हुए आगे बढ़ रहे हैं। उनके पेट में दर्द हो रहा है, जिसकी वजह है कोर्डाइट-युक्त बर्फ, जिसको चूसकर वे पानी पी रहे थे। अकसर वे लड़खड़ाते हैं और कहीं-कहीं पर कदम रखने में उनसे चूक हो जाती है, लेकिन वे चट्टानों पर नजर रखते हैं, जिन पर वे अपने थके हुए कदम रख सकें। वे इस बात का भी खास खयाल रखते हैं कि उनके पाँव जमीन पर नहीं पड़ें। वे बर्फ पिघलने की वजह से इकट्ठा हुए गंदे भूरे पानी के पास पहुँचते हैं और वहाँ गिरकर पानी को अपनी जीभ से चाट-चाटकर पीते हैं। आखिरकार सभी जवान लुढ़कते हुए मुंथो ढालो पहुँच जाते हैं। वे स्थूल होकर अपने साथियों की बाँहों में गिर पड़ते हैं, जो उन्हें लेने के लिए भागकर दूर पहुँचे हुए हैं। कैरी जग्गी को देखते हैं, जो अन्य छह सिपाहियों के साथ मैदान में जख्मी हालत में पड़े हुए हैं। वह यह जानकर चैन की साँस भरते हैं कि वह जिंदा हैं। उनकी ऊर्जा पूरी तरह खत्म हो चुकी है। कैरी इसके बाद वहीं निढाल होकर गिर जाते हैं।

उन्नीस साल बाद
मई 2018
बेवरली पार्क अपार्टमेंट
द्वारका, नई दिल्ली

दरवाजे की घंटी बजती है। हमारा खूबसूरत सुनहरे रंग का कुत्ता हुजूर इधर-उधर दौड़ने लगता है और आगंतुक को सूँघने के लिए गहरी साँस भरता है, जो उसके पसंदीदा कामों में एक है। मैं दरवाजा खोलूँ, उससे पहले ही वह तेजी से अपनी पूँछ हिलाने लगता है।

मैं असाधारण दिखनेवाले वीर चक्र, सेना मेडल से सम्मानित कर्नल बी.एम.करिअप्पा को दरवाजे पर पाती हूँ। उन्होंने प्रेस की हुई शर्ट और जींस पहनी हुई है। हाथ में कुकीज का बड़ा सा डिब्बा पकड़े कर्नल करिअप्पा वहाँ खड़े मुसकराते हैं, क्योंकि वह और मेरा भाई एक साथ इस युद्ध में थे, लिहाजा वह खुद को दूसरी माँ के पेट से जनमा मेरा भाई कहते हैं। इसके बाद चला गले लगने और एक-दूसरे की पीठ थपथपाने का सिलसिला। फिर हुजूर के पंजों से हाथ मिलाकर वह डाइनिंग टेबल पर बैठ गए। पूरा परिवार उनके चारों तरफ था। उन्होंने आरामदायक स्थिति में अपने पाँव मेज के नीचे सीधे कर लिये। उनके आगे ठंडी बीयर का एक मग रखा हुआ था। कैरी पेपर पर एक नक्शा बनाते हैं। इसके बाद वह हमें उस युद्ध की कहानी सुनाते हैं, जिस युद्ध से खुशकिस्मती से वह जीवित वापस लौटे थे। उसके बाद से वह 5 पैरा में हैं और बटालिक की ब्रिगेड में सेवाएँ देने वाले हैं। उन्होंने वापस उसी जगह पोस्टिंग माँगी है, जहाँ उन्होंने अपने बहादुर साथियों के साथ उन्नीस साल पहले अपने देश के लिए लड़ाई लड़ी थी।

कहानी खत्म हो गई है। कैरी बीयर पीते हैं। वह दूसरे विश्व युद्ध के जैसा एक वाकया याद करते हैं कि जब 26 दिसंबर, 1944 को 29 वर्षीय अमेरिकी लेफ्टिनेंट जॉन रॉबर्ट फॉक्स को यह समझ में आ गया था कि उनकी पोजीशन को दुश्मन के सिपाही कब्जे में लेने वाले हैं तो उन्होंने अपनी ही पोजीशन पर अपनी ही तोपों से गोलाबारी करवा दी थी। बाद में एक जवाबी हमले में अमेरिकी सैनिकों ने लेफ्टिनेंट के मृत शरीर को सौ जर्मन सैनिकों के मृत शरीरों

के बीच पाया। वह जिंदा नहीं बचे।

जब मैं कैरी और उनके साथियों के बाल-बाल बचने पर आश्चर्य जताती हूँ तो उनके चेहरे पर हलकी मुसकराहट आ जाती है। "बम हमसे सिर्फ 10 मीटर की दूरी पर गिरे। जब मैं अपने तोपखाना यूनिट के अफसरों को अपनी कहानी सुनाता हूँ, वह उस पर विश्वास ही नहीं करते। वह कहते हैं कि यह तो खतरों का भी बाप था। कोई इस तरह के हमले में भला कैसे बच सकता है?" कैरी ने कहा कि सौभाग्यवश वह इस हमले में बच गए। कैरी की खोई-खोई आँखों को देखकर लगता है कि वह अपनी पुरानी यादों में खो गए हैं। मुझे पता है कि वह इस वक्त एरिया कॉनिकल के उस बर्फीले ठंडे दिन को याद कर रहे हैं, जब उनके और उनके साथियों के आसपास धड़ाधड़ बमों की बारिश हो रही थी। मैं उन्हें उनकी स्मृतियों में खोया छोड़कर दोपहर के भोजन की मेज सजाने में लग गई।

(बॉक्स आइटम)

गलत पहचान का मामला

कैरी जब युद्ध के दिनों का एक दिलचस्प वाकया याद करते हैं तो उनकी आँखों में एक चमक आ जाती है और चेहरे पर बड़ी सी मुसकराहट। यह वाकया 24 जून, 1999 का है, जब वह भयंकर युद्ध के बाद जैसे-तैसे गिरते-पड़ते मुंथो ढालो वापस पहुँचे थे। वापस पहुँचने पर उन्हें नींद आ गई। जब वह उठे तो उन्होंने अपने सिर पर पट्टी बँधी हुई देखी। उन्हें बताया गया कि जग्गी और बाकी घायल सिपाहियों को फील्ड अस्पताल ले जाया गया है, जबकि मेजर समीर अनुकूल और उनके जवानों ने एरिया कॉनिकल में फतेह हासिल कर ली है। जब कैरी अपने टेंट से बाहर निकले तो उनकी नजर सबसे पहले एक पाकिस्तानी सिपाही पर पड़ी, जिसे युद्धबंदी बनाया गया था। वह वहाँ पर खड़ा हुआ स्ट्रॉ से टेट्रापैक का जूस पी रहा था। यह तसवीर पाकिस्तानियों द्वारा हमारे सैनिकों पर किए बरताव के एकदम उलट थी। उस पाकिस्तानी सैनिक का बहुत अच्छा खयाल रखा जा रहा था। यह देखकर मेरा खून खौल उठा। थोड़ी देर बाद ही सेना का एक हेलीकॉप्टर मुंथो ढालो में उतरा, जिसमें 70 ब्रिगेड के कमांडर

और पैराटूपर ब्रिगेडियर देवेंद्र सिंह बैठे थें। वह विजयी सैनिकों से मिलने और उस युद्धबंदी को अपने साथ वापस ले जाने आए थे। उन्होंने कैरी को बधाई दी और अपने साथ हेलीकॉप्टर में आने को कहा। ब्रिगेडियर सिंह ने कहा कि युद्धबंदी बाद में आ सकता है। कैरी अपनी फटी हुई वरदी और पट्टियों से बँधे सिर के साथ हेलीकॉप्टर में बैठ गए। हेलीकॉप्टर का पायलट पीछे मुड़ा और कैरी को पाकिस्तानी युद्धबंदी समझते हुए उन्हें अपना मुक्का दिखाया। "उसने मुझे एक से बढ़कर एक गालियाँ दीं।" कैरी मुसकराते हैं, "मैं इतना ज्यादा थका हुआ था कि उसकी गलती क्या सुधारता!"

थोड़ी ही देर में ब्रिगेडियर देवेंद्र हेलीकॉप्टर के अंदर आए और हेलीकॉप्टर उड़ना शुरू हो गया। पंद्रह मिनट में हम दांह पहुँच गए। पैराटूप्स पहले ही हेलीपैड में जमा हो चुके थे। उन्हें पता चल चुका था कि हेलीकॉप्टर से कैरी आ रहे हैं।

"हमारे पहुँचने पर ब्रिगेडियर देवेंद्र ने मुझे थम्स अप का साइन दिखाया और चले गए। जैसे ही मैं चॉपर से बाहर आया, मुझे सैनिकों ने घेर लिया और मेरे ऊपर प्यार से कूद पड़े।" कैरी याद करते हैं। आर्मी के पायलट हेलीकॉप्टर के पंखों के भारी शोर-शराबे में कुछ नहीं सुन पाए और इस मुगालते में रहे कि वह एक युद्धबंदी को लाए थे, जिसे सैनिक अब पीट रहे थे। उन्होंने अपना सिर हेलीकॉप्टर से बाहर निकाला और चिल्लाए, "इसे मत छोड़ना। साले की बैंड बजाना!" और चले गए।

सैनिकों के प्यार-दुलार के बाद कैरी को मेडिकल इंस्पेक्शन रूम में ले जाया गया। नर्सिंग सहकर्मियों ने बड़ी मुश्किल से अंदर धँसे हुए धातु के छर्रों को उनके सिर से बाहर निकाला।

अगले दिन तत्कालीन रक्षा मंत्री जॉर्ज फर्नांडीज वहाँ पहुँचे। कैरी उनसे मिलने वैसी ही फटी वरदी में पहुँचे। "सर, मैं 5 पैरा का कैप्टन करिअप्पा हूँ।" उन्होंने अपना परिचय करवाया। जी.ओ.सी. जनरल वी.एस. बधवार ने तुरंत कहा, "सर, यह बटालिक का टाइगर है।"

"तू ठीक तो है, बेटे?" फर्नांडीज ने अपना हाथ उनके कंधों पर रखते हुए पूछा।

उस शाम कैरी को पहली बार अपने चिंतित पिता से बात करने का मौका मिला। कैरी के पिताजी को यह खबर मिली थी कि उनको कई गोलियाँ लगी हैं। कैरी ने कहा, "पापा, मैं एकदम ठीक हूँ।" कैरी के 63 वर्षीय पिता को यह सुनकर बहुत सुकून मिला और उन्होंने धीमे से कहा, "भगवान् का शुक्र है।"

लेखक का नोट

जबरदस्त नेतृत्व, अदम्य साहस और कर्तव्य के प्रति निष्ठा दिखाने के लिए कैप्टन बी.एम. करिअप्पा को 'वीर चक्र' से सम्मानित किया गया। हवलदार युद्धबीर को 'सेना मेडल' से नवाजा गया। तत्कालीन मेजर गुरप्रीत मधोक एक ब्रिगेडियर हैं। एन.के. नामदेव, दगड़ू पवार कारगिल के तुरंत बाद ही एक और ऑपरेशन में शहीद हो गए।

कहानी-4

7 डोगरा के मेजर देवेंद्र पाल सिंह ने यह साबित कर दिखाया कि युद्ध और बहादुरी जंग के साथ खत्म नहीं होते। उन्होंने दुनिया को यह भी दिखा दिया कि पैर हड्डियों व मांसपेशियों से ही नहीं बने होते। ज्यादातर टीशर्ट-जींस पहननेवाले खुशनुमा मेजर डी.पी. ठेठ आर्मी अफसर हैं। वह शारीरिक रूप से फिट, गरिमापूर्ण और शिष्ट हैं। मेजर डी.पी. एडिडास कंपनी के 'ऑड्स' (एक ही पैर के दोनों जूते) विज्ञापन के लिए मॉडलिंग करते हैं। विज्ञापन में मेजर डी.पी. अकेले एक स्टील वाले पुल के नीचे दौड़ रहे हैं। इतने में कबीर बेदी की भारी-भरकम आवाज बैकग्राउंड में सवाल करती है—'एक आदमी, जिसके लिए चलना भी मुश्किल है, उसका भागना ऑड नहीं है ? एक पैर से मैराथन पूरी करना, जबकि यह घर पर बैठकर इसे टी.वी. सेट पर देख सकते थे।'

सच्चाई यह है कि जब मेजर डी.पी. अपने ट्रेनर्स खरीदने के लिए जाते हैं तो वह जूतों की जोड़ी नहीं, बल्कि केवल एक जूता ढूँढ़ रहे होते हैं, क्योंकि उनकी दूसरी टाँग स्टील ब्लेड से बनी हुई है।

वह धमाका, जिसने उनकी जिंदगी बदल दी

15 जुलाई, 1999

कारगिल

सुबह के 5.30 बजे 7 डोगरा के मेजर देवेंद्र पाल सिंह अपने टेंट में सोए हुए थे, जब एक कान-फोड़ू धमाका हुआ। उनके बेड के नीचे की जमीन बहुत तेजी से हिलने लगी और धातु के टुकड़ों की बरसात ने उनके शरीर को भेदकर रख दिया। उन्हें उस वक्त इस बात का एकदम एहसास नहीं था कि एक तोप का गोला ठीक उनके टेंट के बगल में गिरकर फट गया है। कुछ क्षणों के भीतर देवेंद्र बेहोश हो गए। उनके शरीर से लगातार खून बह रहा था, लेकिन उन्हें कुछ समझ नहीं आ रहा था। उस धमाके की आवाज सुनकर आसपास मौजूद उनके साथी जवान दौड़ते हुए उनके टेंट में आए और सामने जो दिखा, उसे देखकर अवाक् रह गए। मेजर डी.पी. का पेट फटा हुआ था, जिनसे उनकी अँतड़ियाँ दिखाई दे रही थीं। उनके दाएँ पैर के घुटने के नीचे का सारा मांस धमाके में नष्ट हो गया था। जवानों ने तुरंत मेजर डी.पी. को एक कंबल में लपेटा और वहाँ खड़ी एक एंबुलेंस तक ले गए, जो उन्हें एक मिट्टी भरे रास्ते से ढाई घंटे की दूरी पार करके अखनूर के एक अस्पताल ले गई। यह 60 किलोमीटर की यात्रा उन्होंने दमघोंटू दर्द के साथ पूरी की।

एक युवा डॉक्टर ने डी.पी. के खून से लथपथ शरीर को देखा और सदमे में आकर उन्हें मृत घोषित कर दिया। डॉक्टर ने जवानों से कहा कि उन्हें मुर्दाघर ले जाएँ। किस्मत से एनेस्थिसिया देनेवाले एक डॉक्टर उस समय वहीं मौजूद थे, जिन्हें यह बात समझ में आ गई कि डी.पी. जिंदा हैं। डी.पी. ने अपने जीवन की जंग अस्पताल के आई.सी.यू. में शुरू की। यहाँ भरती होने के तीसरे दिन उसी डॉक्टर ने देखा कि डी.पी. के जख्मी पैर का मांस सड़ने (गैंगरीन) लगा है। "अगर संक्रमित हिस्से को तुरंत नहीं काटा गया तो उनके पूरे शरीर में जहर फैल जाएगा।" डॉक्टर ने कहा। इसके बाद एक हेलीकॉप्टर से उन्हें ऊधमपुर कमांड अस्पताल में भेजा गया, जहाँ एक शल्य चिकित्सक (सर्जन) ने उनका पैर काटने का फैसला किया।

सर्जरी के बाद होश आने पर मेजर डी.पी. ने अपना पैर घुटनों से नीचे कटा हुआ पाया। कई दिनों तक यह युवा सिख जिंदगी और मौत के बीच जूझता रहा। मेजर डी.पी. ने आई.सी.यू. में ही एक टेप रिकॉर्डर मँगवा लिया, जिसमें वह गुरबानी और अपनी पसंदीदा फिल्म 'शोले' के गाने सुना करते थे। मेजर डी.पी. की राह आसान नहीं थी। दरअसल, छर्रों से कटी उनकी अँतड़ियों को दोबारा एक सर्जरी के जरिए जोड़ा गया था, जिसकी वजह से वह आसानी से खाना हजम नहीं कर पाते थे।

यहाँ से उन्हें दिल्ली के आर्मी रिसर्च ऐंड रेफरल अस्पताल में लाया गया, जहाँ शल्य चिकित्सकों ने उनकी छोटी आँत को कई मीटर तक काटकर छोटा कर दिया। जब वह ऑपरेशन के बाद ठीक हुए तो उन्हें पुणे के प्रॉस्थेटिक लिंब सेंटर (नकली अंग केंद्र) ले जाया गया। मेजर डी.पी. उस वक्त इतने कमजोर हो गए थे कि उनका वजन मात्र 28 किलोग्राम रह गया था, लेकिन इसी घड़ी से उनकी सेहत सुधरने की कहानी शुरू हुई। उन्हें कुछ ऐसे दिलचस्प साथी मिले, जो उन्हीं की तरह कारगिल में अपने अंग गँवा चुके थे और कृत्रिम अंग लगवा रहे थे।

"हम अकसर चुटकुलों पर हँसते थे, गाने गाते थे, युद्ध की कहानियाँ सुनते-सुनाते थे और क्लब जाते थे, जहाँ मैं एक पैर पर नाचता था।" डी.पी. याद करते हैं। "चूँकि हम में से काफी सारे लोगों ने एक साथ अपने अंग गँवाए, हम इस पर भी मजाक कर लिया करते थे। हमने अपने जख्मों को अपना मेडल बना लिया था।" डी.पी. कहते हैं।

सौ फीसदी अपंगता की वजह से डी.पी. को पैदल सेना से हटाकर आर्मी ऑर्डिनेंस कोर में डेस्क का काम दिया गया। वहाँ उन्होंने दस साल काम किया, लेकिन उसके बाद निराश होने लगे। "मैं रोमांच के लिए आर्मी में भरती हुआ था, ऑफिस में बैठकर पेपरों से जूझने के लिए नहीं। इसलिए मैंने आर्मी छोड़कर खुद रोमांचक जीवन जीने का फैसला किया।" डी.पी. बोले।

वर्ष 2007 में उन्होंने मेडिकल पेंशन के साथ रिटायरमेंट ले ली। दो साल बाद अपने साथियों को चौंकाते हुए वह वर्ष 2009 की 'दिल्ली एयरटेल हाफ मैराथन' में अपने कृत्रिम पैरों से भागते हुए देखे गए।

पहली हाफ मैराथन ने उनके पैरों को दोबारा जख्मी कर दिया, जिनसे खून निकलने लगा; क्योंकि उन्होंने सारी दूरी उछल-उछलकर पूरी की थी, लेकिन यह दर्द भरा लमहा डी.पी. की जिंदगी का अहम मोड़ बन गया। "मैंने उस वक्त जो खुशी महसूस की थी, उसकी मेरे जीवन की किसी चीज से तुलना नहीं की जा सकती थी। मैं यही करना चाहता था।" वह कहते हैं।

ब्लेड रनर

कुछ हफ्तों बाद डी.पी. की मुलाकात लेफ्टिनेंट जनरल मुकेश सबरवाल से हुई, जो आर्मी के एडजुटेंट जनरल (सहायक) थे। डी.पी. की उपलब्धियों से खुश लेफ्टिनेंट जनरल सबरवाल ने पूछा, "मैं तुम्हारे लिए क्या कर सकता हूँ, बेटा?"

डी.पी. ने उनसे एक ऐसी ब्लेड का अनुरोध किया, जिससे वह बेहतर ढंग से दौड़ सकें।

जनरल ने अपना वादा निभाया। कृत्रिम अंग केंद्र को उन्होंने साढ़े तीन किलो का एक ब्लेड आयात करने को कहा, जिसने डी.पी. की जिंदगी बदल दी। ब्लेड पूरी तरह से धातु का बना हुआ था। उसमें कोई मांसपेशियाँ या लचीली हड्डी नहीं थी, जो दौड़ने से पड़नेवाले जोर को कम कर सके।

"जब मैं पहली बार उसके साथ दौड़ा तो मेरा घुटना लहूलुहान हो गया। जितनी बार मैं कूदकर ब्लेड पर लैंड करता था, मेरे शरीर के वजन का ढाई गुना दबाव पैदा होता था। उस दबाव से पैदा झन्नाहट को मैं अपने सिर तक महसूस कर सकता था।" वह कहते हैं।

लेकिन वह रुके नहीं। वर्ष 2011 में उन्होंने अपनी ब्लेड पर दौड़ते हुए 2 घंटे 40 मिनट में अपनी हाफ मैराथन पूरी की। मैराथन खत्म होने पर उनका पैर इतना फूल चुका था कि ब्लेड को हटाना भी मुश्किल हो रहा था। कई दिनों तक वह अपने बिस्तर से हिल तक नहीं पाए। "इतने दर्दनाक अनुभव के बाद सिर्फ एक बेवकूफ ही दोबारा ऐसा करना चाहेगा।" ब्लेड रनर कहते हैं, "लेकिन मैंने किया।"

कठिनाइयों से जूझना

मैराथन में दौड़ना आज मेजर डी.पी. का जुनून बन चुका है। उन्होंने अपनी पहली तीन मैराथन अपने कृत्रिम पैर से दौड़ी थीं, जो चलने के लिए बनाया गया था। उसके बाद वह भारत के 'ब्लेड रनर' बन गए। उन्हें इससे भी चैन नहीं मिला तो उन्होंने कृत्रिम अंगोंवाले लोगों का एक समूह बना दिया, जिसका नाम रखा 'द चैलेंजिंग वन्स'। आज देश भर के 1,800 सदस्य इस समूह का हिस्सा हैं, जिनमें से करीब 1,100 लोगों ने अलग-अलग खेद-कूद और रोमांचक गतिविधियों में हिस्सा लिया है।

"इस गतिविधि के पीछे विशिष्ट प्रतिभावाले लोगों को यह दिखाना है कि वे शारीरिक रूप से अपंग नहीं हैं, बल्कि दूसरों को चुनौती देनेवाले हैं।" वह कहते हैं। इसके करीब 150 सदस्य देश में हो रहे विभिन्न समारोहों में हिस्सा लेते हैं। डी.पी. ने खुद 21 से ज्यादा हाफ मैराथन की हैं, जिनमें से दो 12 हजार फीट की ऊँचाई पर आयोजित की गई थीं। उन्होंने अपनी पहली दौड़ 3 घंटे 49 मिनट में पूरी की थी, जिसका समय घटकर अब 2 घंटे 10 मिनट हो गया है। वर्ष 2018 में उन्हें सेना के विकलांगों के वार्षिक (ईयर ऑफ डिसएबल्ड) समारोह का एंबेसडर बनाया गया और अब, जब यह पुस्तक प्रकाशित होने वाली है, मुझे उनका एक वॉट्सएप्प वीडियो मिला है, जिसमें वह एक टाँग से पैराशूट लगाकर एक हवाई जहाज से मुसकराते कूदते हुए देखे जा सकते हैं। वह अब एक स्काई डाइवर भी बन गए हैं।

उन्होंने साक्षात्कार के दौरान मुझसे एक बात कही थी, जो मुझे याद आ रही है। "मैं अपने शरीर में घुसे पचास छर्रों के टुकड़ों, टूटी पसलियों, बहरेपन, एक क्षतिग्रस्त लीवर और एक क्षतिग्रस्त यूरिनरी ब्लैडर के साथ जी रहा हूँ। मेरे शरीर में हर चीज टूटी हुई है, सिवाय मेरी मुसकान के।" शायद इनसान को जीवन जीने के लिए इसी की जरूरत होती है।

लेखक का नोट

'शूट' नामक पुस्तक के एक अध्याय का छोटा अंश।

□

अध्याय-7

मैरून बेरेत (गोल चपटी टोपी) वाला डॉक्टर

"मेरे पास आया कोई भी घायल मरेगा नहीं।" एक युवा डॉक्टर युद्धभूमि में अपने साथियों से वादा करता है।

22 जून, 1999
सुबह के 7 बजे
एरिया बोल्डर्स, मुंथो ढालो
बटालिक सेक्टर
एक भारी-भरकम आवाज

एक नई, लेकिन जानी-पहचानी आवाज युद्ध में थके हुए पैराट्रूपर्स के लिए गोलियों की आवाजों की एकरसता को तोड़ती है। इन पैराट्रूपर्स ने दुश्मन की गोलीबारी से बचने के लिए एक भारी-भरकम चट्टान के पीछे कवर लिया हुआ है। उन्हें हेलीकॉप्टरों के आने की खबर उनकी आवाज से ही हो जाती है।

26 वर्षीय पैराट्रूपर डॉ. कैप्टन विक्रम ग्रेवाल (गैरी) एक बड़ी सी चट्टान के सहारे बैठे हुए हैं। नींद की कमी से गैरी की आँखें लाल हो गई हैं। चेहरे पर उगी छोटी-छोटी काली दाढ़ी ने उनके हवा से क्षतिग्रस्त चेहरे को ढँका हुआ है। गैरी ने अपने एक हाथ में मजबूती से सलाइन पानी की एक बोतल पकड़ी हुई है। उनके आगे उनके बेहोश सिख साथी मेजर एच.एस. जग्गी आँखें बंद करके बेहोश पड़े हैं। उनकी साँसें कभी तेज चलती हैं तो कभी धीमी।

गैरी जग्गी की कलाई की नस में अपने इंट्राकेथ वेनफ्लो से फ्लुएड को

बूँद-दर-बूँद जाते हुए देख रहे हैं। उन्होंने जग्गी को यह पिछली रात को लगाया था। एक पल के लिए उनकी नजर जग्गी के कमजोर पड़े चेहरे पर जाती है और वह उन अनगिनत शामों को याद करते हैं, जो उन्होंने आगरा के बास्केटबॉल कोर्ट में मैच खेलते हुए बिताई थीं। इसके बाद अनायास ही उनकी नजर उस ठूँठ की तरफ पड़ती है, जहाँ जग्गी का पैर हुआ करता था। इसमें खून से सनी हुई पट्टी बँधी हुई है। आधी रात को जब जग्गी को एक सिपाही की पीठ पर लादकर पहाड़ से नीचे लाया जा रहा था तो वह दर्द के मारे जोर-जोर से कराह रहे थे। अब भी उनके कानों में उनकी वह आवाज गूँज रही है। जग्गी का पैर गलती से बारूदी सुरंग पर पड़ गया था, जिसकी वजह से वह बुरी तरह घायल हो गए थे।

"डॉक्टर, मुझे मारकर इस दर्द से आजाद कर दो।" जग्गी चिल्लाते हुए कह रहे थे, "मैं मरना चाहता हूँ।" जग्गी की यह हालत देखकर जल्द ही उन्हें तेज एनाल्जेसिक फोर्टविन का इंजेक्शन और एंटीबायोटिक्स की भारी डोज दी गई, जिसने उन्हें शांत तो कर दिया, लेकिन उनके पीले पड़े चेहरे और व्याकुल निद्रा को देखकर डॉक्टर को पता चल रहा था कि उन्हें अब भी भारी पीड़ा हो रही है।

"जग्गी सर, कृपया जीवित रहिए।" गैरी बेचैनी में भरी आँखों के साथ बुदबुदाए। हेलीकॉप्टरों के तीखे ब्लेडों का शोर अब और ऊँचा हो गया था। वह नीचे उजड़ी हुई घाटी को देखते हैं, जहाँ दो छोटे काले धब्बे बड़े होते जा रहे हैं। उन्होंने मन-ही-मन वाहेगुरु का नाम लिया।

"डॉक्टर साहब, हेलीकॉप्टर आ गए हैं।" 25 वर्षीय पैराट्रूपर और गैरी के नर्सिंग सहायक परिमल सिंह ने उनके कानों में कहा। परिमल के थके-माँदे चेहरे पर राहत की मुसकान साफ दिखाई दे रही है। परिमल '2 विकास' के एक सिपाही पर चढ़े सलाइन पर नजर रखे हुए हैं। इस सिपाही के दोनों हाथ और ठूँठ पट्टियों में बहुत जोर से बँधे हुए हैं। सिपाही का आधा चेहरा खराब हो चुका है, जिसके कारण उसका चेहरा किसी भयंकर मुखौटे की तरह लग रहा है। इस खूबसूरत नौजवान ने मुंथो ढालो में गिरे एक बोफोर्स मिनिलेट राउंड को बगैर कुछ सोचे उठा लिया था। उसे इस बात का जरा भी अंदाजा नहीं था कि वह क्या है ? यह सिपाही उसे किसी यो-यो की तरह घुमाने लगा। इससे पहले कि

घबराए हुए उसके साथी उसे किसी तरह की कोई चेतावनी दे पाते, वह उसके चेहरे पर फट गया।

पिछले कुछ घंटों से असहनीय पीड़ा में कराह रहा विकृत चेहरेवाला वह सिपाही अब शांत हो चुका है। वह अब तक जिंदा है, इस बात का आभास केवल उसकी अनियमित चलनेवाली साँसों से ही हो रहा है। गैरी यह बात बखूबी जानते हैं कि अगर हेलीकॉप्टर समय रहते गंभीर रूप से जख्मी दोनों जवानों को बटालिक के फॉरवर्ड सर्कल सेंटर पहुँचा देता है, तभी वे जिंदा रह सकते हैं। गैरी दुश्मन की गोलीबारी के बीच घायलों को हटाने के लिए आ रहे बहादुर पायलटों की रक्षा के लिए मन-ही-मन भगवान् से प्रार्थना करते हैं।

दुश्मनों ने भी हेलीकॉप्टर के आने की आवाजें सुन ली हैं। एरिया कॉनिकल और रिंग कॉनटोर में अब भी भयंकर युद्ध चल रहा है। गैरी के सिर के ऊपर धूल का गुबार है। हेलीकॉप्टर का तेज शोर निरंतर हो रही गोलीबारी के शोर को कम कर देता है, जिसके उनके कान अभ्यस्त हो चुके हैं। गैरी महसूस करते हैं कि पायलट हेलीकॉप्टर को नीचे लाने की कोशिशें कर रहे हैं। दोनों चीता हेलीकॉप्टर अनिश्चितता से उड़ रहे हैं। पायलट यह बात अच्छी तरह से जानते हैं कि एक हमला हुआ नहीं कि हेलीकॉप्टर अथाह गड्ढे में! गैरी को डर लगता है कि शायद हेलीकॉप्टर मुड़ेंगे और वापस चले जाएँगे, लेकिन कुछ क्षणों की हिचकिचाहट के बाद चॉपर्स पक्के इरादों के साथ आगे बढ़ना शुरू करते हैं।

"भगवान् तुम्हारी रक्षा करें।" वह सुकून में बुदबुदाते हैं। "चल, फटाफट स्ट्रेचर ला, बंदे बुला। पहले विकास को निकालेंगे।" वह परिमल से कहते हैं।

हेलीकॉप्टर के पंखों की आवाज गगनभेदी हो गई है। सिपाहियों द्वारा जल्दी-जल्दी में चट्टानों को हटाकर बनाए अस्थायी हेलीपैड के ऊपर घूम रहा पहला, बड़ा और आक्रामक 'चीता' हेलीकॉप्टर उनके नजदीक पहुँचता है। युवा डॉक्टर और चार सिपाही घायलों को स्ट्रेचर पर लेकर उसकी तरफ दौड़ते हैं। उनके कपड़े चॉपर्स के पंखों की हवा के कारण जोर-जोर से हिल रहे हैं। परिमल पंख हिलाते हेलीकॉप्टर का दरवाजा खोलते हैं और जल्दी से घायलों को अंदर करते हैं। गैरी सलाइन की बोतल पकड़कर अंदर घुसते हैं। वह इस बात के शुक्रगुजार हैं कि यह अब भी एक टेफलॉन इंट्राकैथ से जुड़ा हुआ है, स्टेनलेस

स्टील वाली सुई से नहीं, जो तेजी से दौड़ते वक्त उनके मरीजों की नसों को खोलकर फाड़ देती। उसे पायलट की सीट के पीछे बाँधते हुए वह अपने मरीज की कराहती आवाज सुन सकते हैं और जल्दी उससे कहते हैं, "हॉस्पिटल जा रहा है। चिंता न कर, अब तू ठीक हो जाएगा।"

दुश्मन हेलीकॉप्टर पर मोर्टार से वार करता है। उधर गैरी हेलीकॉप्टर से बाहर आकर फटाफट उसका दरवाजा बंद कर देते हैं और दौड़ लगाते हुए चट्टान का कवर लेते हैं। वह और दूसरे सिपाही न केवल 'चीता' के प्राणघातक घूमते हुए पंखों से, बल्कि सिर के ऊपर फटते गोलों के धातु के टुकड़ों से खुद को बचाने के लिए अपना सिर झुकाकर भागते हैं। कॉकपिट से देखता पायलट उन्हें प्रशंसा-स्वरूप थम्स अप दिखाता है। अगर संभव होता तो गैरी भी उन्हें थम्स अप दिखाते हुए उनकी प्रशंसा का जवाब पायलट की प्रशंसा से देते, लेकिन गैरी इस वक्त खुद अपनी जिंदगी बचाने के लिए दौड़ने में व्यस्त हैं। कुछ फीट ऊँचे उठकर हेलीकॉप्टर तुरंत नीचे की तरफ पर्वतों के बीच की संकुचित घाटी में चला जाता है, ताकि दुश्मन के हमले से बच सके और फिर धीरे से गायब हो जाता है।

घाटी से अब दूसरा हेलीकॉप्टर उभरकर ऊपर आता दिखने लगा है, जैसे कि स्लो मोशन में हो। हेलीकॉप्टर का बड़ा आगे का हिस्सा गैरी की आँखों के स्तर पर आ गया है, जिसके बाद नजर आते हैं उसके बड़े-बड़े घूमते हुए पंख। सिपाहियों ने जग्गी को स्ट्रेचर पर रख दिया है। गैरी सलाइन की बोतल पकड़े हुए हैं।

जैसे ही हेलीकॉप्टर हैलीपैड पर उतरता है, गैरी चिल्लाते हैं, "दौड़ो!"

सिपाही हवा में हो रहे धमाकों को अनदेखा कर अपने जीवन को संकट में डाल, अपने बुरी तरह जख्मी हुए साथी के जीवन को एक और मौका देने के लिए स्ट्रेचर के साथ दौड़ते हैं। अगर एक गोली पर आपका नाम नहीं लिखा है तो वह आपको छू तक नहीं सकती। युद्ध के दौरान सिपाही अपना हौसला बनाए रखने के लिए खुद से अकसर यही कहते हैं। और हो सकता है, यह बात वाकई सही हो; क्योंकि उस दिन मुंथो ढालो की उस ठंडी सुबह में जब 6 जवानों को वहाँ से हटाया गया तो किसी भी जवान को गोली छू तक नहीं पाई।

मुंथो ढालो

मुंथो ढालो एक समतल मेजनुमा पहाड़ है, जिसके एक तरफ घाटी है और दूसरी तरफ ऊँचे भूरे रंग के पहाड़। 5 पैरा के जवानों ने हाल ही में इसे दुश्मनों से छीना है और एक हमलावर बेस तैयार किया है। यहीं से दूसरे हमले लॉञ्च किए जा रहे हैं। एरिया बोल्डर्स, जहाँ अब जवान रह रहे हैं, चारों तरफ बिखरे हुए बड़े-बड़े पत्थरों के नाम पर रखा गया है।

दो दिनों तक जवान अपने बैकपैक में रखे शकरपारे खाकर जीवित रहे; लेकिन फिर आर्मी के एक हेलीकॉप्टर द्वारा उनके लिए बोरियाँ भर-भरकर खस्ता पूड़ियाँ भेजी गईं। मैले-कुचैले, भूखे पैराट्रूपर उन बोरियों को इन चट्टानों के पीछे खींच-खींचकर ले आए, अपने पैने चाकुओं से उन बोरियों को खोला और भूखे जानवरों की तरह पूड़ियाँ चबा डालीं।

उस सुबह छह 'चीता' हेलीकॉप्टर, जो अपनी सुरक्षा सुनिश्चित करने के लिए जोड़ों में उड़ान भर रहे थे, तुरंत एरिया बोल्डर्स पर उतरे, ताकि दो गतिहीन हताहतों और छह हिल सकनेवाले हताहतों को वहाँ से ले जा सकें। वे अपने साथ जीवन बचानेवाले मेडिकल उपकरण भी लाए थे, जो तेजी से मुंथो ढालो में खत्म हो रहे थे—जैसे आई.वी. फ्लुएड, इंजेक्टेबल पेनकिलर्स और एंटीबायोटिक्स, जो आगे के भीषण युद्ध के लिए चाहिए थे।

एक बार जब सारे घायल वहाँ से हटा लिये गए और नई आपूर्ति सावधानीपूर्वक इकट्ठा करके रख दी गई, तब गैरी ने कुछ देर के लिए राहत की साँस ली। वह और उनके साथी चट्टानों की दरारों के बीच छिपकर आराम करने की कोशिश करने लगे।

आश्चर्यजनक साहस

गैरी अपनी थकी हुई आँखों को बंद करते हैं, लेकिन उनका दिमाग अब भी भयावह रूप से हताहत हुए अपने साथी जवानों पर अटका हुआ है। एकाएक उनके दिमाग में एक पुरानी घटना घूमने लगती है। एक बार उनके पास एक ऐसा जवान लाया गया था, जिसका एक पाँव पूरी तरह उड़ चुका था। वह जवान गैरी को देखकर मुसकराया और कहा, "डॉक्टर साहब, आपके पास पहुँच गया हूँ,

अब सब ठीक हो जाएगा।" वह उस पैराट्रूपर को भी याद करते हैं, जिसकी बाँह प्राणघातक छर्रों से कट गई थी और जिसका कटा हुआ अंग एक दूसरे व्यक्ति ने पकड़ा हुआ था। जब किसी ने समय पूछा तो घायल जवान ने जवाब दिया, "मेरी बाजू पर घड़ी बँधी हुई है, उसमें देख लो।"

वह उन लोगों के साहस को सैल्यूट करते हैं, जिनकी वह देखभाल कर रहे हैं। वह उनकी क्षमताओं पर भरोसा दिखानेवालों के प्रति अभिभूत हो जाते हैं। हालाँकि वह और उनके नर्सिंग सहायकों ने दो चट्टानों के बीच एक प्लास्टिक शीट को खींचकर उसके नीचे एक रेजीमेंटल एड पोस्ट बना दी है, लेकिन उनके पास नाममात्र की जीवन-रक्षक दवाएँ हैं। चूँकि वे दुश्मन के छोटे हथियारों की फायर रेंज में हैं, घायलों को गुप्त रूप से टॉर्च की रोशनी में देखा जा रहा है। दुश्मन द्वारा पीछे छोड़े गए लकड़ी के काटे तख्तों पर राइफलों को बाँधा गया है, जिससे जख्मियों के टूटे हुए हाथ-पाँवों को सहारा दिया जा सके। आई.वी. फ्लुएड के जरिए ब्लड प्रेशर देखा जा रहा है और दबाववाली पट्टियों को खून बहने से रोकने के लिए बाँधा गया है, जिसके न रुकने पर बेहोशी आ सकती है या फिर जान भी जा सकती है। ठंडी हवाओं से उनकी हड्डियाँ कँपकँपा जाती हैं; लेकिन गैरी इस बात का शुक्रिया अदा करते हैं कि यह नसों व धमनियों को कसती है और इससे उनके मरीजों का रक्त कम बह रहा है।

ज्यादा जख्मी जवानों के लिए अगर सही चिकित्सा उपकरण और दवाएँ उपलब्ध नहीं हों तो ऐसे में उनकी देखभाल करना आसान नहीं है। एक तरह से यह हाथ पीछे बाँधकर काम करने के समान है। ऐसे में गैरी खुद को याद दिलाते हैं, "मैं बाहर किसी अच्छे एयर-कंडीशंड अस्पताल में काम कर सकता था, लेकिन मैंने सेना में जाने का फैसला किया। इसलिए मैं पुणे के आर्म्ड फोर्सेज मेडिकल कॉलेज (ए.एफ.एम.सी.) में गया। इसलिए मैंने एक सिपाही और एक पैराट्रूपर बनने के लिए खुद को आगे किया, जो अपने साथियों के साथ 1,800 फीट की ऊँचाई से छलाँग रहा है। यह वही काम है, जिसे मैंने खुद चुना।"

बेशक, उन्हें इन बर्फीली चोटियों में कोई नहीं सुन रहा, लेकिन फिर भी वह उस बंजर चट्टान पर पीठ टिकाकर बैठ जाते हैं और खुद से एक वादा करते हैं, "हम खून के भाई हैं। यह वरदी और बहुत मुश्किल से हासिल यह मैरून-बेरेत

हमें एक-दूसरे से जोड़ते हैं। मैं इन सिपाहियों को निराश नहीं करूँगा। मेरे पास अगर कोई जिंदा सिपाही आएगा तो मैं उसे मरने नहीं दूँगा।"

इस वादे को उन्होंने कभी नहीं तोड़ा। युद्ध समाप्त होने पर 5 पैरा ने स्वीकार किया कि युद्ध में शहीद हुए जवानों के अतिरिक्त हर वह जख्मी जवान, जिसे डॉक्टर के पास लाया गया, इस भयंकर युद्ध की कहानी सुनाने के लिए जीवित रहा।

सियाचिन से बटालिक

गैरी को अपना और साथी जवानों का सियाचिन में बिताया समय याद आ गया। बेशक सियाचिन में बिताया वह साल काफी मुश्किल भरा था, लेकिन आखिरकार यह वक्त भी गुजरने वाला था और हर कोई वापस आगरा (जहाँ यूनिट अब पोस्टेड थी) जाने की राह देख रहा था। हर जवान के मन में अपने परिवारवालों के साथ अगले दो साल शांति से बिताने का खयाल था।

यह वही वक्त था, जब कारगिल में घुसपैठ शुरू हुई और पैराट्रूपरों को बटालिक में रिपोर्ट करने को कहा गया। मँझे हुए युद्धवीरों ने इसे भी निर्विकार भाव से स्वीकारा। वह ब्रिगेड कमांडर ब्रिगेडियर देविंदर सिंह, एक गनमैन, पैराट्रूपर और विमान चालक के अंतर्गत 102 ब्रिगेड से 70 ब्रिगेड में लाए गए। उन्हें एक छोटे से गाँव संजक में रिपोर्ट करने को कहा गया। जवानों को जीपों और किराए पर लिये गए ट्रकों से सियाचिन बेस से यहाँ पहुँचाया गया था। वह रास्ते में दिखाई दे रहे गुलाबी गालोंवाले हँसते हुए स्कूली बच्चों को देखकर हाथ हिला-हिलाकर आगे बढ़ रहे थे।

संजक पहुँचकर जवानों को पता चला कि यह सिंधु नदी के किनारे बसा एक छोटा सा गाँव है। वहाँ इधर-उधर छितरे हुए मिट्टी के केवल 20 छोटे घर थे, जहाँ एक छोटी नदी यलदोर बड़ी नदी से जा मिलती थी। जब उस धुरी से 70 ब्रिगेड की सारी यूनिटों को ऊपर भेज दिया गया, संजक एक सैन्य शिविर में तब्दील हो गया। जबकि 5 पैरा की अग्रिम टुकड़ी, जिसमें ज्यादातर अफसर और उनके सी.ओ. कर्नल ए.के. श्रीवास्तव थे, उसी रात थोड़ा आगे गानासोक नाम की जगह पर भेज दी गई। 350 सिपाहियों की मुख्य इकाई,

जिसमें जे.सी.ओ. शामिल थे, पीछे छोड़ दिए गए। युद्ध में जाने के लिए छटपटा रहे दो युवा अफसरों—गैरी और कैप्टन समीर सिंह बिष्ट को अगली रात मुख्य इकाई को अपनी अगुवाई में गानासोक ले जाने का आदेश मिला।

~❖~

एक कठिन चढ़ाई

24 जून, 1999

रात 7.30 बजे

संजक

अँधेरी रात बेहद ठंडी है; लेकिन सियाचिन में पहनी जानेवाली मुलायम पंखोंवाली जैकेट (सियाचिन डाउन फेदर जैकेट) पैराट्रूपर को गरम रखे हुए है। बिष्ट और गैरी की अगुवाई में सभी 350 सिपाही जोखिमपूर्ण ट्रैक, पहाड़ के साथ गानासोक नाले के किनारे, पर चल रहे हैं। उनके बैकपैक में आपातकालीन राशन, स्लीपिंग बैग और हनुमान चालीसा है। इसके अलावा, उनकी सबसे बहुमूल्य चीज है उनके परिवारवालों की तसवीरें, जो एक ऊनी बनियान में लपेटी हुई हैं और घरवालों द्वारा भेजी तुड़े-मुड़े पृष्ठवाली चिट्ठियाँ, जिन्हें वे दर्जनों बार पढ़ चुके हैं। कुछ के पास आई.एन.एस.ए.एस. राइफलें हैं, दूसरों के पास स्वयं भरी जानेवाली राइफलें (सेल्फ लोडेड राइफल्स, एस.एल.आर.) और ए.के. 47 हैं। गैरी और उनके छह नर्सिंग सहायकों के पास अतिरिक्त करीब 7 किलो का भार है, जिनमें आईवी फ्लुएड, इंजेक्शन, कुछ तह लगाए स्ट्रेचर, पट्टियाँ, दवाएँ वगैरह हैं।

जवानों ने उन्हें मिले अंतिम गरमागरम खाने, जिसमें पूड़ी और दाल शामिल थी, को मजे ले-लेकर खाया; क्योंकि ऐसा भोजन उन्हें काफी समय बाद मिला था। उन्होंने अपने बैकपैक में कुछ पूड़ियाँ, अचार और पानी की बोतलें भर ली हैं। उन बोतलों में सिंध का क्लोरीन वाला पानी है, जिन्हें बेस कैंप में इकट्ठा और फिर साफ किया गया था। वे जानते हैं कि पूड़ियाँ खत्म होने के बाद उन्हें शकरपारे खाकर जिंदा रहना पड़ेगा। उन्हें पानी की ज्यादा चिंता नहीं है, क्योंकि पानी तो वे आसपास के इलाके में जगह-जगह मौजूद ताजा पानी के झरनों से भी

पी सकते हैं। जवानों को यह बात बाद में जाकर पता चली कि यह पानी उनकी सेहत के लिए कितना खतरनाक बन चुका था। बहुत ज्यादा गोलीबारी के कारण सारे पानी के स्रोत गन पाउडर के कारण विषाक्त हो गए और क्लोरीन, जो वे पानी के शुद्धीकरण के लिए साथ लाए थे, केमिकल से पैदा गंदगी पर काम नहीं करती। यह पानी पीकर करीब-करीब सारे जवानों को बाद में खूनी पेचिश लग गई, जिसका डॉक्टर तक कुछ नहीं कर सकते थे।

आगे बढ़ रहे इन जवानों के चारों तरफ गहरा अँधेरा छाया हुआ है, लेकिन ऊपर की चोटियाँ गोलीबारी के कारण रोशन हैं। "हम इस सँकरे, जोखिम भरे रास्ते पर चल रहे थे, जिसके बगल में गहरा गड्ढा था। अँधेरा इतना ज्यादा था कि खुद का पैर तक देखना मुश्किल हो रहा था। दूसरी तरफ, पहाड़ों को देखने पर ऐसा लगता था, मानो आसमान में किसी ने आग लगा दी हो। इससे हमको दीवाली याद आ गई। तोपखाने से गोले बरस रहे थे, जिनकी चमक चारों तरफ फैली हुई थी। हम जानते थे कि हमारे साथी दुश्मन से लड़ रहे हैं। हम जितना जल्दी हो सके, उन तक पहुँचना चाहते थे।" गैरी ने बताया। गैरी से मेरी मुलाकात इस युद्ध के उन्नीस साल बाद हुई। इतने साल पहले हुए इस युद्ध को भले ही लोगों द्वारा भुला दिया गया हो, लेकिन जिन्होंने इस युद्ध को लड़ा था, उनके दिलों में इसकी यादें अब तक जिंदा थीं। गैरी से मेरी मुलाकात सर्दियों में हुई। उस दिन बहुत तेज हवा भी चल रही थी।

दुर्भाग्यवश, वह रास्ता इतना जोखिम भरा था कि जवान अकसर लड़खड़ा जाते और चूँकि दूसरी तरफ गहरा गड्ढा था, इसकी वजह से अकसर उनकी गति धीमी हो जाती। रात को करीब 8.30 बजे दोनों युवा अफसर फैसला करते हैं कि जीरो दृश्यता में चलना काफी जोखिम भरा है और यह जोखिम उन्हें एकदम नहीं लेना चाहिए। पीछे चल रहे सैनिकों को आदेश दे दिए जाते हैं कि इस घुप्प अँधेरे में जिसको जहाँ जगह मिले, वहाँ अपना स्लीपिंग बैग बिछाकर थोड़ा आराम कर ले।

बुरी तरह थके-माँदे पैराट्रूपर्स एक-एक करके चट्टानों पर पैर टिका देते हैं। वे हाथों से टटोलकर सिर रखने के लिए कोई अनुकूल जगह ढूँढ़ते हैं, ताकि थोड़ा आराम किया जा सके। कुछ आधी-अधूरी खलल वाली नींद में आँखें बंद

कर देते हैं, कुछ पीठ के सहारे लेट जाते हैं और ऊँचाई पर गोलीबारी की वजह से हो रही आतिशबाजी को देखते हैं। वे जानते हैं कि उनकी टीमें, जो खालूबार, जुबार, कुकार्थांग जैसी चोटियों पर हमला करने जा रही हैं, दुश्मन के सिपाही उन्हीं टीमों पर मोर्टारों से गोले दाग रहे हैं। वे यह बात भी बखूबी जानते हैं कि उनकी बारी आने में अब देरी नहीं है।

जवान सुबह करीब 3.30 बजे उठकर दोबारा अपनी यात्रा शुरू कर देते हैं। वे सुबह करीब 9.30 बजे गानासोक पहुँचते हैं। वहाँ उनके सी.ओ. उन्हें देख गुस्से में लाल-पीले हो जाते हैं। दरअसल, सी.ओ. पिछले कुछ घंटों से यह सोचकर बेहद परेशान हैं कि आखिर उनकी टीम गई तो कहाँ? बिष्ट और गैरी सफाई देते हैं कि इतने अँधेरे में ऊपर की चढ़ाई काफी जोखिम भरी थी। आखिरकार उन्हें माफ कर दिया जाता है। यूनिट 1/11 गोरखा राइफल्स भी गानासोक में ही है और अपने आगेवाली खालूबार की चोटी पर आक्रमण की तैयारी कर रही है। वह चोटी सीधी ढलान पर करीब 70 डिग्री झुकी हुई है।

5 पैरा को खालूबार के साफ होने तक इंतजार करने और इसके साथ-साथ चलते हुए मुंथो ढालो पर हमला करने को कहा जाता है। अगले कुछ दिनों में, जब जवान गानासोक में इंतजार कर रहे थे, 1/11 गोरखा ने 5,000 मीटर ऊँची चोटी पर हमला बोला। खुखरी से की गई रक्तपात वाली लड़ाई के बाद उन्होंने उस पोजीशन को सुरक्षित कर लिया। हालाँकि कई जवानों, जिनमें युवा और निर्भीक कैप्टन मनोज पांडेय भी शामिल थे, ने इस लड़ाई में अपने प्राण गँवा दिए। बाद में मनोज पांडेय को 'परम वीर चक्र' से सम्मानित किया गया।

अब दिलेरी दिखाने की बारी पैराट्रूपर्स की है। रात होते ही कैप्टन श्रीवास्तव की अगुवाई में पूरी टीम मुंथो ढालो में हमला करने के लिए चोटी को पार करती है। इस टीम में 10 पैरा कमांडो भी हैं।

गैरी और उनकी 14 पैराट्रूपर्स की टीम अग्र सेना का हिस्सा नहीं होंगे, लेकिन वे कई घायल सिपाहियों के लिए जीवन और मरण का महत्त्वपूर्ण अंतर होंगे। यह फैसला किया गया कि मेडिकल टीम मुंथो ढालो के लिए एक अलग रूट लेगी, ताकि वे आसान एरिया स्प्रिंग क्षेत्र तक पहुँच जाएँ और घायलों को वहाँ से उठाकर बटालिक भेज सकें। जब हमलावर कंपनियाँ आगे बढ़ीं, गैरी

और उनके लोग यलदोर पहुँचने के लिए अँधेरे में वापस ढाई घंटा चले, जहाँ से वे सीधा मुड़े और तब तक चलते रहे, जब तक कि वे 1/11 गोरखा की आखिरी पोस्ट तक नहीं पहुँच गए। गोरखा के सिपाहियों ने गैरी को आगे न जाने की सलाह दी। दरअसल, इस बात की पूरी संभावना थी कि गैरी की टीम उस स्थान पर पहुँचती, जहाँ दुश्मन घात लगाकर उन पर हमला बोल सकता था। गैरी ने उनकी चेतावनी को अनदेखा कर दिया और पैदल चलते रहे।

"मैं जानता था कि घायल सिपाही किसी भी पल वहाँ आना शुरू कर सकते हैं और जब मरीजों का लगातार खून बह रहा हो, हमें वहाँ जितनी जल्दी संभव हो, पहुँच जाना चाहिए।" वह समझाते हैं।

आधी रात को अचानक गैरी की टीम पर गोलीबारी हुई। उनकी टीम कवर लेने के लिए तुरंत बड़े-बड़े पत्थरों के पीछे छुप गई। जब गैरी ने अपने वायरलेस सेट से हमले से जुड़े संदेश भेजने शुरू किए तो पता चला कि 1 बिहार पेट्रोल ने उन्हें गलती से दुश्मन के सिपाही समझकर उन पर फायरिंग शुरू कर दी थी। एक बार जब पेट्रोल को बता दिया गया कि वे कौन हैं तो गोलीबारी बंद हो गई और गैरी ने अपने साथियों के साथ आगे की चढ़ाई शुरू कर दी।

सवेरा होने को था कि गैरी की टीम को दूर से चपटी जमीन का एक टुकड़ी दिखा, जहाँ पाकिस्तानी सिपाही एक पोस्ट को छोड़ रहे थे। उन्होंने देखा कि दुश्मन के सिपाही अपना सामान इकट्ठा कर रहे हैं, स्टोव उठा रहे हैं, आग बुझा रहे हैं और अपने हथियार लेकर भाग रहे हैं। उन्हें देखकर गैरी एक पल के लिए उलझन में पड़ जाते हैं; लेकिन बाद में उन्हें समझ आता है कि पाकिस्तानी दूसरी तरफ से अचानक आ पहुँची हमलावर टीम 5 पैरा से जान बचाकर भाग रहे हैं।

संख्या के मामले में गैरी की टीम दुश्मन की टीम के मुकाबले काफी छोटी है, इसलिए गैरी और उनके साथी कवर ढूँढ़कर उसमें छुप जाते हैं। वे इस पोस्ट पर होते हुए हमले के साक्षात् गवाह बनते हैं। 5 पैरा के उस पोस्ट पर कब्जा करने के बाद ही गैरी और उनकी टीम कवर से बाहर निकलती है। प्रफुल्लित गैरी जग्गी को पहचानकर उनका नाम पुकारते हैं। जग्गी ने ही इस हमले की अगुवाई की थी।

लेकिन जग्गी दूर से गैरी को नहीं पहचानते। "हिलना मत सालो, गोली मार

देंगे। हाथ ऊपर करो।" वह चिल्लाते हैं।

"जग्गी सर, मैं डॉक्टर हूँ।" गैरी चिल्लाते हैं।

"सी.ओ. साहब का नाम बता।" जग्गी चिल्लाते हैं।

"लेफ्टिनेंट कर्नल ए.के. श्रीवास्तव।" चिड़चिड़ाते हुए गैरी कहते हैं।

"उनकी बेटी का नाम बता।" जग्गी पूछते हैं।

"चिंकी और बोस्की।" हताश गैरी जवाब देते हैं।

हालाँकि जग्गी इस बात से आश्वस्त हो जाते हैं कि सामने गैरी ही हैं, लेकिन उन्हें इस बात की भी आशंका है कि कहीं गैरी और उनकी टीम को दुश्मन ने बंधक तो नहीं बना लिया। लिहाजा, जग्गी गैरी और उनके साथियों को हाथ उठाकर आगे बढ़ने को कहते हैं।

टीम को पहचानने के बाद जग्गी और उनके ठीक पीछे खड़े कर्नल श्रीवास्तव यह सोचकर हैरान रह जाते हैं कि आखिर गैरी हमलावर टीम से पहले वहाँ पहुँचने में कैसे कामयाब रहे? शाबाशी देते हुए वह युवा डॉक्टर की पीठ थपथपाते हैं।

गैरी फटाफट जख्मी सिपाहियों के इलाज के लिए एक आपातकालीन पोस्ट तैयार करते हैं और उनका इलाज भी शुरू कर देते हैं। अच्छी बात यह है कि कोई भी सैनिक बुरी तरह से जख्मी नहीं है। दरअसल, दुश्मन के सिपाही हिम्मत हारकर वहाँ से भाग खड़े हुए हैं।

यह बात हमें बाद में जाकर पता चली कि पाकिस्तानी उन पर हमला कर रही गोरखा और पैराट्रूपर दोनों ही यूनिटों से बुरी तरह डरते हैं। दरअसल, किसी ने उनसे कह दिया था कि गोरखा अपनी खुखरी से लोगों के सिर काट देते हैं और फिर उन्हें खाते हैं। और जहाँ तक बात पैराट्रूपर्स की है, जाहिर तौर पर उनकी दुनिया भर में अच्छी-खासी प्रतिष्ठा है। इन्हीं बातों को देखते हुए पाकिस्तानी सिपाहियों ने फैसला किया कि लड़ने से अच्छा होगा, वहाँ से 'नौ-दो-ग्यारह' हो जाया जाए; हँसते हुए गैरी मुझे बताते हैं, "कभी-कभी बदनाम होना भी बहुत फायदेमंद साबित होता है।" वह कहते हैं।

इस लड़ाई के बाद 5 पैरा ने मुंथो ढालो में कैंप बना लिया और बाकी के हमले भी फिर वहीं से किए गए। सिपाहियों ने दुश्मन की गोलीबारी के बीच

कुछ क्षेत्र अस्थायी हेलीपैड के लिए साफ कर दिया। इसकी दो वजहें थीं। पहली हेलीकॉप्टरों से घायलों व शहीदों के शवों को वहाँ से हटाना और दूसरी, हेलीकॉप्टरों के जरिए ही जरूरी चीजें मँगवाना।

साहसी डॉक्टर से मुलाकात

कर्नल विक्रम सिंह ग्रेवाल उर्फ गैरी से मेरी मुलाकात कारगिल युद्ध के उन्नीस साल बाद इस पुस्तक को लिखते हुए हुई। मैंने सुना था कि गैरी बहुत ज्यादा व्यस्त रहते हैं और उन तक पहुँच पाना आसान नहीं है। फिलहाल, गैरी बतौर फैकल्टी ए.एफ.एम.सी. में पढ़ा रहे हैं। उन्होंने यहीं से खुद भी पढ़ाई की थी। युद्ध के दौरान कई जख्मी जवानों को अपनी सेवाएँ दे चुके गैरी इन दिनों लेक्चर देते हैं। उनके छात्र सियाचिन ग्लेशियर और कारगिल युद्ध पर उनके 'स्लाइड शो' से मंत्रमुग्ध थे। उन 'स्लाइड शो' को देखने का मौका मुझे भी मिला।

मुझसे हुई बातचीत में गैरी ने स्वीकारा कि बेशक वक्त ने युद्ध की कई यादें धुँधली कर दी हों, लेकिन 21 जून, 1999 की रात वह कभी नहीं भूलेंगे।

"वह दिन मुझे अब भी ऐसा लगता है, मानो कल की ही बात हो! 21 जून की वह रात काफी अँधेरी थी और चाँद आसमान से गायब था। मैं अपने सी.ओ. के बगल में खड़ा पहाड़ों को देखकर यह अंदाजा लगाने की कोशिश कर रहा था कि हमारी हमलावर कंपनियाँ आखिर कहाँ तक पहुँची होंगी!" वह याद करते हैं। "हमें बंजर ऊँचाइयों पर केवल जगमगाती रोशनी, छोटे हथियारों से होनेवाली गोलीबारी की आवाजें और दर्द से कराहते लोगों की चीखें सुनाई दे रही थीं। हमारा मन उदास था। हवा में तनाव के साथ रहस्य भी था। हम अपनी जगह पर खड़े हुए केवल घायलों के खुद तक पहुँचने का इंतजार करने के अलावा कुछ और नहीं कर पा रहे थे। यह हमारे लिए बहुत दुःखद बात थी। आधी रात को रेडियो सेट पर खबर आई कि जग्गी का पाँव एक बारूदी सुरंग पर पड़ गया है। सिपाहियों को उन्हें मुंथो ढालो लाने में करीब एक घंटा लग गया। सिपाही उन्हें अपनी पीठ पर लादे हुए कठिन रास्ते पर चल रहे थे।" उन्होंने बताया।

गैरी ने बताया कि उन्हें सूचना मिली थी कि उस धमाके में जग्गी का पूरा

पाँव उड़ गया है; लेकिन असल में जग्गी के पैर का आगे का हिस्सा धमाके में उड़ा था, पूरा पाँव नहीं। यह देखकर कुछ हद तक मैंने चैन की साँस ली। बहुत सारा खून बह जाने के कारण जग्गी का ब्लड प्रेशर बहुत तेजी से गिर रहा था। मैं जानता था कि हमारी सबसे बड़ी चुनौती उन्हें रात भर जगाकर रखना है। मैं बहुत बेचैन था और इंतजार कर रहा था कि कब सेना का हेलीकॉप्टर सुबह-सुबह यहाँ पहुँचे और उन्हें अस्पताल तक पहुँचा दे। यही बात विकासी पर भी फिट बैठती थी।" गैरी याद करते हैं। "सब योजनाबद्ध तरीके से हुआ। हेलीकॉप्टर आए, मरीज वहाँ से हटाए गए और उनकी जिंदगियाँ बचा ली गईं।"

बेशक, गैरी अब तक सैकड़ों मरीजों को ठीक कर चुके हैं और बीते वर्षों में उन्हें कई बार बेहद कठिन आपातकालीन परिस्थितियों से भी दो-चार होना पड़ा है; लेकिन उन्हें इतनी संतुष्टि कभी नहीं मिली, जितनी अपने बहादुर सैनिकों को अस्पताल में उनके बेड पर ठीक होते हुए देखकर मिली। गैरी जब कारगिल युद्ध से वापस लौटे, तब उन्होंने इन जवानों को ठीक होते हुए देखा।

"उन्हीं के कारण मैं खुद को आईने में देख पाता हूँ और हर सुबह गर्व के साथ अपनी वरदी पहनता हूँ।" वह कहते हैं।

इसके बाद हैंडसम गैरी अपनी मैरून बेरेत उठाते हैं और उसे अपने सिर पर शोहदे जैसे अंदाज में जमाते हैं और फिर अगले लेक्चर के लिए निकल पड़ते हैं। वाकई, वह इस बेरेत के काबिल हैं।

पहले डॉक्टर, बाद में सैनिक

मुंथो ढालो में कैप्टन ग्रेवाल ने दो पाकिस्तानी युद्धबंदियों का भी इलाज किया था। हमलावर रेजीमेंटों ने उन पाकिस्तानियों को जिंदा पकड़ा था और अपने साथ ले आए थे।

मुंथो ढालो में उस दिन उन युद्धबंदियों का काफी प्रतिरोध हुआ। "हमने रेडियो में सौरभ कालिया को दी गई भयावह यातना के बारे में सुना था। यह बात हमारे दिमागों में चस्पाँ थी और दुश्मन द्वारा उनके साथ किए गए अमानवीय व्यवहार की बात सोचकर हमारा खून बदले की आग में खौल रहा था। इसके बावजूद मैंने गुस्साए सिपाहियों से यही कहा कि हमें निःशस्त्र, जख्मी और

हथियार डालनेवाले दुश्मन के साथ बदले की काररवाई में वह नहीं करना चाहिए, जैसा उन्होंने हमारे सिपाही के साथ किया। युद्ध लड़ रही सेना की सम्माननीय आचार-संहिता होती है। इसके कारण घायल और कई दिनों से भूख से बिलख रहे दो पाकिस्तानी सिपाहियों का जीवन बच गया। मुंथो ढालो में हम जिन दो पाकिस्तानी सिपाहियों का इलाज कर रहे थे, उन्हें अपनी ही सेना ने छोड़ दिया था। उनमें एक था 5 एन.एल.आई. का सिपाही हुनर शाह। उसके पाँव का घाव पक गया था, इसलिए जब उसके बाकी साथी अपनी पोस्ट छोड़कर भागने लगे तो वह उनके साथ नहीं भाग पाया और भारतीय जवानों के हाथ लग गया। 33 फ्रंटियर फोर्स के सिपाही अहमद खान ने कहा कि उसे स्कर्दू भेजा गया था, जहाँ उसे अपनी वरदी और आईकार्ड जमा करने को कहा गया और भारत के अंदर भेजा गया।" गैरी याद करते हैं।

दोनों पाकिस्तानी सिपाही थककर चूर थे। दोनों इस बात से बुरी तरह घबराए हुए थे कि न जाने भारतीय सिपाही उनके साथ क्या बरताव करेंगे? वे पूरी तरह टूट चुके थे। दोनों सिपाही बहुत गरीब परिवार से थे। उन्होंने मुझे अपने बच्चों की तसबीरें दिखाईं और बताया कि जैसे युवा भारतीय सैन्य अफसर आगे खड़े होकर टीम की अगुवाई करते हैं, उसके एकदम विपरीत पाकिस्तानी फौज में आदेश हमेशा पीछे से पारित होते हैं। उनके ज्यादातर पेट्रोल की अगुवाई जे.सी.ओ. और जवान कर रहे थे, जबकि अफसर पीछे रहते थे।

दोनों युद्धबंदी रस्सियों से बाँधे गए थे, लेकिन उन्हें यथोचित चिकित्सा सहायता, पानी और खाना दिया गया। फिर दोनों को हेलीकॉप्टर से बेस ले जाया गया। युद्ध खत्म होने के बाद उन्हें अटारी सीमा पर पाकिस्तान के सुपुर्द कर दिया गया।

"वे हमारे शत्रु थे, लेकिन यह हमारा व्यक्तिगत मामला नहीं था। मुझे उम्मीद है कि वे दोबारा अपने परिवारों के साथ खुशनुमा जिंदगी जी रहे होंगे। मैं एक डॉक्टर होने के साथ-साथ एक फौजी भी हूँ, लेकिन जब भी मेरे इन दो किरदारों के बीच टकराव होता है, मैं खुद को एक सिपाही से पहले एक डॉक्टर समझता हूँ। मेरा काम है लोगों की जिंदगियाँ बचाना।" गैरी कहते हैं।

लेखक का नोट

इस कहानी से पता चलता है कि 'ऑपरेशन विजय' के दौरान आर्मी मेडिकल कोर के डॉक्टरों और नर्सिंग स्टाफ की क्या भूमिका रही! वह युद्ध के गुमनाम हीरो रहे। डॉ. कैप्टन विक्रम सिंह ग्रेवाल और उनकी टीम ने बटालिक में मुंथो ढालो के आसपास हुए ऑपरेशनों के दौरान 75 घायलों की देखभाल की। इस क्षेत्र में ये ऑपरेशन हमलावर यूनिट 5 पैरा, 10 पैरा, 1/11 गोरखा, 2 विकास और इंजीनियर्स द्वारा चलाए गए। मेडिकल टीम ने दो पाकिस्तानी युद्धबंदियों का भी इलाज किया। वे सभी जवान, जो ग्रेवाल तक पहुँचे, कारगिल युद्ध के दौरान खुद के बचने की दहला देनेवाली कहानियाँ सुनाने के लिए जिंदा रहे। वाकई, गैरी ने मुंथो ढालो की ठंडी और खूनी रात में खुद से किया वादा निभाया।

कहानी-5

कारगिल की अकेली महिला योद्धा

मई 1999 को ऊधमपुर के 132 फॉरवर्ड एरिया कंट्रोल (एफ.ए.सी.) फ्लाइट में तैनात 25 वर्षीय लंबी, पतली और मृदुभाषी फ्लाइंग अफसर गुंजन सक्सेना को श्रीनगर जाने का आदेश मिलता है।

सैन्य अफसर की बेटी गुंजन एक्शन को आतुर और श्रीनगर जाने पर बेहद खुश हैं। श्रीनगर रवाना होने से पहले वह अपने माता-पिता लेफ्टिनेंट कर्नल (सेवानिवृत्त) ए.के. सक्सेना और श्रीमती सक्सेना को फोन करती हैं। गुंजन के माता-पिता लखनऊ में रह रहे हैं। गुंजन अपने माता-पिता से कहती हैं कि उनकी तैनाती ऊधमपुर से बाहर हो रही है और शायद कुछ दिनों तक वह उन्हें फोन न कर पाएँ। खुद एक सैन्य अफसर होने के नाते लेफ्टिनेंट कर्नल सक्सेना अपनी बेटी के इस जोखिमपूर्ण कार्य से अनावश्यक तौर पर व्याकुल नहीं हैं। वह अपनी बेटी की कुशलता की कामना करके फोन रख देते हैं।

यह वह वक्त था, जब कारगिल में घुसपैठ की बात हाल-फिलहाल प्रकाश में आई थी और किसी को भी यह आभास नहीं था कि ऑपरेशन कितना

बड़ा है ? जब गुंजन श्रीनगर गईं तो उन्हें भी बस, इतना ही लगता था कि भारत मुजाहिदीन द्वारा की गई एक सीमित घुसपैठ को झेल रहा है।

मई में श्रीनगर एयर फील्ड में चार हेलीकॉप्टर तैनात किए गए। गुंजन, जो कुछ समय के लिए फ्लाइंग चीता रहीं, वहाँ तैनात किए गए दस पायलटों में एक थीं। शुरुआत में पायलट को दी जानेवाली ब्रीफिंग में उन्हें लेकर कुछ लोगों की भौंहें भी तनीं, क्योंकि वह व्यापक तौर पर पुरुषों के गढ़ माने जानेवाले इस क्षेत्र में अकेली महिला पायलट थीं, लेकिन जल्द ही अफसरों को भी उन्हें अपने आसपास देखने की आदत पड़ गई और उनके साथ औपचारिकता छोड़ वह सामान्य हो गए। बाद में जब कारगिल का संघर्ष बढ़ा और यह काम खतरनाक समझा जाने लगा तो सेना की टुकड़ी के कमांडर ने गुंजन से पूछा कि क्या उन्हें इस क्षेत्र में काम करने में कोई दिक्कत है ? उन्होंने 'न' में जवाब दिया और निरंतर विमान उड़ाती रहीं। उन्होंने श्रीनगर और खतरनाक जोन से बाहर जाने के विकल्पों को 'न' कह दिया।

उनके माता-पिता को इस बात का एहसास हो गया था कि गुंजन युद्धक्षेत्र के ऊपर विमान उड़ा रही हैं और उनके जीवन पर संकट हो सकता है; लेकिन एक सैन्य परिवार की बेटी होने के कारण वह उनके कर्तव्य के आड़े नहीं आए। शुरुआती चरण में छोटे, लेकिन मजबूत 'चीता' हेलीकॉप्टर, जिनका ऊँचाई पर उड़ने का अच्छा रिकॉर्ड था, संक्षिप्त उड़ान द्वारा निगरानी के लिए भेजे गए थे। गुंजन उन पायलटों में एक थीं, जो घाटी में उड़ान भर रही थीं और कारगिल-तोलोलिंग-बटालिक क्षेत्र को कवर कर रही थीं। वह उन इलाकों का हवाई निरीक्षण करतीं और संदिग्ध गतिविधि दिखने पर उसकी सूचना संबंधित लोगों तक पहुँचातीं। अकसर वे पायलट पर्वतों के ऊपर उड़ते, जहाँ भारतीय और पाकिस्तानी सिपाही एक-दूसरे पर गोलियाँ बरसा रहे होते थे। इस दौरान सिपाही जख्मी भी होने लगे। हेलीकॉप्टरों ने उन घायल सिपाहियों को ऊँचाई वाले इन युद्धक्षेत्रों से हटाने का काम किया। गुंजन ने भी घायलों को युद्धक्षेत्र से हटाकर सुरक्षित स्थान तक पहुँचाया। 'चीता' हेलीकॉप्टर उड़ा रहे गुंजन और उनके साथी पायलट अकसर करीब 13,000 फीट ऊँचाई पर युद्ध लड़ रहे सिपाहियों द्वारा आनन-फानन में पत्थर हटाकर बनाए अस्थायी हेलीपैड पर उतरते थे।

गुंजन अपना हेलीकॉप्टर इन्हीं अस्थायी हेलीपैडों पर उतारकर जख्मी सिपाहियों का इंतजार करतीं, ताकि उन्हें हेलीकॉप्टर में बैठाकर वहाँ से सुरक्षित स्थान पर ले जाया जा सके। फिर युद्ध लड़ रहे सिपाहियों को थम्स-अप का इशारा करतीं। सिर्फ कुछ ही नोटिस करते कि वह पुरुष हैं या महिला। वह तुरंत 'चीता' हेलीकॉप्टर को चतुराई से उड़ाकर वहाँ से श्रीनगर ले जातीं। पायलट को काफी सावधान रहना पड़ता है, क्योंकि वे इस बात का जोखिम नहीं उठा सकते कि उनके हेलीकॉप्टर को दुश्मन मार गिराए।

'चीता' ऊँचाई पर उड़ने के अभ्यस्त हैं, लेकिन दुश्मन के खिलाफ उनके पास कोई रक्षा कवच नहीं। दुश्मनों से सामना, हेलीकॉप्टर क्रैश होने या फिर दुश्मन के हाथ लगने जैसे हालात में रक्षा कवच के तौर पर पायलट्स अमूमन हमलावर राइफलों और पिस्तौलों को साथ लेकर चलते थे। युद्ध के दिनों में कारगिल में दुश्मन रुक-रुककर गोलीबारी कर रहा था। एक बार जब गुंजन कारगिल एयरफील्ड से टेक-ऑफ की तैयारी कर रही थीं, तब दुश्मन की एक मिसाइल उनके हेलीकॉप्टर से टकराते-टकराते रह गई और उनके पीछे क्रैश हो गई। बिना व्याकुल हुए उन्होंने उड़ान भरी और अपने कर्तव्य का निर्वाह किया।

'चीता. हेलीकॉप्टरों ने दुश्मन के क्षेत्र की टोह भी ली और तोपें चलानेवाले सिपाहियों, फाइटर पायलटों के लिए दुश्मनों की संदेहजनक जगहों की सूचनाएँ भी लाए। इसके अलावा, उन्होंने ऊँची-ऊँची चोटियों पर दुश्मन से युद्ध लड़ रहे अपने वीर सिपाहियों को भोजन, दवाएँ और दूसरे जरूरी सामान भी मुहैया करवाए। जोखिम उठाते हुए इन पायलटों ने युद्धभूमि में हेलीकॉप्टर लैंड करवाए और अपने घायल व शहीद सैनिकों को वापस लाए। वे अपने देश के लिए अपनी जान जोखिम में डालनेवाले पैदल सैनिकों के लिए किसी जीवन रेखा से कम नहीं थे।

गुंजन ने कारगिल से तोलोलिंग और बटालिक इलाकों में काम किया। उन्होंने बीस दिनों में करीब 10 सामरिक उड़ानें भरीं, जिसके बाद भारतीय हवाई सेना ने अपने छोटे हेलीकॉप्टरों को हटा दिया और युद्ध कर रहे जवानों की मदद के लिए व्यापक पैमाने पर हवाई अभियान चलाए। गुंजन वापस ऊधमपुर लौट आईं। उन्हें कारगिल युद्ध में शामिल अकेली महिला होने का गौरव प्राप्त हुआ।

सैन्य पृष्ठभूमि

गुंजन एक सैन्य परिवार से थीं और हमेशा से ही भारतीय सेना में शामिल होना चाहती थीं। दिल्ली के हंसराज कॉलेज से ग्रेजुएशन करने के बाद उन्होंने एस.एस.बी. की प्रवेश परीक्षा पास की और वर्ष 1994 में भारतीय वायुसेना में शामिल हुईं।

उन्हें यह कहते हुए उद्धृत किया गया, "युद्ध के दौरान दूसरे मुख्य कामों के अलावा हमारा एक महत्त्वपूर्ण काम जख्मी सिपाहियों को युद्धभूमि से हटाना था। मुझे लगता है कि बतौर हेलीकॉप्टर पायलट यह एक सर्वश्रेष्ठ एहसास था। किसी का जीवन बचाना एक बहुत संतोषजनक एहसास होता है, क्योंकि आप यही करने के लिए वहाँ होते हैं।"

आर्मी एविएशन कोर की भूमिका

भारतीय वायु सेना के हेलीकॉप्टरों के अलावा कारगिल युद्ध में 'आर्मी एविएशन कोर' के दो बेड़ों ने हिस्सा लिया। उन्होंने विलक्षण '2,500 मिशन' में हिस्सा लेते हुए 2,700 घंटे उड़ानें भरीं।

युद्ध लड़ रहे सैकड़ों सिपाहियों के लिए एक इंजनवाले 'चीता' हेलीकॉप्टर की तेज कर्णभेदी आवाज और उसके रोटरों की गहरी घरघराहट एक संतोषजनक एहसास हुआ करता था।

'चीता' हेलीकॉप्टरों ने ज्यादातर 18,000 फीट की ऊँचाई वाले क्षेत्रों में उड़ान भरी, जो इसकी उच्च हवाई सीमा रही। शुरुआत में 'आर्मी एविएशन कोर' के बहादुर पायलटों ने सैनिकों को इधर से उधर पहुँचाने का काम किया और जहाँ ये रक्तरंजित लड़ाइयाँ लड़ी जा रही थीं; वहाँ के नजदीकी क्षेत्रों में पहुँचकर सैनिकों के लिए जरूरी सामान पहुँचाया। युद्ध के दौरान इन हेलीकॉप्टरों के जरिए 900 से ज्यादा जख्मी जवानों को फील्ड अस्पतालों और शहीदों को शोक-संतप्त परिवारों के करीब पहुँचाया गया। इन हेलीकॉप्टरों ने दुश्मनों के हथियारों और तोपों से हो रही बमबारी के बीच बगैर घबराए अस्थायी हेलीपैडों में लैंड किया और उड़ानें भरीं।

ऐसी अनगिनत घटनाएँ हैं, जब इन पायलटों ने अपनी जान को जोखिम में

डालकर अपने साथी सिपाहियों की जान की रक्षा की। 'आर्मी एविएशन कोर' को कारगिल युद्ध में उनकी महत्त्वपूर्ण भूमिका के लिए दो वीर चक्र, एक युद्ध सेवा मेडल, तीन सेना मेडल (शौर्य) और एक सेना मेडल (विशिष्ट) से नवाजा गया।

लेखक का नोट

वायुसेना में फ्लाइट लेफ्टिनेंट गुंजन का कार्यकाल कारगिल युद्ध के कुछ सालों बाद खत्म हो गया, क्योंकि उस दौरान स्थायी कमीशन लागू नहीं था। वह एयर फोर्स के एक हेलीकॉप्टर पायलट की विवाहिता हैं।

□

अध्याय-8

विरासत

चार साल का एक बच्चा युद्ध में विधवा अपनी माँ का उसे वरदी में देखने का सपना आँखों में सँजोकर बड़ा होता है।

पचेंदा कला
मुजफ्फरनगर के नजदीक
उत्तर प्रदेश
2018

पचेंदा कला के एक छोटे से गाँव में 85 साल के एक किसान महावीर सिंह रहते हैं। दो साल पहले उनकी पत्नी का निधन हो गया था। तब से वह विक्षिप्त-सी हालत में सोते-जागते हैं। ज्यादातर समय वह अपनी बुनी हुई चारपाई पर बैठे खिड़की से बाहर दूर गेहूँ के खेतों को सूनी आँखों से देखते रहते हैं। वह एक ऐसी स्थिति में हैं, जहाँ अतीत और वर्तमान धुँधला-धुँधला लगता है। किसी को मालूम नहीं कि उनके दिमाग में क्या कुछ चलता रहता है! वह अपनी सुध-बुध में विरले ही होते हैं। जब वह सामान्य हालत में होते हैं, तब उनकी आवाज का दर्द साफ-साफ सुनाई पड़ता है। ऐसी स्थिति में, वह कभी-कभी कारगिल युद्ध में शहीद अपने युवा बेटे की बातें भी करते हैं। कभी-कभी उन्हें अपना पोता भी याद आता है, जो अब आई.एम.ए. (इंडियन मिलिट्री अकादमी) में है। यूँ तो महावीर सिंह के परिवार ने भारतीय सेना को कई जवान दिए हैं, लेकिन उनका पोता परिवार का पहला सैन्य अफसर होगा। यह बात बताते हुए महावीर की आँखों में एक चमक और सूखे होंठों पर हँसी आ जाती है।

"बाप का नाम रोशन कर दिया उसने। सारे गाँव को मिठाई खिलानी है।" वह भर्राई हुई आवाज में कहते हैं ।

9 जून, 2018
आई.एम.ए.
देहरादून

गरमी का मौसम है और धूप तेज है। सूरज की रोशनी चमकते हुए बैज और बूटों पर पड़ रही है। पासिंग आउट परेड अभी-अभी खत्म हुई है। टोपियाँ हवा में उछाली जाती हैं और खिलखिलाते युवा उन्हें हवा में उछलकर कैच करते हैं। मसूरी की पहाड़ियों में हर तरफ महसूस की जा सकनेवाली आनंद की उमंग (ठीक वैसे ही जैसे ड्रिल उस्ताद की ट्रेनिंग कमांड) समारोह की सादगी को तोड़ रही है। जैतून हरे रंगवाली कमीजों से झाँकती अपनी बलिष्ठ बाँहों से ये युवा पुश-अप्स कर जश्न के लिए एक लय तैयार कर रहे हैं। सोमनाथ स्टेडियम के सुंदर बगीचे जून की गरमी में खिले-खिले नजर आ रहे हैं। इन युवाओं के परिवारवालों की खुशी देखते ही बनती है। प्रफुल्लित दिखाई दे रहे इन युवाओं के बड़े भाई-बहन, अवाक् छोटे भाई-बहन, बूढ़े दादा-दादी, सफेद बालोंवाले माता-पिता (सबका सीना गर्व से फूला हुआ है)—सभी अच्छे कपड़ों में हैं। पतले और छड़ी सरीखे एकदम सीधे नए कमीशन प्राप्त इन हैंडसम वरदीधारी युवा अफसरों को उनके घरवाले गले लगा रहे हैं, पीठ थपथपाकर शाबाशी दे रहे हैं, हाथ मिला रहे हैं और उनके माथे चूम रहे हैं।

उस शनिवार की सुबह पास हुए 457 कैडेट्स में से कुछ ऐसे भी थे, जिनके पिता इस खास दिन का हिस्सा बनने के लिए आसपास नहीं थे। 23 वर्षीय लेफ्टिनेंट हितेश कुमार उन्हीं कैडेट्स में एक थे। लेफ्टिनेंट हितेश को पैतृक दावे के तौर पर 2 राजपूताना राइफल्स दिया गया।

वह व्यक्ति, जो उस सुबह हितेश को देखकर सबसे ज्यादा गर्व महसूस करते, वह थे लांस नायक बचन सिंह, जो कभी हितेश को उनकी वरदी में नहीं देख पाएँगे। 19 साल पहले जब हितेश और उनके जुड़वाँ भाई हेमंत केवल चार

साल के थे, चार्ली कंपनी, 2 राजपूताना राइफल्स का वह युवा सिपाही तोलोलिंग की ठंडी बर्फीली चोटी में दुश्मन की गोलियों का शिकार हो गया था।

यूँ तो हितेश, हेमंत और उनकी माँ ने लांस नायक बचन सिंह को अपनी आँखों के आगे देश के लिए शहादत देते हुए नहीं देखा, फिर भी उनकी यादों में वह दृश्य स्पष्ट रूप से अंकित है। दरअसल, कारगिल युद्ध का हिस्सा रहे 'महावीर चक्र' प्राप्त सूबेदार दिगेंद्र सिंह ने इस परिवार को लांस नायक बचन सिंह की युद्ध की कहानी कुछ इस तरह सुनाई, मानो सबकुछ सिंह परिवार की नजरों के सामने ही हो रहा हो! युद्ध के अंत में एक गोली 29 वर्षीय बचन सिंह के सिर में जा लगी, जिसके बाद वह अपने घुटनों के बल बैठ गए। दुश्मनों पर दे-दनादन गोलियाँ बरसा रही एल.एम.जी. पर उनकी पकड़ ढीली पड़ गई और उन्होंने वह एल.एम.जी. दिगेंद्र को दे दी। बचन सिंह की आँखें धीमे से बंद हो गईं, मानो उन्हें गहरी नींद ने अपने काबू में कर लिया हो। वह नीचे गिर गए। उनका गरम खून बर्फ में फैल गया। अपने आखिरी पलों में उन्होंने अपने से सैकड़ों किलोमीटर दूर अपनी प्रिय युवा पत्नी और बेटों को याद किया। कारगिल युद्ध में 2 राजपूताना राइफल्स के काफी सैनिक शहीद हुए थे। 4 अफसर, 2 जे.सी.ओ. और बटालियन के विभिन्न रैंकों के 17 लोगों ने भारतीय सेना की उच्च परंपरा के मुताबिक इस लड़ाई में परम बलिदान दिया। लांस नायक बचन सिंह उन्हीं में से एक थे।

भारतीय सैन्य अकादमी (I.M.A.) में उस सुबह हितेश की मुसकराहट में उस पिता को लेकर दु:ख भी था, जो वहाँ मौजूद नहीं थे; लेकिन उनकी आँखों में संतुष्टि थी। बेशक इसमें उन्हें 19 साल लगे, लेकिन उन्होंने अपनी विधवा माँ के सपने को आखिरकार पूरा कर दिखाया।

"मेरे पति एक सिपाही थे, लेकिन उन्होंने मुझे हमेशा यही कहा कि वह अपने बेटों को प्रथम श्रेणी का अफसर बनाना चाहते हैं। जिस दिन वह शहीद हुए, मैंने फैसला किया कि मैं सुनिश्चित करूँगी कि दोनों बेटे सैन्य अधिकारी बनें और उनकी बटालियन में शामिल हों।" श्रीमती कामेश बाला ने मुझसे कहा। मैं हितेश की पासिंग आउट परेड के कुछ महीनों बाद श्रीमती कामेश से उनके दिल्ली स्थित 'वीर आवास' फ्लैट में मिली थी। हलके हरे रंग की सलवार-

कमीज और गले में दुपट्टा डाले श्रीमती कामेश ने अपने घर में मेरा मुसकराहट के साथ चाय-पानी पूछते हुए स्वागत किया।

लेकिन आई.एम.ए. में उस सुबह ऐसे बड़े सार्वजनिक जलसे में परिष्कृत लोगों के बीच वह थोड़ा असहज महसूस कर रही थीं। उस दिन अधेड़ उम्र की श्रीमती कामेश ने हलके नीले रंग की साड़ी पहनी हुई थी। उनकी माँग से उनके सिर के सफेद बाल और चमकती आँखों के दोनों तरफ हलकी सी झुर्रियाँ दिखाई दे रही थीं। जब उनके बेटे ने प्यार से उन्हें गले लगाया तो वह सीधी ही खड़ी रहीं। उनका दूसरा बेटा भी उनके पास खड़ा था और उसने भाई की समारोह वाली टोपी गर्व से अपने सिर पर रखी हुई थी। श्रीमती कामेश ने उस दिन अपने आँसुओं को बहने से नहीं रोका। परिवार के लिए यह पल बचन सिंह के त्याग को याद करने का था।

सात साल

कई हिंदू पत्नियाँ मानती हैं कि पति का नाम लेने पर उनके जीवन का एक दिन कम हो जाता है। बेशक, श्रीमती कामेश के पति अब उनके आसपास नहीं हैं, फिर भी वह अपने मृत पति का नाम नहीं लेतीं। "वह और मेरे भाई एक ही यूनिट में थे। वह कभी-कभी दिल्ली में मेरे भाई के घर आया करते थे।" शरमाते हुए वह मुझे बताती हैं। "उस वक्त मैं 18 साल की थी और मैंने आठवीं क्लास पास की थी। मैं अपने माता-पिता के साथ गाँव में ही रहती थी। एक बार मेरे भाई ने मुझे दिल्ली बुलाया और वहीं मेरी उनसे मुलाकात हुई। वह लंबे, पतले और गेहुँए रंग के थे। जब मैंने उन्हें पहली बार नीली शर्ट और गहरे पीले रंग की पैंट में देखा तो सोचा कि एक फौजी होने के बावजूद उनकी मुसकराहट काफी सौम्य थी। मुझे वह अच्छे लगे।" वह कहती हैं।

उस मुलाकात के दौरान दोनों के बीच कोई बातचीत नहीं हुई, लेकिन दोनों ने ही एक-दूसरे से शादी के प्रस्ताव के लिए हामी भर दी। छह महीने बाद उनकी शादी हो गई, लेकिन सात साल बाद बचन सिंह शहीद हो गए। पति की मृत्यु के समय कामेश केवल 26 वर्ष की थीं। बचन सिंह पैदल सेना के सिपाही थे, लिहाजा उनकी पोस्टिंग हमेशा फील्ड एरिया में हुआ करती थी। कामेश अपनी

शादी के बाद करीब-करीब पूरे समय अपने सास-ससुर के साथ गाँव में ही रहीं। कामेश और बचन सिंह एक साथ केवल पाँच महीने ही रहे। वह कहती हैं कि वे महीने उनकी जिंदगी के सबसे खूबसूरत दिन थे।

श्रीमती कामेश के घर की बैठक की दीवार पर एक तसवीर टँगी हुई है, जिसमें कामेश और बचन सिंह पत्थर की एक मुँडेर पर बैठे हुए कैमरे की तरफ देखकर मुसकरा रहे हैं। "वह उस वक्त उदयपुर में पोस्टेड थे। वह हर शाम मुझे बाहर घुमाने ले जाते थे। हम खूब बातें करते, हँसते।" जब लड़कों का जन्म हुआ तो बचन सिंह कश्मीर में पोस्टेड थे। कामेश की प्रेगनेंसी में दिक्कतें आने की वजह से उन्हें आर्मी बेस अस्पताल में भरती कराया गया। उस समय बचन सिंह 20 दिनों की छुट्टी पर दिल्ली आए थे। जुड़वाँ बच्चे उलटे थे और डॉक्टर इस बात को लेकर बहुत आशंकित थे कि क्या वे माँ व बच्चे दोनों को बचा पाएँगे! आखिरकार डॉक्टरों को कामेश का सीजेरियन ऑपरेशन करना पड़ा। जब डिलीवरी के बाद उनके पति उन्हें देखने आए तो उन्हें इतनी राहत मिली कि दोनों ही रोने लगे। "हम दोनों ही रो पड़े।" कामेश कहती हैं।

लेकिन जल्द ही बचन सिंह को वापस लौटना पड़ा। इसके बाद कामेश ने अपने पति को छुट्टियों में ही देखा। वह यह देखकर हैरान थे कि दोनों लड़के कितनी तेजी से बड़े हो रहे हैं। बचन सिंह चाहते थे कि उनके बच्चे जीवन में अच्छा करें और वह सब हासिल करें, जो बतौर सिपाही वह हासिल नहीं कर पाए। "उन्होंने हमसे वादा किया था कि जब उनकी अगली पोस्टिंग शांति वाली जगह पर होगी तो वह हमें अपने साथ ले जाएँगे, लेकिन फिर युद्ध छिड़ गया और उन्होंने मुझसे कहा कि उन्हें युद्ध के लिए जाना होगा।" श्रीमती कामेश ने बताया।

कारगिल युद्ध के दौरान, कामेश सारा दिन टी.वी. के आगे बैठी रहती थीं। वह युद्ध से जुड़ी खबरें देखती रहती थीं। पति की चिंता उन्हें खाए जाती थी। "मुझे उनकी बहुत चिंता होती थी। बच्चे तब नासमझ थे। उनकी जिंदगी पहले की ही तरह चलती रही।" वह कहती हैं।

पिता की यादें

हितेश कहते हैं कि उनके जेहन में अपने पिता से जुड़ी बहुत ज्यादा यादें

नहीं हैं। "जब वह शहीद हुए, तब मैं केवल चार साल का था। मैं उन्हें अपने साथ खींची हुई तसवीरों और माँ द्वारा बताई गई बातों के जरिए से ही ज्यादा जानता हूँ। हाँ, थोड़े-बहुत दृश्य जरूर दिमाग में हैं।" वह बताते हैं कि एक बार उनके जन्मदिन पर उनके पिता उनके साथ थे। "हम अपने दादा-दादी के साथ पचेंदा गाँव में रहते थे। वह हमारा तीसरा या चौथा जन्मदिन रहा होगा। उस जमाने में केक वगैरह तो होते नहीं थे; लेकिन मुझे याद है कि वह बुनी हुई चारपाई में हमारे दो कमरों वाले घर के आँगन में बैठे हुए थे, जबकि मेरी माँ एक बड़ी कड़ाही में गुलाब जामुन तल रही थीं। बाद में मैंने और मेरे भाई ने एक गुलाब जामुन को किसी केक की तरह काटा था।" वह हँसते हुए बताते हैं।

दोनों भाई बचपन में बहुत शरारती थे। जब दादी दोनों को स्कूल छोड़ने जातीं तो वह अपने भाई हेमंत का हाथ पकड़कर अकसर स्कूल से रफू-चक्कर हो जाते और दादी से पहले ही वापस घर पहुँच जाते। हितेश को यह बात अब भी याद है। "हम दोनों जुड़वाँ भाई बहुत ही शरारती थे। हमें स्कूल के नाम से ही चिढ़ थी और हम अकसर स्कूल से भाग जाते थे। मुझे याद है कि एक बार मेरे पिता इस बात पर बहुत ज्यादा गुस्सा हुए थे। गुस्साते हुए उन्होंने मुझे एक बाँह से खींचा, जबकि मेरी दादी ने मेरा दूसरा हाथ पकड़ा हुआ था। वह मेरी दादी से कह रहे थे कि वह हमें शहर ले जाएँगे, क्योंकि हम गाँव में पूरी तरह बरबाद हो रहे हैं।" चेहरे पर हलकी हँसी के साथ हितेश ने मुझे बताया। "आखिरकार उन्होंने हमें मुजफ्फरनगर में एक कमरे वाले मकान में शिफ्ट करवा के ही दम लिया। हम दोनों भाइयों को हिंदी माध्यम वाले लक्ष्मी पब्लिक स्कूल में भरती करवा दिया गया।" उन्होंने बताया।

हितेश याद करते हैं कि जब भी उनके पिता छुट्टियों में घर आते तो दोनों को स्कूल ले जाते और यह सुनिश्चित करने के लिए बाहर बैठ जाते कि कहीं लड़के स्कूल से भाग न जाएँ। चूँकि दोनों बच्चों को दूध बहुत पसंद था, लिहाजा वह दोनों के लिए अपने साथ दूध की बोतलें भी भरकर लाते थे। दोपहर में जब स्कूल बंद हो जाता, तीनों हाथ पकड़कर घर लौट आते। दोनों भाई गटागट दूध पी जाते। शाम को वह बच्चों के साथ खेलते और रात का खाना खाने के बाद

बचन सिंह अपने दोनों बेटों को आदर्श कॉलोनी क्रॉसिंग में गजक व मूँगफली दिलवाने ले जाते।

"हम किराए के एक कमरे वाले घर में रहते थे। चूँकि हमारे पास टेलीविजन सेट नहीं था, इसलिए मैं और मेरा भाई दोनों टी.वी. देखने के लिए मकान मालिक के घर चले जाते, जिससे मेरी माँ बहुत शर्मिंदा होती थीं। मुझे याद है कि जब मेरे पिता छुट्टियों में घर लौटे तो उन्होंने हमारे लिए बी.पी.एल. का एक कलर टी.वी. सेट खरीदा, ताकि हम घर पर ही रहें। हालाँकि उनके पास उस समय बहुत पैसे नहीं थे। वह टी.वी. अब भी हमारे मुजफ्फरनगर वाले घर पर है और अब भी चलता है।" हितेश बताते हैं। "जब भी मैं उसे देखता हूँ तो याद आता है कि कैसे हम सभी एक ही कमरे में बैठा करते थे। मेरा भाई और मैं पढ़ते थे, माँ खाने के लिए सब्जी काटती थीं और पिताजी टी.वी. देखते थे। अगर हम आँख उठाकर ऊपर देखते तो वह सिर के पीछे मारते और कहते—पढ़ाई करो।" हितेश बताते हैं।

यह शायद हितेश की सबसे प्यारी यादों में है, जहाँ उनका सारा परिवार एक साथ है। दूसरी यादें उनके पिता की भयावह अंत्येष्टि की हैं, जिसे उन्होंने और उनके भाई ने गन्ने के खेतों में खड़े होकर देखा था। उन्हें यह पता ही नहीं था कि क्या कुछ हो रहा है?

कामेश युद्धभूमि से अपने पति के आश्वासन देते हुए पत्र को याद करती हैं। "मैं ठीक हूँ। मेरी चिंता मत करना। अपना और बच्चों का ध्यान रखना। बच्चों की गरमियों की छुट्टियाँ पड़ी हुई हैं। मुझे लगता है कि तुम्हें अपने माता-पिता के घर जाकर उनके साथ थोड़ा वक्त बिताना चाहिए। तुम्हारा मन लगा रहेगा।" बचन सिंह ने एक पत्र में लिखा था।

ठीक इसके बाद, जब उनके पति के चाचा उन्हें उनके सास-ससुर के घर लिवा लाने के लिए आए तो कामेश ने उन्हें अपने पति का पत्र दिखाया और कहा कि वह अपने माता-पिता के घर जाना ज्यादा पसंद करेंगी। उनके सास-ससुर इस बात के लिए राजी हो गए और वह तथा उनके बच्चे कुतबी चले गए, जहाँ उनके माता-पिता रहते थे।

चार दिनों बाद उनकी छोटी सी दुनिया तबाह हो गई।

13 जून, 1999
कुतबी गाँव
मुजफ्फरनगर से 25 किलोमीटर दूर

हितेश और हेमंत, जो अभी पाँच साल के भी नहीं हुए हैं, मिट्टी व ईंटों से बने अपने नाना के छोटे से घर के बाहर खेल रहे हैं। इतने में फोन की घंटी बजती है।

अपने प्लास्टिक बैट को एक तरफ फेंककर हितेश दरवाजे पर करीब-करीब लड़खड़ाते हुए फोन उठाने के लिए भागते हैं, वह अपने पैर के अँगूठों पर खड़े होकर फोन उठाते हैं और कहते हैं, "हैलो!"

उनके मामा राइफलमैन ऋषि पाल फोन पर हैं। वह हितेश से कहते हैं, "बेटा, अपनी माँ को बुला दे।"

फोन के रिसीवर को ध्यान से नीचे रखकर हितेश अपनी माँ को ढूँढ़ने सीढ़ियों से ऊपर जाते हैं। कामेश फोन उठाती हैं और हितेश वापस खेलने लग जाते हैं। वह बैट उठाकर हेमंत को गेंद फेंकने के लिए कहते ही हैं कि उनकी माँ की जोर-जोर से रोने की आवाज उनके कानों में पड़ती है।

लड़के अपना खेल छोड़कर, काँच की खिड़की से अंदर झाँककर अपनी माँ को देखते हैं। माँ की आँखों से आँसू बह रहे हैं। उनकी नानी नीचे आ चुकी हैं। दोनों भाई, जो 23 अक्तूबर को पाँच साल के होते, सूरज की रोशनी में खिड़की पर नाक चिपकाए अंदर झाँकते हैं। दोनों अपने नाना-नानी के घर को धीरे-धीरे गाँववालों से भरता हुआ देखते हैं। महिलाओं के चीखने की आवाजें उनके कानों में पड़ रही हैं, जिन्हें सुनकर उन्हें भी रोना आ जाता है। हालाँकि उन्हें इस बात का जरा भी एहसास नहीं है कि वे आखिर रो क्यों रहे हैं?

"हम उस समय इतने छोटे थे कि इतने बड़े हादसे को नहीं समझ पाए। हमारे पिता के सिर पर गोली लगी थी और हमारे मामा, जो 2 राजपूताना राइफल्स में ही थे, ने मेरी माँ को यही बताने के लिए फोन किया था।" हितेश भाव-शून्य होकर जिंदगी को तहस-नहस करनेवाली उस घटना के बारे में बताते हैं, जिसने उन्हें मात्र चार साल की उम्र में ही पितृहीन बना दिया था।

जल्द ही कामेश के सास-ससुर भी वहाँ पहुँच गए। वह उन्हें और बच्चों

को अपने साथ पेचेंदा कला ले गए। हितेश कहते हैं कि उन्हें वह दिन अच्छी तरह याद है, जब उनके पिता का मृत शरीर गाँव लाया गया था।

"हमारे घर के बाहर भारी भीड़ इकट्ठा थी। मैं और मेरा भाई यह जानने को उत्सुक थे कि हो क्या रहा है? हमने लोगों के हुजूम में आगे घुसने की भी कोशिश की, लेकिन हम काफी छोटे थे। इसके बाद हम अपने घर की छत पर चढ़ गए, लेकिन वहाँ से भी हमें कुछ नजर नहीं आया। अंत में मेरे मामा आए और हमें नीचे ले गए, जहाँ पिताजी का मृत शरीर रखा हुआ था। वह एक सफेद सोल्यूशन में कवर था और जिन पिता को हम जानते थे, उनके जैसा बिलकुल नहीं लगता था। मुझे नहीं लगता कि हमें इस बात का तनिक भी एहसास था कि क्या कुछ हुआ है; लेकिन हमारी माँ ने मुझे बताया कि हम पूरे एक महीने तक रोते रहे, जबकि हमें पता ही नहीं था कि हम रो क्यों रहे हैं? मुझे उनका दाह संस्कार याद है। मैं और मेरा भाई एक-दूसरे का हाथ थामे गन्ने और गेहूँ के खेतों में गए थे, जहाँ वह सब हुआ था। हमने एक जैसी निक्कर और कमीजें पहनी हुई थीं। हम दोनों थोड़ी दूर खड़े उनके शरीर को जलते हुए और आसमान में जाती लाल लपटों को देख रहे थे। अपने पिता की कुछ धुँधली यादों में यह सबसे ज्यादा स्पष्ट है।" वह बताते हैं।

कामेश बताती हैं कि पति को खोने पर उनकी दुनिया ही उजड़ गई थी। उन्हें सांत्वना देने आते लोग हमेशा कहते—'वक्त सारे जख्म भर देगा'।

"कहते थे, समय के साथ दुःख कम हो जाता है; पर ऐसा नहीं होता। दुःख कभी कम नहीं होता।" वह मुझसे कहती हैं और यह कहते-कहते उनकी आँखें दोबारा गीली हो जाती हैं।

वह कहती हैं कि उन्हें अपने पति की सबसे ज्यादा याद तब आई, जब आई.एम.ए. में हितेश एक अफसर बने। कामेश इस बात पर काफी रोईं कि उनके पति अपने बेटे को अफसर बनते हुए नहीं देख पाए, जो उनकी हार्दिक इच्छा थी। "उन्होंने हितेश को चार साल का देखा था। बस, एक बार उसे अफसर की वरदी में देख पाते तो कितने खुश होते!" वह कहती हैं।

मेरी माँ का सपना

हितेश कहते हैं कि पहली बार सार्वजनिक तौर पर आर्मी में जाने की इच्छा उन्होंने तब जताई, जब वह सनातन धर्म स्कूल में कक्षा पाँचवीं के छात्र थे। पिता की मृत्यु के बाद उन्हें और उनके भाई हेमंत को इसी स्कूल में भरती कराया गया था।

"एक दिन हमारी पसंदीदा क्लास टीचर मंजू मित्तल ने बच्चों से पूछा कि वे बड़े होकर क्या बनना चाहेंगे? जब मेरी बारी आई तो मैं खड़ा हुआ और कहा, मुझे आर्मी में जाना है।" हितेश कहते हैं कि हालाँकि उन्होंने उस समय अफसर बनने के बारे में नहीं सोचा था। "मैं और मेरा भाई सिपाही बनकर खुश थे।" लेकिन मेरी माँ के सपने बड़े थे।

हितेश कहते हैं कि बेशक उनकी माँ ज्यादा पढ़ी-लिखी नहीं थीं और दुनियादारी भी ज्यादा नहीं समझती थीं, लेकिन इसके बावजूद उन्होंने दोनों भाइयों को राष्ट्रीय मिलिट्री अकादमी, चैल में भेजने का भरपूर प्रयास किया। यह सलाह उन्हें वीरेंद्र सिंह ने दी थी। वह बड़े थे और सेना में ही थे। दोनों लड़के उन्हें 'दादा' कहा करते थे।

कामेश दोनों भाइयों को स्कूल में प्रवेश के लिए लिखित परीक्षा दिलवाने के लिए दिल्ली लाईं, लेकिन जब बच्चे उसमें पास नहीं हो पाए तो उन्हें काफी निराशा हुई। इसके बाद वीरेंद्र सिंह ने कोचिंग क्लासेज के लिए दोनों भाइयों को देहरादून भेजने की सलाह दी।

चूँकि उनके पास रहने का कोई ठिकाना नहीं था, उन्हें गरही कैंटोनमेंट में एक बोर्डिंग मिला, जहाँ दोनों भाई छह महीनों तक रहे और क्लासेज में गए। अगले प्रयास में दोनों ही प्रवेश परीक्षा पास करने में सफल हुए।

"हमारी माँ के लिए दोनों बच्चों को पढ़ाई के लिए दूर भेजना काफी मुश्किल भरा फैसला था, लेकिन उन्होंने हमारी भलाई के लिए वह भी किया।" हितेश कहते हैं।

दोनों भाइयों के कक्षा छह से बारहवीं करने, यानी पूरे सात साल तक कामेश मुजफ्फरनगर में इस उम्मीद के साथ अकेली रहीं कि उनका त्याग उनके बच्चों को एक अच्छा भविष्य देगा।

अकेले बिताए कठिन साल

कामेश कहती हैं कि वे सात साल उनके जीवन के सबसे कठिन साल थे। "मैं बच्चों को दूसरी बार देखने के लिए ही जीती थी। मैं काफी दूर रहती थी, लिहाजा उनसे दो महीने में एक बार ही मुलाकात हो पाती थी। मुझे घर पर पेट्रोल स्टेशन भी चलाना पड़ता था। जब भी मैं उन्हें छोड़कर वापस जाने लगती तो दोनों खूब रोते। मेरा दिल तार-तार हो जाता। मैं उन्हें मजबूत होकर खूब पढ़ने को कहती।" वह कहती हैं।

"मैं उनसे अकसर कहा करती थी कि बेटा, पापा का नाम रोशन करना है।" कामेश बताती हैं। मुजफ्फरनगर वापसी के दौरान वह लगातार रोती रहती थीं और वापस लौटने के बाद दोबारा दो महीने बाद बच्चों को देखने का उनका इंतजार शुरू हो जाता। "यह बहुत मुश्किल था; पर मेरे अंदर दोनों को फौज में भेजने की लगन थी।" वह कहती हैं।

घर पर कामेश के लिए करने को ज्यादा कुछ नहीं था। वह खाना पकातीं, घर साफ करतीं और अपने एकाकीपन के बीच पुरानी एलबम खोलकर बैठ जातीं।

"मैं अवसाद में चली गई। पति के जाने के बाद मेरा आत्मविश्वास खत्म हो गया था। जब कभी भी मैं घर से बाहर निकलती तो मुझे किसी-न-किसी सहारे की जरूरत पड़ती थी। कभी-कभी मेरी सास भी मेरे साथ आकर रहती थीं; लेकिन ज्यादातर मैं अकेले ही रहा करती थी।" कामेश कहती हैं।

हितेश कहते हैं कि चैल में उन्हें और उनके भाई को जो कुछ सीखने को मिला, उससे दोनों को काफी फायदा पहुँचा। "जब मैं कक्षा आठ में था, मुझे 'पैतृक दावा' के बारे में पता चल चुका था (जब किसी जवान को कोई रेजीमेंट आवंटित की जाती है तो ऐसे कैडेट, जिनके पिता किसी विशिष्ट यूनिट का हिस्सा रहे हों, उन्हें अपने ही पिता की यूनिट को चुनने की प्राथमिकता दी जाती है) और अपने पिता की बटालियन में जाने का सपना पहुँच के ज्यादा अंदर लगने लगा था। हालाँकि, मैंने अब तक अपने परिवार में केवल सिपाहियों को ही देखा था, ऐसे में मैंने भी एक सिपाही बनने की ही सोची।

चैल में हमने महसूस किया कि हर कोई अफसर बनना चाहता है, लेकिन केवल हम दोनों ही आर्मी से रैंक के जरिए जुड़ना चाहते हैं।" वह कहते हैं।

इसके बाद दोनों भाइयों ने अफसर बनने के विकल्प पर विचार किया। हालाँकि हितेश शुरुआत में नेशनल डिफेंस अकादमी (एन.डी.ए.) का इंटरव्यू पास नहीं कर पाए, लिहाजा वह दिल्ली वापस आए और श्रीराम कॉलेज ऑफ कॉमर्स में दाखिला ले लिया।

"उस समय तक मेरी माँ का सपना मेरा सपना बन चुका था।" हितेश स्वीकार करते हैं। "मेरे दिमाग में यह बात एकदम स्पष्ट थी कि मुझे बतौर अफसर अपने पिता की रेजीमेंट ज्वॉइन करनी है। मेरी यही एक अकेली महत्त्वाकांक्षा थी। मैंने दूसरे विकल्प के बारे में विचार तक नहीं किया। अगर कोई मुझसे मेरे बैकअप के बारे में पूछता तो मेरे पास कोई जवाब नहीं होता। सच्चाई यही है कि मेरे पास कोई जवाब था ही नहीं।" हितेश ने बताया।

कॉलेज के तीसरे वर्ष हितेश ने सी.डी.एस. की परीक्षा दी। उन्होंने न केवल यह परीक्षा, बल्कि एयर फोर्स कॉमन एडमिशन टेस्ट और नेशनल कैडेट कोर की प्रवेश परीक्षा भी पास कर ली।

"मैंने ओ.टी.ए. ज्वॉइन कर लिया, क्योंकि सी.डी.एस. की मेरिट लिस्ट तब तक नहीं निकली थी, लेकिन जब उस मेरिट लिस्ट में भी मेरा नाम आ गया, तो मैंने ओ.टी.ए. से इंडियन मिलिट्री अकादमी (आई.एम.ए.) में ट्रांसफर ले लिया।" वह कहते हैं।

देश नहीं भूला

हितेश कहते हैं कि उनकी माँ उन पर इसलिए ध्यान दे पाईं, क्योंकि उन्हें आर्थिक तंगी का सामना नहीं करना पड़ा। वह महसूस करते हैं कि इसलिए वह भी अपने सपनों पर फोकस कर पाए। "अगर देश और संगठन (भारतीय सेना) ने हमारा ध्यान नहीं रखा होता तो मेरी माँ की सारी उम्र हमारी जरूरतें पूरी करने में बीत जाती।" वह कहते हैं।

"एक सिपाही की मृत्यु अपने पीछे परिवारवालों के लिए जो शून्य पैदा कर देती है, उसे कभी भी भरा नहीं जा सकता; लेकिन उसके बलिदान को यह

तथ्य सार्थक बना देता है कि लोग हमेशा उसे याद रखते हैं।" वह कहते हैं, "भले ही कारगिल युद्ध को उन्नीस साल बीत गए हों, लेकिन लोगों को अब भी मेरे पिता याद हैं। जब वे मुझे गाँव में देखते हैं तो अब भी यही पूछते हैं, 'कारगिल शहीद बचन सिंह का बेटा है न तू?' इससे मेरा हृदय गर्व से भर जाता है। मेरे पिता ने अपने देश के लिए परम बलिदान दिया। इससे ज्यादा कोई क्या कर सकता है! मेरी माँ और मेरे दिमाग में आर्मी, जिसमें मुझे कभी भी युद्ध पर जाना पड़ सकता है, को लेकर कोई आशंका इसलिए नहीं थी, क्योंकि मेरे पिता जनता की यादों में अमर हो चुके हैं। हमारे अंदर भय की कोई भावना नहीं है। हमारे गाँव में एक स्कूल है, जिसका नाम मेरे पिता के नाम पर रखा गया है—'बचन सिंह प्राइमरी स्कूल'। कॉलेज के कुश्ती और बॉलीवॉल टूर्नामेंट उनके नाम पर रखे गए हैं। एक पेट्रोल पंप, एक कॉलोनी और मुजफ्फरनगर में एक स्मृति स्मारक उनकी स्मृतियों को समर्पित है।" वह बताते हैं।

हितेश कहते हैं कि देश और सेना ने कारगिल के शहीदों के परिवारवालों का पूरा ध्यान रखा। "देश उन्हें कभी भी नहीं भूला। उन्हें सभी शहीदों के परिवारवालों के लिए ऐसा करना ही चाहिए। इससे बेटों को अपने पिता के नक्शे-कदम पर चलने की प्रेरणा मिलेगी।" वह कहते हैं।

जब मैं चलने के लिए उठी तो कामेश अपने दूसरे बेटे हेमंत के बगल में बैठी थीं। हितेश पहले ही राजस्थान के एक शांति स्टेशन पर अपने पिता की बटालियन ज्वाइन कर चुके हैं। "मुझे इस बात पर बहुत गर्व है कि हितेश ने भी 2 राजपूताना राइफल्स ज्वॉइन की।" ये कहते हुए कामेश का सिर गर्व से ऊँचा हो जाता है। जब मैंने कामेश को हितेश की सफलता की बधाई दी तो उन्होंने मेरी आँखों में देखा। उनके चेहरे पर एक फौलादी संकल्प था, "अभी तो यह भी जाएगा।" अपने दूसरे बेटे को दृढ़ निश्चय से देखते हुए उन्होंने कहा। यह सुनकर चौड़े कंधोंवाले हैंडसम हेमंत ने अपनी माँ के कंधे पर प्यार से अपना हाथ रख दिया। मैंने भी माँ-बेटों को उनके सपनों में छोड़ते हुए उम्मीद की कि उनके सारे सपने सच हों।

लेखक का नोट

यह कहानी लेफ्टिनेंट हितेश कुमार, उनके जुड़वाँ भाई हेमंत और उनकी माँ श्रीमती कामेश बाला से बातचीत पर आधारित है।

कहानी-6
देश

कोलकाता की दो स्कूली लड़कियाँ और जम्मू का एक युवा डोगरी कारगिल युद्ध के बाद एकजुट हुए। वे शहीदों के परिवारवालों के प्रति देश का आभार व्यक्त करते हैं और इसके जरिए हमें बताते हैं कि हम इस दिशा में क्या कुछ कर सकते हैं!

आज से चौबीस साल पहले जम्मू के नजदीक भदरवा क्षेत्र की बात है। गरमियों में तड़के एक युवा डोगरी लड़का नदी के बगल में एक शवदाह में खड़ा था। इस डोगरी ने सेना के एक ट्रक को सड़क के किनारे रुकते हुए देखा, जिसे देखकर वह दौड़कर ढाल पर चढ़ गया। इस लड़के के पीछे पाँच और गाँववाले थे, जो अभी-अभी नदी से नहाकर निकले थे।

सेना के उस ट्रक से खून से लथपथ सफेद कपड़े में लिपटा एक शव बाहर निकालकर उन गाँववालों के कंधों पर रख दिया गया। कंधे पर शव लिये गाँववालों ने नदी के किनारे चलना शुरू किया। शव उठानेवालों में वह युवा डोगरी भी शामिल था। विकास मनहस नाम के उस डोगरी को अचानक अपने कंधे पर कुछ गीला-गीला महसूस हुआ।

"मैं जानता था कि वह गीली चीज क्या है! मुझे अपनी त्वचा पर झुरझुरी-सी महसूस हो रही थी।" कई वर्षों बाद अपनी उदास आँखों के साथ उन्होंने मुझे बताया। सामने रखा उनका चाय का कप अनछुआ पड़ा हुआ था।

भदरवा के गाँववालों ने एक रात पहले आतंकवादी हमले में शहीद भारतीय सेना के सात जवानों की एक ही चिता में अंत्येष्टि भी की थी। विकास को अब भी याद है कि आम नागरिकों की रक्षा के लिए जान न्योछावर करनेवाले उन अजनबियों की चिता को जलते देख वह कितने फूट-फूटकर रोए थे।

"मैंने इन शहीदों के परिवारवालों के प्रति जिम्मेदारी का भाव महसूस किया। मैं उनके घर जाकर उनसे मिलना चाहता था और उन्हें इस बात का भरोसा दिलाना चाहता था कि अंत्येष्टि पूरे रीति-रिवाज के साथ की गई है, लेकिन मैं उस वक्त बहुत छोटा था, लिहाजा ऐसा नहीं कर पाया।" वह कहते हैं।

कारगिल का युद्ध वर्ष 1999 में हुआ था। सी.डी.एस. की परीक्षा देनेवाले छात्रों के लिए जम्मू में कोचिंग सेंटर चलानेवाले विकास मनहस ने उस समय टेलीविजन के जरिए इस युद्ध को देखा। टी.वी. पर उन्होंने तिरंगे में लिपटे हुए जवानों के शव उनके घर लाए जाते हुए भी देखे।

"दरअसल, पहले शहीद सिपाहियों की अंत्येष्टि युद्धभूमि के नजदीक ही की जाती थी, लेकिन प्रधानमंत्री ने फैसला किया कि जवानों को अंत्येष्टि के लिए उनके घरों तक पहुँचाया जाएगा। हमारे शहीद जवानों के लिए ऐसा फैसला लिया जाना बहुत अच्छी बात है। अब उनकी अपने घरों से दूर, बगैर पहचान के, अंत्येष्टि नहीं की जा रही थी। मेरे जैसे लोग अखबार पढ़ सकते हैं, टेलीविजन देख सकते हैं और जानते हैं कि हमारे शहीद कौन थे। हम उनकी शवयात्रा का हिस्सा बन सकते थे।" विकास कहते हैं।

कारगिल में अपना जीवन बलिदान करनेवाले कई बहादुर सिपाहियों में 18 ग्रेनेडियर्स के 7 सिपाही भी थे, जिनमें एक थे ग्रेनेडियर उदय भान सिंह, जो जम्मू के नजदीक के रहनेवाले थे। ग्रेनेडियर उदय भान की शहादत के कुछ महीनों बाद विकास ने बस पकड़ी और उनका घर ढूँढ़ निकाला। विकास देर तक उनकी माँ के साथ बैठे रहे। जिस कमरे में वह बैठे हुए थे, उसकी दीवारों पर उस युवा जवान की तसवीरें टँगी हुई थीं।

लंबी खामोशी के बाद उदय की माँ ने विकास का ध्यान एक फ्रेम की हुई तसवीर की तरफ दिलाया, जहाँ उदय उनकी गोद में बैठकर कैमरे की तरफ देखकर मुसकरा रहे हैं। "वह आखिरी बार था, जब वह घर आए थे।" उन्होंने कहा, "इसके बाद वह युद्ध के लिए चले गए। जब वह शहीद हुए तो केवल 19 साल के थे।" उनकी माँ ने कहा। इसके बाद उन्होंने लकड़ी का एक ड्रॉअर खोला और उसमें से खून से सना एक पर्स निकाला। उस पर्स के अंदर से उन्होंने वैष्णो देवी का एक सिक्का निकाला। "जब कभी वह घर आता तो वैष्णो देवी

के मंदिर जरूर जाता था। यह उसकी जेब में था, जब उसे गोली लगी। अब तुम्हीं बताओ, मैं माता पर कैसे विश्वास करूँ ?" सूखी हुई आँखों से उन्होंने विकास से पूछा।

विकास कहते हैं कि उदय की माँ ने उनसे जुड़ी हुई कई बातें मुझे बताईं। वह विकास से ज्यादा खुद से बातें कर रही थीं। विकास देर शाम तक उदय के घर पर ही रहे।

जब विकास वापस लौट रहे थे, तब गलती से उन्हें उदय की यूनिट का एक जवान समझ रहीं उनकी माँ ने पूछा, "कितनी छुट्टी पर आए हो ?"

विकास ने उनसे कहा कि वह कोई सिपाही नहीं, बल्कि एक आम नागरिक हैं, जो जम्मू के तालाब तिलो से आए हैं।

"फिर कैली क्यों आए ?" उलझन में पड़ी उदय की माँ ने विकास से डोगरी भाषा में पूछा।

"मैंने अखबार में आपके बेटे के बलिदान के बारे में पढ़ा था। मैं आपसे मिलना चाहता था।" विकास ने जवाब दिया।

विकास के कंधे पर अपना हाथ रखकर उदय की माँ ने दुःख भरी मुसकराहट के साथ कहा, "दोबारा आना।"

विकास मुझे बताते हैं कि इसके बाद से वह कम-से-कम सौ बार उदय के घर जा चुके हैं। "अब मैं उनके परिवार का हिस्सा बन चुका हूँ। उदय की दोनों बहनों की शादियाँ हो चुकी हैं और मैं अकसर उनके पतियों से मजाक करता हूँ कि उनके आने से कहीं पहले मैं उनके घर आ चुका हूँ।"

यहीं से 'देश' नाम की पहल की शुरुआत हुई। वर्ष 2013 में कोलकाता की एक वैज्ञानिक अनुसूया मित्रा और बैंगलोर की इंजीनियर अदरिजा सिंह के साथ मिलकर इसे एक आकार दिया गया। कारगिल युद्ध के दौरान ये दोनों लड़कियाँ कोलकाता के एक स्कूल में पढ़ती थीं। उसी समय दोनों शहीद जवानों से जुड़े मुद्दों की तरफ आकर्षित हुईं। विकास को वे फेसबुक पर मिलीं और करीब एक साल उनके काम को देखने के बाद उन्होंने भी दोनों के साथ मिलकर काम करने का फैसला किया। तीनों ने अब ज्यादा-से-ज्यादा शहीदों के परिवारों से मुलाकात को अपने जीवन का लक्ष्य बना दिया है।

अनुसूया के पास कहने को अपनी ही एक कहानी है। शुरुआत में उन्हें शहीदों के परिवारवालों से मिलने में थोड़ी हिचक हुई, क्योंकि वह उनके दर्द को दोबारा उभारना नहीं चाहती थीं। यह हिचक तब टूटी, जब वह एक सिटी चौक पर 'परम वीर चक्र' विजेता स्व. मनोज पांडेय की आधी प्रतिमा देखने के बाद उनकी माँ से मिलने लखनऊ पहुँचीं। "अदरिजा ने मुझे श्रीमती मोहिनी पांडेय के घर का फोन नंबर भेजा था। जब मैं उनसे मिलने उनके घर पहुँची तो वह मुझे देखकर काफी खुश हुईं। उन्होंने कहा कि जब आप जैसे लोग हमारे घर आते हैं, तब मुझे अपने खोए हुए बेटे के बारे में बात करने का मौका मिलता है।" वह बताती हैं।

श्रीमती पांडेय अब स्वयंसेवियों के लिए 'अम्मा' बन चुकी हैं। इसके बाद अनुसूया ने कैप्टन हनीफुद्दीन की माँ श्रीमती हेमा अजीज से दिल्ली में मुलाकात की। श्रीमती अजीज भी अनुसूया के साथ शाम का वक्त बिताकर काफी खुश हुईं, जबकि वह स्वभाव से कम बोलती हैं।

'देश' तीन स्वयंसेवियों के बीच काफी साधारण तरीके से काम करता है। तीनों हर दिन अखबार को तीनों सेनाओं के शहीदों के परिवारवालों का नाम और पता जानने के लिए खँगालते हैं। इसके बाद वे शोक-संतप्त परिवार से मिलने जाते हैं, उनके संपर्क में रहते हैं, उन्हें फोन करते हैं, उनके घर जाते हैं, शहीदी दिवस और जन्मदिनों पर अपने साथ फूलों का बुके लेकर जाते हैं। अकसर वे बच्चों के साथ केक काटते हैं और एक शहीद के परिवार को दूसरे शहीद के परिवारवालों से मिलवाते हैं और इस तरह एक समुदाय बनाते चलते हैं।

"हम शहीदों के परिवारवालों के प्रति आभार व्यक्त करने के अलावा कुछ भी नहीं कर सकते।" विकास कहते हैं। "हमारे संगठन 'देश' के पीछे सोच कर्तव्य के नाम पर अपनी जान देनेवाले शहीदों के परिवारवालों को यह आश्वासन दिलाने की है कि देश उन्हें याद रखता है और इस बलिदान के लिए उनके प्रति आभार व्यक्त करता है। हम परिवारवालों के लिए कुछ नहीं ले जाते, उलटा हम उन्हीं से लेते हैं। मैं उनके घरों में रहा हूँ, खाना माँगा है, खुशी-खुशी उनसे उपहार लिये हैं। उनके घरों में ऐसे अंदर-बाहर जाना किया है, जैसे वे मेरे ही घर हों और उन्होंने मुझे अपने परिवारवालों की भाँति स्वीकार किया है, जिसने

मेरी अपनी जिंदगी को एक नया अर्थ दिया है।" वह कहते हैं।

वह मुझे बताते हैं कि केवल एक ही बार ऐसा हुआ, जब उन्होंने किसी शहीद के परिवारवालों से उपहार लेने से इनकार किया। वह बताते हैं कि कैसे उन्होंने शहीद मेजर अक्षय गिरीश की माँ श्रीमती मेघना गिरीश द्वारा दिए जानेवाले एक उपहार को लेने से बार-बार मना कर दिया था। मेजर गिरीश 29 नवंबर, 2016 को जम्मू व कश्मीर के नगरोटा में अपने कैंप को आतंकवादी हमले से बचाते हुए शहीद हुए थे।

"हुआ यूँ कि मैं और अदरिजा उनके घर दोपहर के खाने पर गए थे। जब हम वापस लौट रहे थे, तब मेघना आंटी ने अदरिजा को एक बहुत सुंदर साड़ी दी और यह कहते हुए मेरे लिए एक प्यारा सा कुरता-पाजामा निकाला कि अक्षय ने यह कुरता-पाजामा परिवार में होनेवाली एक शादी के लिए लिया था। वह इसे पहनने के लिए जिंदा नहीं रहे; लेकिन मैं चाहती हूँ कि तुम इसे पहनो।" विकास ने बताया।

विकास कहते हैं कि वह इस बात से भावनात्मक तौर पर बहुत ज्यादा अभिभूत हुए और यह कहते हुए बार-बार उपहार लेने से इनकार करते रहे कि वह अक्षय के कपड़े पहनने के लायक नहीं हैं, लेकिन श्रीमती गिरीश उन्हें वह कुरता-पाजामा लेने के लिए जोर देती रहीं। वहीं पर मौजूद अक्षय की पत्नी संगीता और उनके पिता विंग कमांडर गिरीश ने भी विकास पर अक्षय के कपड़े लेने के लिए जोर डाला। आखिरकार, विकास ने कपड़े ले लिये और वापस जम्मू लौट आए। अगले साल 28 जुलाई को अपने जन्मदिन पर उन्होंने नहा-धोकर वही कपड़े पहने। इसके बाद वह उपहार में मिला वही उजला नीले रंग का कुरता और सफेद पाजामा पहनकर अपने घर की छत पर गए और अपनी पत्नी से उनकी कुछ तसवीरें लेने को कहा, जिसे वह सोशल मीडिया पर पोस्ट कर सकें। जब अक्षय की पाँच वर्षीय बेटी नैना ने उनकी तसवीरें देखीं तो उसने अपने दादा-दादी को कहा कि वह पापा हैं। उसे बताया गया कि वह पापा नहीं, विकास मामू हैं।

विकास को याद है कि जब वह हिमाचल प्रदेश में विक्रम बत्रा के घर गए थे तो उन्होंने श्रीमती बत्रा से उस हैंडसम शहीद की एक तसवीर माँगी थी,

क्योंकि वह उन पर एक लेख लिखना चाहते थे।

"मैंने उनसे जब यह कहा कि मैं कुछ महीनों में उन्हें यह तसवीर वापस लौटा दूँगा, तब जाकर उन्होंने मुझे वह तसवीर दी।" विकास बताते हैं।

उन्होंने वह तसवीर अपने छोटे से बैग में रख ली और जम्मू की बस पकड़ ली। नाहन में विकास चाय पीने के लिए नीचे उतरे। उनका बैग उनकी सीट पर था। जब वह चाय पी रहे थे, तब वह बस को एकाएक निकलते हुए देख बुरी तरह घबरा गए।

"मैं बस के पीछे चिल्लाता हुआ दौड़ा, लेकिन बस नहीं रुकी। आपको मेरी घबराहट का अंदाजा हो रहा होगा, क्योंकि मैं जानता था कि अगर मुझसे विक्रम की तसवीर खो गई तो मैं कभी भी आंटी को अपना चेहरा नहीं दिखा पाऊँगा।" विकास ने दौड़कर एक टैक्सी पकड़ी और बस को पकड़ पाने में कामयाब हो गए। सीट पर अपना बैग सुरक्षित देखकर उन्हें काफी राहत मिली।

कुछ महीनों बाद जब वह विक्रम की तसवीर उनके माता-पिता को लौटाने गए तो यह देखकर हैरान रह गए कि तकनीकी विकास के कारण उसी तसवीर की उनके पास पचासों तसवीरें हैं। "मैं इतना गुस्सा हुआ कि मैंने अंकल से कहा कि मुझे विक्रम की बड़ी तसवीर चाहिए, ठीक वैसी, जैसी उन्होंने अपने लिए बनवाई है।" विकास ने हँसते हुए बताया। श्री बत्रा ने उन्हें विक्रम की एक बड़ी सी फोटो दी। विकास गर्व के साथ उस फोटो को अपने घर ले गए और उसे अपनी अकादमी में लगा दिया, जिसे लोग अकसर देखने आते हैं।

" 'देश' एक विचार है। जो लोग इससे जुड़ना चाहते हैं, उनका स्वागत है। अगर कोई वाकई प्रतिबद्ध है तो हम उसे उसके शहर या कस्बे में रहनेवाले शहीदों के परिवारवालों की सूची लाने को कहते हैं। हम उसे उन शहीदों के घर जाने और शहीदों के जन्मदिन एवं बलिदान दिवस पर फूलों का गुलदस्ता ले जाने के लिए प्रोत्साहित करते हैं। यह एक छोटी सी श्रद्धांजलि है, लेकिन शहीदों के परिवारवालों के लिए किया जानेवाला यह प्रयास एक आश्वासन है कि वह देश, जिसके लिए उनके प्रियजनों ने अपनी जान गँवाई, वह उन्हें एकदम नहीं भूला।" वह कहते हैं।

लेखक का नोट

यह कहानी विकास मनहस और अनुसूया मित्रा से बातचीत पर आधारित है।

शहीदों के लिए काम कर रहे लोग और संगठन

यहाँ कुछ लोगों एवं संगठनों की एक सूची है, जो शहीदों और उनके परिवारवालों के लिए काम कर रहे हैं। कृपया निस्संकोच इसे देखें और अगर इच्छा हो तो इनसे जुड़ें।

'देश' : यह अदरिजा, अनुसूया और विकास का एक सामूहिक प्रयास है, जिन्होंने एक साथ मिलकर यह फैसला किया कि वे शहीदों के प्रियजनों के परिवारों का एक हिस्सा बनेंगे। ये लोग शहीदों के परिवारवालों से मिलते हैं, उनके जन्मदिन और वर्षगाँठ पर उनके लिए फूलों का गुलदस्ता ले जाते हैं और कोशिश करते हैं कि जो उन्हें हमेशा-हमेशा के लिए छोड़ गए हैं, उनकी कमी को कुछ हद तक पूरा कर सकें। स्वयंसेवकों का स्वागत है। ज्यादा जानकारी के लिए देखें—https://m.facebook.com/groups/360093104133395

ऑनरप्वॉइंट : यह शहीदों के सम्मान और उन्हें याद रखने के लिए तैयार किया गया एक ऑनलाइन शहीद स्मारक है। इसकी वेबसाइट पर लगभग प्रत्येक शहीद सूचीबद्ध है। 'ऑनरप्वॉइंट' यह सुनिश्चित करने का एक प्रयास है कि जवानों और उनके परिवारवालों का बलिदान देश के सामूहिक विवेक में बना रहे। ज्यादा जानकारी के लिए विजिट करें : www.honourpoint.in

वसंतआरत्ला फाउंडेशन फॉर आर्ट्स : यह 'अशोक चक्र' प्राप्त स्वर्गीय कर्नल वसंत वी. की पत्नी श्रीमती सुभाषिनी वसंत द्वारा चलाया जा रहा है। कर्नल वसंत वर्ष 2007 में उरी में भारत-पाकिस्तान सीमा पर भारी-भरकम हथियारों से लैस घुसपैठियों को भारत की सीमा लाँघने से रोकते हुए शहीद हो गए थे। फाउंडेशन शैक्षणिक संस्थानों में शहीदों के नामों पर पुरस्कार शुरू कर उनकी यादों को जिंदा रखने की कोशिश करता है। ये पुरस्कार शहीदों की विधवाओं द्वारा दिए जाते हैं। श्रीमती सुभाषिनी को शहीदों के परिवारवालों के प्रति अनुकरणीय सेवाएँ देने के लिए 'नीरजा भनोत पुरस्कार' से भी नवाजा जा चुका है।

शहीद कैप्टन तुषार महाजन मेमोरियल ट्रस्ट : इसे ऊधमपुर के प्रख्यात शिक्षाविद् और सेवानिवृत्त प्रिंसिपल देवराज गुप्ता एवं आशा रानी गुप्ता द्वारा अपने बेटे शौर्य चक्र, 9 पैरा (एस.एफ.) कैप्टन तुषार महाजन की याद में शुरू किया गया था। कैप्टन तुषार वर्ष 2016 में जम्मू व कश्मीर के पैंपोर में एक आतंकवादी हमले के दौरान शहीद हुए थे।

जितेंद्र सिंह : गुजरात के सूरत के एक सिक्योरिटी गार्ड बेशक सेना में नहीं जा पाए, लेकिन उन्होंने फैसला किया कि उनसे जितना बन पड़े, वह देश के सिपाहियों के लिए करना चाहेंगे। वह शहीदों के परिवारवालों को 4,500 से ज्यादा पत्र लिख चुके हैं और उनसे मिलने की कोशिश भी करते हैं। उनका मुंबई में एक म्यूजियम खोलने का सपना है।

राष्ट्रीय राइडर्स : हिम्मत सिंह मंडरेला राइडरों के इस समूह की अगुवाई कर रहे हैं, जो उन जगहों पर राइड करते हैं, जहाँ सिपाही लड़ते हैं। वह शहीदों के परिवारवालों से भी मिलते हैं। ज्यादा जानकारी के लिए आप उनके फेसबुक पेज पर जा सकते हैं।

हीरोज इन यूनिफॉर्म : यह समूह एक सिपाही की बेटी सोनाली सिंह द्वारा चलाया जा रहा है। सोनाली हमारे सिपाहियों के साहस और बलिदान की कहानियों को दूर-दूर तक पहुँचाती हैं, ताकि उन्हें भुलाया न जा सके। वह सेवानिवृत्त जवानों को तमाम कौशल भी सिखाती हैं, ताकि वे नए तरह का काम कर सकें। वह अभी तक करीब 450 लोगों को ट्रेनिंग दे चुकी हैं। वह जवानों के परिवारवालों के लिए उद्यमिता से जुड़े कार्यक्रम भी चलाती हैं और जरूरतमंदों के लिए फंड भी जुटाती हैं। ज्यादा जानकारी के लिए आप उनके फेसबुक पेज पर जा सकते हैं।

मेजर अक्षय गिरीश ट्रस्ट : यह ट्रस्ट इस युवा के परिवारवालों द्वारा शुरू किया है। वर्ष 2016 में जब नगरोटा में हथियारों से लैस आतंकवादियों का हमला हुआ, तब उसका मुँहतोड़ जवाब देने के लिए मेजर अक्षय की अगुवाई में आतंकवादियों पर हमला बोला गया। हमले में कई गोलियाँ लगने के कारण वह शहीद हो गए। यह ट्रस्ट राष्ट्रवाद को बढ़ावा देता है और सेना में अपना कॅरियर बनानेवालों को प्रोत्साहित करता तथा मदद पहुँचाता है। ज्यादा जानकारी के लिए

विजिट करें—https://majorakshaytrust.org/

पोर्ट्रेट्स ऑफ पेट्रियॉट्स : दिल्ली के आर्ट शिक्षक हुतांश वर्मा बहादुर सिपाहियों के पोर्ट्रेट बनाकर उन्हें श्रद्धांजलि देते हैं। वह व्यक्तिगत रूप से ये पोर्ट्रेट शहीदों के परिवारवालों को सौंपते हैं। वह सार्वजनिक समारोह में ऐसा करना पसंद नहीं करते।

शहीद तुषार महाजन ट्रस्ट : ट्रस्ट मेडिकल कैंप और दूसरे सामाजिक कार्यक्रमों के अलावा प्रतिभाशाली छात्रों को पुरस्कार व स्कॉलरशिप प्रदान करता है। 9 पैरा एस.एफ. के कैप्टन तुषार महाजन वर्ष 2016 में पैंपोर में हुए हमले के दौरान बंधकों को बचाने के लिए मध्य रात्रि में चलाए जा रहे एक साहसिक ऑपरेशन की अगुवाई करते हुए शहीद हुए थे। ज्यादा जानकारी के लिए देखें : www.facebook.com/captainTusharMahajan9Para/

मेजर मोहित शर्मा फाउंडेशन : अशोक चक्र, सेना मेडल से सम्मानित 1 पैरा एस.एफ. के मेजर मोहित शर्मा वर्ष 2009 में जम्मू व कश्मीर के हफरूदा जंगलों में आतंकवादियों से लड़ते हुए शहीद हुए। उनका परिवार उनके नाम पर यह फाउंडेशन चलाता है। फाउंडेशन कई सामाजिक कार्यक्रम आयोजित करने के अलावा जरूरतमंदों की मदद भी करता है। ज्यादा जानकारी के लिए देखें—www.majormohitsharmafoundation.blogspot.com

□□□